감자 외

김동인 중·단편소설

김동인 중·단편소설

감자 외

재승출판

우리나라 신문학의 역사는 1906년 이인직의 《혈의 누》가 출간된 때로부터 시작한다고 한다. 이로 미루어보면 이제 한국 근대문학은 100년을 맞이하게 된 셈이다. 이 기간에 수많은 작가의 작품이 탄생하였다. 모든 작품은 작가들의 혼이 담긴 그 시대 문화의 거울이라 할 수 있다. 한 작품이라도 소홀히 다룰 수 없는 것들이지만, 그래도 근대문학 100년간 문학사적 고전으로 남을 만한 명작은 있을 것이다.

당 출판사에서는 미래의 동량이 될 청소년들과 현재의 주역인 일반인들이 새로운 독서체험을 할 수 있도록 하는 데 목표를 두었다. 자타가 인정하는 우리나라 최초 장편소설인 춘원 이광수의 《무정》을 시작으로 한국 문학계와 교육현장에서 두루 인정받은 한국 문학의 정수를 가려 뽑아 시리즈로 엮어 나갈 것이다. 객관성을 기하기 위하여 대학의 국문학 교수와 고등학교 국어과 교사, 숙련된 편집자 등의 추천을 참고로 하여 엄선할 계획이다. 이를 통해 한국 근현대 문학사의 흐름을 살펴볼 수 있을 것이다.

요즘 출판계의 현황은 불황의 터널에서 벗어나지 못하고 있다. 그 원인에는 여러 가지가 있겠지만 무엇보다 양서良書의 부재와 독자들이 책을 외면한다는 것이다. 더군다나 요즘에는 전자책이 나오면서 종이로 된 책은 앞으로 소외될 것이라는 출판계의 우려감과 더불어 인터넷의 발달로 책은 인기가 떨어진 상태다. 이러한 열악한 상황에서 의욕만 가지고 한국대표문학선을 출간한다는 것은 애초부터 무모한 계획일 수도 있다. 모두 부정적인 시각으로 보는 편이다. 출판업도 수익이 수반되어야 유지 존속이 가능하다. 출간되는 책은 거의 판매를 염두에 두고 있는 실정이다. 예를 들면 유명 작가 몇 사람의 작품, 인기 있는 외서 번역물 등등. 로또 뽑듯이 책을 선정하는 것 같다. 현 시점에서는 당연한 결정이다. 그렇지만 출판계의 이 같은 현실로 왜곡된 독서환경이 조성될 수도 있다.

　　따라서 당 출판사에서는 자라나는 청소년과 한국 문학을 사랑하는 일반인들에게 쉽고 재미있게 다가설 수 있으면서, 청소년들의 취향에도 잘 맞는 국민대중용 한국대표문학선집을 만들어보고자 한 것이다.

시대와 시대를 이어서 모두가 다 같이 공감할 수 있는 문화의 정수가 바로 문학이다. 문학은 우리의 마음 한편에 자리 잡고 있는 시대의 정서와 풍속, 삶의 흔적이 고스란히 밴 작가들의 혼이 담긴 당대 문화의 거울이라고 한다. 우리가 문학작품을 통해서 만나게 되는 감동의 여운은 평생 뇌리에 남고, 특히 청소년 시절에 읽었던 문학작품은 젊은 날의 향수와 추억으로 남는다. 또한 살아가면서 마음의 양식이 됨은 물론이다.

독자들은 문학과의 만남을 통해 우리의 문화가 이룩해온 정체성을 확인하고 상상하는 즐거움을 만끽할 수 있다. 논어 위정편에 나오는 온고이지신溫故而知新은 '옛것을 잘 익혀서 새로운 것을 안다'는 뜻으로 고전의 중요성을 강조한 공자의 가르침이다. 누구나 자신의 뿌리를 인식하고 문화생활을 높이기 위해서는 문학을 알아야 한다.

당 출판사로서는 한국대표문학선 발간이 우리나라 출판계에 일

조가 된다면 더 없는 영광으로 생각한다. 아무쪼록 한국대표문학선을 통해 21세기 젊은 독자들이 삶의 풍부한 자양분으로서 이 시리즈를 애호해주기를 바랄 뿐이다.

2011년 7월

㈜재승출판

대표이사 이 재 영

차례

●●● 일러두기

· 이 책의 맞춤법은 1988년 1월 19일 문교부 교시 '한글 맞춤법'에 따른 것을 원칙으로 하였다.
· 외래어 표기는 1986년 문교부 교시 '외래어 표기법'에 따른 것을 원칙으로 하였다.
· 작품에 영향을 준다고 판단되는 구어체, 의성어, 의태어 등은 최대한 살리되 뜻이 통하지 않는
  경우에는 각주를 달았다.
· 어원을 밝힐 수 없는 어휘나 방언 등은 그대로 두었다.
· 한자는 가급적 한글로 바꾸되 의미를 파악하는 데 필요하다고 판단되는 부분은 각주를 달았다.
· 필요한 경우에 글의 흐름과 내용을 고려하여 단락을 다시 구분하였다.
· 대화는 " "로, 생각이나 독백 및 강조하는 말은 ' '로 표시하였다.
· 글을 읽고 뜻을 이해하는 데 방해가 되지 않는 한 최대한 원전을 살렸다.

· · · · ·
배따라기

좋은 일기^{날씨}다.

좋은 일기라도 하늘에 구름 한 점 없는—우리 '사람'으로서는 감히 접근도 못할 위엄을 가지고, 높이서 우리 조그만 '사람'을 비웃는 듯이 내려다보는, 그런 교만한 하늘이 아니고, 가장 우리 '사람'의 이해자인 듯이 낮추^{낮게} 뭉글뭉글 엉기는 분홍빛 구름으로서 우리와 서로 손목을 잡자는 그런 하늘이다. 사랑의 하늘이다.

나는 잠시도 멎지 않고 푸른 물을 황해로 부어내리는 대동강을 향한 모란봉 기슭 새파랗게 돋아나는 풀 위에 뒹굴고 있었다.

이날은 삼월삼질^{음력 삼월 초사흗날}, 대동강에서 첫 뱃놀이를 하는 날이다. 까맣게 내려다보이는 물 위에는 결결이^{때때로} 반짝이는 물결을 푸른 놀잇배들이 타고 넘으며, 거기서는 봄 향기에 취한 형형색색의 선율이 우단^{벨벳}보다도 부드러운 봄 공기를 흔들면서 날아온다. 그리고 거기서 기생들의 노래와 함께 날아오는 조선 아악^{궁중에서 연주되던 전통음악}은 느리게 길게 유창하게 부드럽게, 그리고 또 애처롭게—모든 봄의 정다움과 끝까지 조화하지 않고는 안 두겠다는 듯이 대동강에 흐르는 시꺼먼 봄물, 청류벽^{맑게 흐르는 물의 기둥}에 돋아나는 푸르른 풀어음, 심지어 사람의 가슴속에 봄에 뛰노는 불붙는 핏줄기까지도 습기 많은 봄 공기를 다리 놓고 떨리지 않고는 두지 않는다.

봄이다. 봄이 왔다.

부드럽게 부는 조그만 바람이 시꺼먼 조선 솔^{소나무}을 꿰며, 또는 돋아나는 풀을 스치고 지나갈 때의 그 음악은 다른 데서는 듣지 못할 아름다운 음악이다.

아아, 사람을 취하게 하는 푸르른 봄의 아름다움이여! 열다섯 살부터의 동경^{東京} 생활에 마음껏 이런 봄을 보지 못하였던 나는 늘 이것을 보는 사람보다 곱 이상의 감명을 여기서 받지 않을 수 없다.

평양성 내에는 겨우 툭툭 터진 땅을 헤치면 파릇파릇 돋아나는 나무새기^{나물}와 돋아나려는 버들의 어음으로 봄이 온 줄 알 뿐, 아직 완전히 봄이 안 이르렀지만, 이 모란봉 일대와 대동강을 넘어 보이는 가나안 옥토^{여호와가 아브라함에게 약속한 기름진 땅}를 연상시키는 장림^{길게 뻗쳐 있는 숲}에는 마음껏 봄의 정다움이 이르렀다.

그리고 또 꽤 자란 밀보리들로 새파랗게 장식한 장림의 그 푸른
빛, 만족한 웃음을 띠고 그 벌들에 서서 내다보는 농부의 모양은 보
지 않아도 생각할 수 있다.

구름은 자꾸 하늘을 날아다니는 모양이다. 그 밀 위에 비치었던
구름의 그림자는 그 구름과 함께 저편으로 물러가며, 거기는 세계
를 아까 만들어놓은 것 같은 새로운 녹빛이 퍼져 나간다.

바람이나 조금 부는 때는 그 잘 자란 밀들은 물결같이 누웠다 일
어났다, 일록일청한편으로는 초록, 한편으로는 파랑으로 춤을 춘다. 그리고
봄의 한가함을 찬송하는 솔개들은 높은 하늘에서 동그라미를 그리
면서 더욱더 아름다운 봄의 향기로운 정취를 더한다.

"다스한 봄정에 솟아나리라. 다스한 봄정에 솟아나리라."

나는 두어 번 소리나게 읊은 뒤에 담배를 붙여 물었다.

담뱃내는 무럭무럭 하늘로 올라간다.

하늘에도 봄이 왔다.

하늘은 낮았다. 모란봉 꼭대기에 올라가면 넉넉히 만질 수 있으리
만큼 하늘은 낮다. 그리고 그 낮은 하늘보다는 오히려 더 높이 있는
듯한 분홍빛 구름은 몽글몽글 엉기면서 이리저리 날아다닌다.

나는 이러한 아름다운 봄 경치에 이렇게 마음껏 봄의 속삭임을
들을 때는 언제든 유토피아를 아니 생각할 수 없다. 우리가 시시각
각으로 애를 쓰며 수고하는 것은—그 목적은 무엇인가? 역시 유토
피아 건설에 있지 않을까? 유토피아를 생각할 때는 언제든 그 '위

대한 인격의 소유자'며 '사람의 위대함을 끝까지 즐긴' 진나라 시황을 생각지 않을 수 없다.

우리가 어찌하면 죽지를 아니할까 하여, 소년 삼백 명을 배에 태워 불사약을 구하러 떠나보내며, 예술의 사치를 다하여 아방궁을 지으며, 매일 신하 몇천 명과 잔치로써 즐기며, 이리하여 여기 한 유토피아를 세우려던 시황은 몇만의 역사가가 어떻다고 욕을 하든, 그는 정말로 인생의 향락자며 역사 이후의 제일 큰 위인이라고 할 수 있다. 그만한 순전한 용기 있는 사람이 있고야 우리 인류의 역사는 끝이 날지라도 한 '사람'을 가졌었다고 할 수 있다.

'큰 사람이었다.'

하면서 나는 머리를 들었다.

이때다. 기자묘^{평양시 기림리에 있는 기자(箕子)의 무덤} 근처에서 무슨 슬픈 음률이 봄 공기를 진동시키며 날아오는 것이 들렸다. 나는 무심코 귀를 기울였다.

'영유 배따라기^{지방 민요의 하나. 배를 타고 중국으로 떠나는 사신의 광경을 보이는 춤에 맞춰 부르는 것으로, 어부들의 신세타령을 노래함}'다. 그것도 웬만한 광대나 기생은 발꿈치에도 미치지 못하리만큼—그만큼 그 배따라기의 주인은 잘 부르는 사람이었다.

비나이다, 비나이다
산천후토山川后土 일월성신日月星辰 하나님전 비나이다

실낱 같은 우리 목숨 살려달라 비나이다

에—야, 어그여지야

　여기까지 이르렀을 때에 저편 아래 물에서 장구 소리와 함께 기생의 노래가 울려오며 배따라기는 그만 안 들리게 되었다. 나는 이년 전 한여름을 영유에서 지내본 일이 있다. 배따라기의 본고장인 영유에 몇 달 있어 본 사람은 그 배따라기에 대해 언제든 한 속절없는 애처로움을 깨달을 것이다.

　영유, 이름은 모르지만 ○○산에 올라가서 내려다보면 앞은 망망한 황해이니, 그곳 저녁때의 경치는 한 번 본 사람은 영구히 잊을 수 없으리라. 불덩이 같은 커다란 시뻘건 해가 남실남실 넘치는 바다에 도로 빠질 듯 도로 솟아오를 듯 춤을 추며, 거기서 때때로 보이지 않는 배에서 '배따라기'만 슬프게 날아오는 것을 들을 때엔 눈물 많은 나는 때때로 눈물을 흘렸다. 이로 보아서 어떤 원의 아내가 자기의 모든 영화를 낡은 신같이 내던지고 뱃사람과 정처 없는 물길을 떠났다 함도 믿지 못할 말이랄 수 없다.

　영유에서 돌아온 뒤에도 그 '배따라기'는 내 마음에 깊이 새겨져 잊을 수가 없었고, 언제 한번 다시 영유를 가서 그 노래를 한 번 더 들어보고 그 경치를 다시 한 번 보고 싶은 생각이 늘 떠나지를 않았다.

장구 소리와 기생의 노래는 멎고 배따라기만 구슬프게 날아온다. 결결이 부는 바람으로 말미암아 때때로는 들을 수 없으되, 나의 기억과 곡조를 종합하여 들은 배따라기는 이 대목이다.

강변에 나왔다가

나를 보더니만

혼비백산 몹시 놀라 넋을 잃음하여

꿈인지 생시인지

와르륵 달려들어

섬섬옥수 가냘프고 고운 여자의 손로 부여잡고

호천망극 부모의 은혜가 크고 끝이 없음 하는 말이

'하늘로서 떨어지며

땅으로서 솟아났다

바람결에 묻어 오고

구름길에 싸여 왔나'

이리 서로 붙들고 울음 울 제

인리 사람이 많이 사는 동네 제인 여러 사람이며

일가친척이 모두 모여

여기까지 들은 나는 마침내 참지 못하고 벌떡 일어서서 소나무 가지에 걸었던 모자를 내려 쓰고 그곳을 찾으러 모란봉 꼭대기에

올라섰다. 꼭대기는 좀 더 노랫소리가 잘 들린다. 그는 배따라기의
맨 마지막, 여기를 부른다.

> 밥을 빌어서
> 죽을 쑬지라도
> 제발 덕분에
> 뱃놈 노릇은 하지 마라
> 에—야, 어그여지야

그의 소리로써 방향을 찾으려던 나는 그만 그 자리에 섰다.

'어딘가? 기자묘? 혹은 을밀대?'

그러나 나는 오래 서 있을 수 없었다. 어떻든 찾아보자 하고 현무
문으로 가서 문밖에 썩^{지체 없이 빨리} 나섰다. 기자묘의 깊은 솔밭은 눈
앞에 쫙 퍼진다.

'어딘가?'

나는 또 물어보았다.

이때에 그는 또다시 배따라기를 시초^{맨 처음}부터 부른다. 그 소리
는 왼편에서 온다.

왼편이구나 하면서 소리 나는 곳을 더듬어서 소나무 틈으로 한참
돌다가 겨우 기자묘치고는 그중 하늘이 넓고 밝은 곳에 혼자서 뒹
굴고 있는 그를 찾아내었다. 내가 생각한 바와 같은 얼굴이다. 얼굴,

코, 입, 눈, 몸집이 모두 네모나고—그의 이마의 굵은 주름살과 시꺼면 눈썹은 고생 많이 함과 순진한 성격을 나타낸다.

그는 어떤 신사가 자기를 들여다보는 것을 보고 노래를 그치고 일어나 앉는다.

"왜, 그냥 하지요."

하면서 나는 그의 곁에 가 앉았다.

"뭐⋯⋯."

할 뿐, 그는 눈을 들어서 터진 하늘을 쳐다본다.

좋은 눈이었다. 바다의 넓고 큼이 유감없이 그의 눈에 나타나 있다. 그는 뱃사람이라 나는 짐작하였다.

"고향이 영유요?"

"예, 뭐, 영유에서 나기는 했디만, 한 이십 년 영윤 가보디두 않았시요."

"왜, 이십 년씩 고향엘 안 가요?"

"사람의 일이라니 마음대로 됩데까?"

그는 왜 그러는지 한숨을 짓는다.

"거저, 운명이 데일 힘셉디다."

운명의 힘이 제일 세다는 그의 소리에는 삭이지 못할 원한과 뉘우침이 섞여 있다.

"그래요?"

나는 다만 그를 건너다볼 뿐이다.

한참 잠잠하니 있다가 나는 다시 말하였다.

"자, 노형의 경험담이나 한번 들어봅시다. 감출 일이 아니면 한번 이야기해보소."

"뭐, 감출 일은……."

"그럼 어디 들어봅시다그려."

그는 다시 하늘을 쳐다보았다. 그러나 좀 있다가,

"하디요."

하면서 내가 담배를 붙이는 것을 보고 자기도 담배를 붙여 물고 이야기를 꺼낸다.

"닞히디두^{잊히지도} 않는 십구 년 전 팔월 열하룻날 일인데요."

하면서 그가 이야기한 바는 대략 이와 같은 것이다.

그가 살던 마을은 영유 고을에서 한 이십 리 떠나 있는, 바다를 향한 조그만 어촌이다. 그가 살던 조그만 마을^{서른 집쯤 되는}에서 그는 꽤 유명한 사람이었다.

그의 부모는 모두 열댓 세 났을 때 돌아갔고, 남은 사람이라고는 곁집^{이웃하며 붙은 집}에 딴살림하는 그의 아우 부처^{부부}와 자기 부처뿐이었다. 그들 형제가 그 마을에서 제일 부자고, 또 고기잡이를 제일 잘하였고, 그중 글이 있었고, 배따라기도 그 마을에서 빼어나게 잘 불렀다. 말하자면 그 형제가 그 동네의 대표적 사람이었다.

팔월 보름은 추석 명절이다. 팔월 열하룻날 그는 명절에 쓸 장도 볼 겸, 그의 아내가 늘 부러워하는 거울도 하나 사올 겸, 장으로 향하였다.

"당손네 집에 있는 것보다 큰 거이요. 닛디^{잊지} 말구요."

그의 아내는 길까지 따라 나오면서 잊지 않도록 부탁하였다.

"안 닛어."

하면서 그는 떠오르는 새빨간 햇빛을 앞으로 받으면서 자기 마을을 나섰다.

그는 아내를 ^{이렇게 말하기는 우습지만} 고와했다 ^{예뻐했다}. 그의 아내는 촌에는 드물도록 연연하고도 ^{가냘프고 연약하고도} 예쁘게 생겼다 ^{그는 나에게 이렇게 말하였다}.

"성내 ^{평양} 덴줏골 ^{갈보촌}을 가두 그만한 거 쉽디 않갔시요."

그러니까 촌에서는, 그리고 당시에는 남에게 우습게 보이도록 그 내외의 사이는 좋았다. 늙은이들은 계집에게 혹하지 말라고 흔히 그에게 권고하였다.

부처의 사이는 좋았지만—아니, 오히려 좋으므로 그는 아내에게 샘 ^{질투}을 많이 하였다. 그리고 그의 아내는 시기를 받을 일을 많이 하였다. 품행이 나쁘다는 것이 아니라, 그의 아내는 대단히 천진스럽고 쾌활한 성질로 아무에게나 말 잘하고 애교를 잘 부렸다.

그 동네에서는 무슨 명절이나 되면, 집이 그중 정결함을 핑계 삼아 젊은이들은 모두 그의 집에 모이고 하였다. 그 젊은이들은 모두 그의 아내에게 '아즈마니 ^{아줌마}'라 부르고, 그의 아내는 '아즈바니 ^아

^{저씨}, 아즈바니' 하며 그들과 지껄이고 즐기며, 그 웃기 잘하는 입에는 늘 웃음을 흘리고 있었다.

그럴 때마다 그는 한편 구석에서 눈만 할끔거리며 있다가 젊은이들이 돌아간 뒤에는 불문곡직^{옳고 그름을 따지지 않음}하고 아내에게 덤벼들어 발길로 차고 때리며, 이전에 사다 주었던 것을 모두 걷어 올린다. 싸움을 할 때에는 언제든 곁집에 있는 아우 부처가 말리러 오며, 그렇게 되면 언제든 그는 아우 부처까지 때려주었다.

그가 아우에게 그렇게 구는 데는 이유가 있었다. 그의 아우는 시골 사람에게는 쉽지 않도록 늠름한 위엄이 있었고, 매일 바닷바람을 쏘였지만 얼굴이 희었다. 이것뿐으로도 시기가 된다 하면 되지만, 특별히 아내가 그의 아우에게 친절히 하는 데는, 그는 속이 끓어 못 견디었다.

그가 영유를 떠나기 반년 전쯤—다시 말하자면 그가 거울을 사러 장에 갈 때부터 반년 전쯤 그의 생일날이었다. 그의 집에서는 음식을 차려서 잘 먹었는데 그에게는 괴상한 버릇이 있었으니, 맛있는 음식은 남겨두었다 좀 있다 먹고 하는 것이 습관이었다. 그의 아내도 이 버릇은 잘 알 텐데 그의 아우가 점심때쯤 오니까, 아까 그가 아껴서 남겨두었던 그 음식을 아우에게 주려 하였다. 그는 눈을 부릅뜨고 '못 주리라'고 암호하였지만 아내는 그것을 보았는지 못 보았는지 그의 아우에게 주어버렸다. 그는 마음속이 자못 편치 못하였다. '트집만 있으면 이년을……' 하고 마음먹었다.

    그의 아내는 시아우에게 상을 준 뒤에 물러오다가 그만 그의 발을 조금 밟았다.

    "이년!"

    그는 힘껏 발을 들어서 아내를 냅다 찼다. 그의 아내는 상 위에 거꾸러졌다가 일어난다.

    "이년, 사나이 발을 짓밟는 년이 어디 있어!"

    "거 좀 밟아서 발이 부러텟쉐까?"

    아내는 낯이 새빨개져서 울음 섞인 어조로 고함친다.

    "이년! 말대답이……."

    그는 일어서서 아내의 머리채를 휘어잡았다.

    "형님! 왜 이러십니까?"

    아우가 일어서면서 그를 붙잡았다.

    "가만있거라, 이놈의 자식."

하며 그는 아우를 밀친 뒤에 아내를 되는대로 내리찧었다.

    "죽일 년, 이년! 나가거라!"

    "죽여라, 죽여라! 난 죽어도 이 집에선 못 나가!"

    "못 나가?"

    "못 나가디 않구. 뉘 집이게……."

    이때다. 그의 마음에는 그 '못 나가겠다'는 아내의 마음이 푹 들이박혔다. 그 이상 때리기가 싫었다.

    우두커니 눈만 흘기고 있다가 그는,

"망할 년, 그럼 내가 나갈라."

하고 그만 문밖으로 뛰어나와서,

"형님, 어디 갑니까?"

하는 아우의 말에는 대답도 안 하고, 곁동네 탁주^{막걸리}집으로 뒤도 안 돌아보고 가서 거기 있는 술 파는 계집과 술상 앞에 마주 앉았다.

그날 저녁, 얼근히^{정신이 조금 어렴풋하게} 취한 그는 아내를 위하여 떡을 한 돈어치 사가지고 집으로 돌아왔다. 이리하여 또 서너 달은 평화가 이르렀다. 그러나 이 평화가 언제까지든 계속될 수 없었다. 그의 아우로 말미암아 또 평화는 쪼개져 나갔다.

오월 초승^{음력으로 그달 초하루부터 처음 며칠 동안}부터 영유 고을 출입이 잦던 그의 아우는 오월 그믐^{음력으로 그달의 마지막 날}께서는 고을에서 며칠씩 묵어 오는 일이 많았다. 함께 고을에 첩을 얻어두었다는 소문이 퍼졌다. 이 소문이 있은 뒤 아내는 그의 아우가 고을 들어가는 것을 벌레보다도 더 싫어하고, 며칠 묵어서 오는 때면 곧 아우의 집으로 가서 그와 담판을 하며, 심지어 동서 되는 아우의 처에게까지 못 가게 하지 않는다고 싸우는 일이 있었다. 칠월 초승께 그의 아우는 고을에 들어가서 열흘쯤 묵어 온 일이 있었다. 이때도 전과 같이 그의 아내는 그의 아우며 제수와 싸우다 못하여 마침내 그에게까지 와서 아우가 그런 못된 데를 다니는 것을 그냥 둔다고 해보자 한다. 그 꼴을 곱게 보지 않았던 그는 첫마디로 고함을 쳤다.

"네게 상관이 무에가? 듣기 싫다."

"못난둥이. 아우가 그런 델 댕기는 걸 말리디두 못하고!"

분김에 이렇게 그의 아내는 고함쳤다.

"이년, 무얼?"

그는 벌떡 일어섰다.

"못난둥이!"

그 말이 채 끝나기 전에 그의 아내는 '악' 소리와 함께 그 자리에 거꾸러졌다.

"이년! 사나이에게 그따위 말버릇 어디서 배완!"

"에미네^{여편네} 때리는 건 어디서 배왔노? 못난둥이!"

그의 아내는 울음소리로 부르짖었다.

"상년, 그냥? 나갈! 우리 집에 있디 말구 나갈!"

그는 내리찧으며 부르짖었다. 그리고 아내를 문을 열고 밀쳤다.

"나가디 않으리!"

하고 그의 아내는 울면서 뛰어나갔다.

"망할 년!"

토하는 듯이 중얼거리고 그는 그 자리에 주저앉았다.

그의 아내는 해가 져서 어두워져도 돌아오지 않았다. 일단 내쫓기는 하였지만 그는 아내의 돌아옴을 기다리고 있었다. 어두워져도 그는 불도 안 켜고 성이 나서 우들우들 떨면서 아내가 돌아오기를 기다렸다. 그러나 그의 아내의 참 기쁜 듯이 웃는 소리가 그의 아우의 집에서 밤새도록 울렸다. 그는 움쩍도 안 하고 그 자리에 앉아서 밤을 새운 뒤에 새벽 동 터올 때 아내와 아우를 죽이려고 부엌에 가서 식칼을 가지고 들어와서 문을 벌컥 열었다.

그의 아내로서 만약 근심스러운 얼굴을 하고 그 문밖에 우두커니 서서 문을 들여다보고 있지 않았더라면, 그는 아내와 아우를 죽이고야 말았으리라.

그는 아내를 보는 순간 마음에 가득 차는 사랑을 깨달으면서 칼을 내던지고 뛰어나가서 아내의 머리채를 휘어잡고, '이년' 하면서 들어와서 뺨을 물어뜯으면서 함께 이리저리 자빠져서 뒹굴었다.

그런 이야기는 다 하려면 끝이 없으되 그만 '그', '그의 아내', '그의 아우' 세 사람의 삼각관계는 대략 이와 같다.

거울은 마침 장에 마음에 맞는 것이 있었다. 지금 것과 대보면, 어떤 때는 코도 크게 보이고 입이 작게도 보이는 것이었지만, 그 당시에는 그렇고 그런 촌에서는 둘도 없는 귀물이었다. 거울을 사가지고 장을 본 뒤에 그는 이 거울을 아내에게 주면 그 기뻐할 모양을 생각하며, 새빨간 저녁 햇빛을 받는 넘치는 듯한 바다를 안고 자기 집으로, 늘 들러 오던 탁주집에도 안 들러서 돌아왔다.

그러나 그가 그의 집 방 안에 들어설 때에는 뜻도 안 하였던 광경이 그의 눈에 벌어져 있었다.

방 가운데는 떡상이 있고, 그의 아우는 수건이 벗어져서 목 뒤로 늘어지고 저고리 고름이 모두 풀어져서 한편 모퉁이에 서 있고, 아내도 머리채가 모두 뒤로 늘어지고 치마가 배꼽 아래 늘어지도록 되어 있으며, 그의 아내와 아우는 그를 보고 어찌할 줄을 모르는 듯이 움쭉도 안 하고 서 있었다.

세 사람은 한참 동안 어이가 없어서 서 있었다. 그러나 좀 있다가 마침내 그의 아우가 겨우 말했다.

"그놈의 쥐 어디 갔니?"

"흥! 쥐? 훌륭한 쥐 잡댔구나!"

그는 말을 끝내지도 않고 짐을 벗어던지고 뛰어가서 아우의 멱살을 그러잡았다.

"형님! 정말 쥐가……."

"쥐? 이놈! 형수하고 그런 쥐 잡는 놈이 어디 있니?"

그는 아우의 따귀를 몇 대 때린 뒤에 등을 밀어서 문밖에 내던졌다. 그런 뒤에 이제 자기에게 이를 매를 생각하고 우들우들 떨면서 서 있는 아내에게 달려들었다.

"이년! 시아우와 그런 쥐 잡는 년이 어디 있어!"

그는 아내를 거꾸러뜨리고 함부로 내리찧었다.

"정말 쥐가…… 아이, 죽갔다."

"이년! 너두 쥐? 죽어라!"

그의 팔다리는 함부로 아내의 몸에 오르내렸다.

"아이, 죽갔다. 정말 아까 적은이^{시아우} 왔기에 떡 자시라구 내놓았더니……."

"듣기 싫다! 시아우 붙은 년이, 무슨 잔소릴……."

"아이, 아이, 정말이야요. 쥐가 한 마리 나……."

"그냥 쥐?"

"쥐 잡을래다가……."

"상년! 죽어라! 물에래두 빠데 죽얼!"

그는 실컷 때린 뒤에, 아내도 아우처럼 등을 밀어 쫓았다. 그 뒤에 그의 등으로,

"고기 배때기에 장사해라!"

하고 토하였다.

분풀이는 실컷 하였지만, 그래도 마음속이 자못 편치 못하였다. 그는 아랫목으로 가서 바람벽을 의지하고 실신한 사람같이 우두커니 서서 떡상만 들여다보고 있었다.

한 시간…… 두 시간…….

서편으로 바다를 향한 마을이라 다른 곳보다는 늦게 어둡지만, 그래도 술시_{오후 7시에서 9시 사이}쯤 되어서는 깜깜하니 어두웠다. 그는 불을 켜려고 바람벽에서 떠나서 성냥을 찾으러 돌아갔다.

성냥은 늘 있던 자리에 있지 않았다. 그래서 여기저기 뒤적이노라니까, 어떤 낡은 옷뭉치를 들칠 때에 문득 쥐소리가 나면서 후닥닥 뛰어나온다. 그리하여 저편으로 기어 도망한다.

"역시 쥐댔구나!"

그는 조그만 소리로 부르짖었다. 그리고 그만 그 자리에 맥없이

털썩 주저앉았다.

아까 그가 보지 못한 때의 광경이 활동사진과 같이 그의 머리에 지나갔다.

아우가 집에를 온다. 아우에게 친절한 아내는 떡을 먹으라고 아우에게 떡상을 내놓는다. 그때에 어디선가 쥐가 한 마리 뛰어나온다. 둘아우와 아내이서는 쥐를 잡느라고 돌아간다. 한참 성화시키던 쥐는 어느 구석에 숨어버린다. 그들은 쥐를 찾노라고 두룩거린다눈알을 조금 천천히 자꾸 굴린다. 그럴 때에 그가 집에 들어선 것이다.

"상년, 좀 있으믄 안 들어오리……."

그는 억지로 마음먹고 그 자리에 드러누웠다. 그러나 아내는 밤이 가고 날이 밝기는커녕 해가 중천에 올라도 돌아오지 않았다. 그는 차차 걱정이 나서 찾아보러 나섰다.

아우의 집에도 없었다. 동네를 모두 찾아보아도 본 사람도 없다 한다.

그리하여 낮쯤 한 삼사 리 내려가서 바닷가에서 겨우 아내를 찾기는 찾았지만, 그 아내는 이전 같은 생기로 찬 산 아내가 아니요, 몸은 물에 불어서 곱이나 크게 되고, 이전에 늘 웃음을 흘리던 예쁜 입에는 거품을 잔뜩 문 죽은 아내였다.

그는 아내를 업고 집으로 돌아오기까지 정신이 없었다.

이튿날 간단하게 장사를 하였다.

뒤에 따라오는 아우의 얼굴에는,

"형님, 이게 웬일이오니까?"

하는 듯한 원망이 있었다.

장사를 지낸 이튿날부터 아우는 그 조그만 마을에서 없어졌다. 하루 이틀은 심상히 대수롭지 않게 지냈지만, 닷새가 지나도 돌아오지 않았다. 그래서 알아보니까 꼭 그의 아우같이 생긴 사람이 오륙일 전에 멧산자 뫼산(山)자 모양 보따리를 하여 진 뒤에 시뻘건 저녁 해를 등으로 받고 더벅더벅 동쪽으로 가더라 한다. 그리하여 열흘이 지나고 스무 날이 지났지만 한번 떠난 그의 아우는 돌아올 길이 없었고, 혼자 남은 아우의 아내는 매일 한숨으로 세월을 보내게 되었다.

그도 이것을 잠자코 보고 있을 수 없었다. 그 불행의 모든 죄는 그에게 있었다. 그도 마침내 뱃사람이 되어, 적이나 아내를 삼킨 바다와 늘 접근하며 가는 곳마다 아우의 소식을 알아보려고 어떤 배를 얻어 타고 물길을 나섰다.

그는 가는 곳마다 아우의 이름과 모습을 말하여 물었으나 아우의 소식은 알 수 없었다.

이리하여 꿈결같이 십 년을 지내서 구 년 전 가을, 탁탁히 빽빽하고 두껍게 낀 안개를 꿰며 연안 황해도에 있는 읍 바다를 지나가던 그의 배는 몹시 부는 바람으로 말미암아 파선 배가 파괴됨을 하여 벗 몇 사람은 죽고, 그는 정신을 잃고 물 위에 떠돌고 있었다.

그가 정신을 차린 때는 밤이었다. 그리고 어느덧 그는 뭍 위에 올라와 있었고, 그를 말리느라고 새빨갛게 피워놓은 불빛으로 자기를 간호하는 아우를 보았다.

그는 이상히도 놀라지고 않고, 천연하게 물었다.

"너, 어떻게^{어떻게} 여기 완?"

아우는 잠자코 한참 있다가 겨우 대답하였다.

"형님, 거저 다 운명이웨다."

따뜻한 불기운에 깜박 잠이 들려다가 그는 화닥닥 깨면서 또 말했다.

"십 년 동안에 되게 파랬구나 몸이 마르고 낯빛에 핏기가 없음."

"형님, 나두 변했거니와 형님두 몹시 늙으셨쉐다."

이 말을 꿈결같이 들으면서 그는 또 혼혼히 정신이 가물가물하고 희미하게 잠이 들었다. 그리하여 두어 시간 꿀보다도 단 잠을 잔 뒤에 깨어보니, 아까같이 빨간 불은 피어 있지만 아우는 어디로 갔는지 없어졌다. 곁의 사람에게 물어보니까 아까 아우는 형의 얼굴을 물끄러미 한참 들여다보고 있다가 새빨간 불빛을 등으로 받으면서 더벅더벅 아무 말 없이 어둠 가운데로 사라졌다 한다.

이튿날 아무리 알아보아야 그의 아우는 종적이 없어지고 알 수 없으므로, 그는 하릴없이 다른 배를 얻어 타고 또 물길을 떠났다. 그리하여 그의 배가 해주에 이르렀을 때, 그는 해주장에 들어가서 무엇을 사려다가 저편 맞은편 가게에 걸핏 얼핏 그의 아우 같은 사람이 있으므로 뛰어가서 보니 그는 벌써 없어졌다. 배가 해주에는 오래 머물지 않으므로 그는 마음은 해주에 남겨두고, 또다시 바닷길을 떠났다.

그 뒤에 삼 년을 이리저리 돌아다녔어도 아우는 다시 볼 수 없었다. 그리하여 삼 년을 지내서 지금부터 육 년 전에 그가 탄 배가 강화도를 지날 날에 바다를 향한 가파로운 뫼켠^{산의 한 모서리}에서 바다를 향해 날아오는 '배따라기'를 들었다. 그것도 어떤 구절과 곡조는 그의 아우 특식으로 변경된―그의 아우가 아니면 부를 사람이 없는, 그 '배따라기'다.

배가 강화도에는 머무르지 않아서 그저 지나갔으나 인천에서 열흘쯤 머무르게 되었으므로, 그는 곧 내려서 강화도로 건너가 보았다. 거기서 이리저리 찾아다니다가 어떤 조그만 객줏집에서 물어보니, 이름도 그의 아우요, 생긴 모습도 그의 아우인 사람이 묵어 있기는 하였으나, 사나흘 전에 도로 인천으로 갔다 한다. 그는 돌아서서 인천으로 건너와서 찾아보았지만, 그 조그만 인천에서도 그의 아우를 찾을 방법이 없었다.

그 뒤에 눈 오고 비 오며 육 년이 지났지만, 그는 다시 아우를 만나보지 못하고 아우의 생사까지도 알 수 없었다.

말을 끝낸 그의 눈에는 저녁 해에 반사하여 몇 방울의 눈물이 반짝인다.

나는 한참 있다가 겨우 물었다.

"노형 계수는?"

"모르디오. 이십 년을 영유는 안 가봤으니깐요."

"노형은 이제 어디루 갈 테요?"

"것두 모르디요. 덩처가 있나요? 바람 부는 대로 몰려댕기디요."

그는 다시 한 번 나를 위해 '배따라기'를 불렀다. 아아, 그 속에 잠겨 있는 삭이지 못할 뉘우침, 바다에 대한 애처로운 그리움.

노래를 끝낸 다음에 그는 일어서서 시뻘건 저녁 해를 잔뜩 등으로 받고, 을밀대를 향해 더벅더벅 걸어갔다. 나는 그를 말릴 힘이 없어서 멀거니 그의 등만 바라보고 앉아 있었다.

그날 밤, 집에 돌아와서도 그 배따라기와 그의 숙명적 경험담이 귀에 쟁쟁히 울려서 잠을 못 이루고, 이튿날 아침 깨어서 조반도 안 먹고 기자묘로 뛰어가서 또다시 그를 찾아보았다. 그가 어제 깔고 앉았던 풀은 모두 한편으로 누워서 그가 다녀감을 기념하되, 그는 그 근처에서 보이지 않았다. 그러나—배따라기는 어디선가 쟁쟁히 울려서 모든 소나무를 떨리지 않고는 안 두겠다는 듯이 날아온다.

'모란봉이다. 모란봉에 있다.'

하고 나는 한숨에 모란봉으로 뛰어갔다. 모란봉에는 사람이 하나도 없다. 부벽루에도 없다.

'을밀대다.'

하고 나는 다시 을밀대로 갔다. 을밀대에서 부벽루를 연한 _{잇닿아 있는,} 지옥까지 연한 듯한 골짜기에 물 한 방울을 안 새이리라고 빽빽이 난 소나무의 그 모든 잎잎은 떨리는 '배따라기'를 부르고 있지만,

그는 여기도 있지 않다. 기자묘의 하늘을 향하여 퍼져 나간 그 모든 소나무의 천만의 잎잎도, 그 아래 쭉 퍼진 천만의 풀들도 모두 그 배따라기를 슬프게 부르고 있지만, 그는 이 조그만 모란봉 일대에서 찾을 수 없었다.

강가에 나가서 알아보니, 그의 배는 오늘 새벽에 떠났다 한다. 그 뒤에 여름과 가을이 가고 일 년이 지나서 다시 봄이 이르렀으되, 잠깐 평양을 다녀간 그는 그 숙명적 경험담과 슬픈 배따라기를 두었을 뿐, 다시 조그만 모란봉에 나타나지 않았다.

모란봉과 기자묘에 다시 봄이 이르러서, 작년에 그가 깔고 앉아서 부러졌던 풀들도 다시 곧게 대가 나서 자줏빛 꽃이 피려 하지만, 끝없는 뉘우침을 다만 한낱 '배따라기'로 하소연하는 그는 이 조그만 모란봉과 기자묘에서 다시 볼 수 없었다. 다만 그가 남기고 간 '배따라기'만 추억하는 듯이 모든 잎잎이 속삭이고 있을 따름이다.

−1921년

감자

싸움, 간통, 살인, 도둑, 구걸, 징역, 이 세상의 모든 비극과 활극의 근원지인 칠성문 밖 빈민굴로 오기 전까지 복녀의 부처는 ^{사농공상의 제2위에 드는} 농민이었다.

복녀는 원래 가난은 하나마 정직한 농가에서 규칙 있게 자라난 처녀였다. 이전 선비의 엄한 규율은 농민으로 떨어지면서부터 없어졌다 하나, 그러나 어딘지는 모르지만 딴 농민보다는 좀 똑똑하고 엄한 가율 ^{집안의 법도나 규율}이 그의 집에 그냥 남아 있었다. 그 가운데서 자라난 복녀는 물론 다른 집 처녀들같이 여름에는 벌거벗고 개울에서 멱 감고, 바지 바람으로 동네를 돌아다니는 것을 예사로 알기는 알았지만, 그러나 그의 마음속에는 막연하나마 도덕이라는 것에 대한 저품 ^{두려움}을 가지고 있었다.

그는 열다섯 살 나는 해에 동네 홀아비에게 팔십 원에 팔려서 시집이라는 것을 갔다. 그의 새서방^{영감이라는 편이 적당할까}이라는 사람은 그보다 이십 년이나 위로서, 원래 아버지의 시대에는 상당한 농민으로서 밭도 몇 마지기가 있었으나, 그의 대로 내려오면서는 하나둘 줄기 시작해서, 마지막에 복녀를 산 팔십 원이 그의 마지막 재산이었다.

그는 극도로 게으른 사람이었다. 동네 노인의 주선으로 소작 밭깨나 얻어주면, 종자만 뿌려둔 뒤에는 후치질^{쟁기 등으로 땅을 갈아 흙덩이를 일으키는 농사일}도 안 하고 김도 안 매고 그냥 버려두었다가는 가을에 가서는 되는대로 거두어 '금년에는 흉년이네' 하고 전주^{논밭의 주인}집에는 가져도 안 가고 자기 혼자 먹어버리고 하였다. 그러니까 그는 한 밭을 이태^{두 해}를 연하여 부쳐본 일이 없었다. 이리하여 몇 해를 지내는 동안 그는 그 동네에서는 밭을 못 얻을 만큼 인심과 신용을 잃고 말았다.

복녀가 시집을 온 뒤, 한 삼사 년은 장인의 덕으로 이렁저렁^{이럭저럭}지내갔으나, 이전 선비의 꼬리인 장인도 차차 사위를 밉게 보기 시작하였다. 그들은 처가에까지 신용을 잃게 되었다.

그들 부처는 여러 가지로 의논하다가 하릴없이 평양성 안으로 막벌이^{아무 일이든지 닥치는 대로 해서 돈을 버는 일}로 들어왔다. 그러나 게으른 그에게는 막벌이나마 역시 되지 않았다. 하루 종일 지게를 지고 연광정^{평양의 대동강 가에 있는 누각}에 가서 대동강만 내려다보고 있으니 어찌 막벌이인들 될까. 한 서너 달 막벌이를 하다가 그들은 요행 어떤 집 막간살이^{주로 큰 집에 곁달린 허름한 집에서 구차하게 살아가는 일}로 들어가게 되었다.

그러나 그 집에서도 얼마 안 하여 쫓겨나왔다. 복녀는 부지런히 주인집 일을 보았지만, 남편의 게으름은 어찌할 수 없었다. 매일 복녀는 눈에 칼을 세워가지고 남편을 채근하였지만, 그의 게으른 버릇은 개를 줄 수는 없었다.

"볏섬^{볏섬} 좀 치워달라우요."

"남 졸음 오는데 님자 치우시관."

"내가 치우나요?"

"이십 년이나 밥 처먹구 그걸 못 치워?"

"에이구, 칵 죽구나 말디."

"이년, 뭘!"

이러한 싸움이 그치지 않다가 마침내 그 집에서도 쫓겨나왔다.

이젠 어디로 가나? 그들은 하릴없이 칠성문 밖 빈민굴로 밀려오게 되었다.

칠성문 밖을 한 부락으로 삼고 그곳에 모여 있는 모든 사람의 정업^{정당한 직업}은 거러지^{거지}요, 부업으로는 도둑질과 자기네끼리의 매음, 그 밖의 이 세상의 모든 무섭고 더러운 죄악이었다. 복녀도 그 정업으로 나섰다.

그러나 열아홉 살의 한창 좋은 나이의 여편네에게 누가 밥인들 잘 줄까.

"젊은 거이 거랑 구걸은 왜?"

그런 소리를 들을 때마다 그는 여러 가지 말로 남편이 병으로 죽어가거니 어쩌거니 핑계를 대었지만, 그런 핑계에는 단련된 평양 시민의 동정은 역시 살 수 없었다. 그들은 이 칠성문 밖에서도 가장 가난한 사람 가운데 드는 편이었다. 그 가운데서 잘 수입되는 사람은 하루에 오 리짜리 돈뿐으로 일 원 칠팔십 전의 현금을 쥐고 돌아오는 사람까지 있었다. 극단으로 나가서는 밤에 돈벌이 나갔던 사람은 그날 밤 사백여 원을 벌어가지고 와서 그 근처에서 담배 장사를 시작한 사람까지 있었다.

복녀는 열아홉 살이었다. 얼굴도 그만하면 **빤빤하였다** 반반하였다. 그 동네 여인들의 보통 하는 일을 본받아서 그도 돈벌이 좀 잘하는 사람의 집에라도 간간 찾아가면 매일 오륙십 전은 벌 수 있었지만 선비의 집안에서 자라난 그는 그런 일을 할 수 없었다.

그들 부처는 역시 가난하게 지냈다. 굶는 일도 흔히 있었다.

기자묘 솔밭에 송충이가 끓었다. 그때 평양 '부部'에서는 그 송충이를 잡는데 은혜를 베푸는 뜻으로 칠성문 밖 빈민굴의 여인들을 인부로 쓰게 되었다.

빈민굴 여인들은 모두 지원을 하였다. 그러나 뽑힌 것은 겨우 오십 명쯤이었다. 복녀도 그 뽑힌 사람 가운데 한 사람이었다.

복녀는 열심으로 송충이를 잡았다. 소나무에 사다리를 놓고 올라가서는 송충이를 집게로 집어서 약물에 잡아넣고 또 그렇게 하고, 그의 통은 잠깐 사이에 차고 하였다. 하루에 삼십이 전씩의 품삯이 그의 손에 들어왔다.

그러나 대엿새 _{닷새나 엿새 정도} 하는 동안에 그는 이상한 현상을 하나 발견하였다. 그것은 다른 것이 아니라, 젊은 여인부 한 여남은 _{열이 조금 넘는 수} 사람은 언제나 송충이는 안 잡고, 아래서 지절거리고 _{낮은 목소리로 수다스럽게 자꾸 지껄이고} 웃고 날뛰기만 하고 있는 것이었다. 뿐만 아니라 그 놀고 있는 인부의 품삯은 일하는 사람의 삯전보다 더 많이 내주는 것이었다.

감독은 한 사람뿐이었는데 감독도 그들의 놀고 있는 것을 묵인할 뿐 아니라, 때때로는 자기까지 섞여서 놀고 있었다.

어떤 날 송충이를 잡다가 점심때가 되어서 나무에서 내려와 점심을 먹고 나서 올라가려 할 때에 감독이 그를 찾았다.

"복네! 얘, 복네!"

"왜 그릅네까?"

그는 약통과 집게를 놓고 뒤로 돌아섰다.

"좀 오너라."

그는 말없이 감독 앞에 갔다.

"얘, 너, 음…… 데 뒤 좀 가보자."

"뭘 하레요?"

"글쎄, 가자……."

"가디요, 형님."

그는 돌아서면서 인부들 모여 있는 데로 고함쳤다.

"형님두 갑세다가레."

"싫다 얘, 둘이서 재미나게 가는데 내가 무슨 맛에 가갔나?"

복녀는 얼굴이 새빨갛게 되면서 감독에게로 돌아섰다.

"가보자."

감독은 저편으로 갔다. 복녀는 머리를 수그리고 따라갔다.

"복네 좋갔구나."

뒤에서 이러한 조롱 소리가 들렸다. 복녀의 숙인 얼굴은 더욱 발갛게 되었다.

그날부터 복녀도 '일 안 하고 품삯 많이 받는 인부'의 한 사람이 되었다.

복녀의 도덕관 내지 인생관은 그때부터 변하였다.

그는 아직껏 딴 사내와 관계를 한다는 것을 생각해본 일도 없었다. 그것은 사람의 일이 아니요, 짐승의 하는 것쯤으로만 알고 있었다. 혹은 그런 일을 하면 탁 죽어지는지도 모를 일로 알았다.

그러나 이런 이상한 일이 어디 다시 있을까. 사람인 자기도 그런 일을 한 것을 보면, 그것은 결코 사람으로 못할 일이 아니었다. 게다가 일 안 하고도 돈 더 받고, 긴장된 유쾌가 있고, 빌어먹는 것보다 점잖고…… 삼박자三拍子 같은 좋은 일은 이것뿐이었다.

이것이야말로 삶의 비결이 아닐까. 뿐만 아니라, 이 일이 있은 뒤부터 처음으로 한 개 사람이 된 것 같은 자신까지 얻었다.

그 뒤부터는 그의 얼굴에는 조금씩 분도 바르게 되었다.

일 년이 지났다.

그의 처세 비결은 더욱더 순탄히 진척되었다. 그의 부처는 이제는 궁하게 가난하고 어렵게 지내지는 않게 되었다.

그의 남편은 이것이 결국 좋은 일이라는 듯이 아랫목에 누워서 벌신벌신 웃고 있었다.

복녀의 얼굴은 더욱 예뻐졌다.

"여보, 아즈바니. 오늘은 얼마나 벌었소?"

복녀는 돈 좀 많이 번 듯한 거지를 보면 이렇게 찾는다.

"오늘은 많이 못 벌었쉐다."

"얼마?"

"도무지 열서너 냥."

"많이 벌었쉐다가레. 한 댓 냥 꿰주소고레."

"오늘은 내가……."

어쩌고 어쩌고 하면, 복녀는 곧 뛰어가서 그의 팔에 늘어진다.

"나한테 들킨 댐에는 뀌구야 말아요."

"나 원, 이 아즈마니 만나믄 야단이더라. 자, 꿰주디. 그 대신, 응?

알아 있디?"

"난 몰라요. 해해해."

"모르믄, 안 줄 테야."

"글쎄, 알았대두 그른다."

그의 성격은 이만큼까지 진보되었다.

가을이 되었다.

칠성문 밖 빈민굴의 여인들은 가을이 되면 칠성문 밖에 있는 중국인의 채마밭에 감자, 고구마며 배추를 도둑질하러 밤에 바구니를 가지고 간다. 복녀도 감자깨나 잘 도둑질해왔다.

어떤 날 밤, 그는 고구마를 한 바구니 잘 도둑하여서 이젠 돌아오려고 일어설 때에, 그의 뒤에 시꺼먼 그림자가 서서 그를 꽉 붙들었다. 보니 그것은 그 밭의 주인인 중국인 왕서방이었다. 복녀는 말도 못하고 멀찐멀찐^{멀뚱멀뚱} 발아래만 내려다보고 있었다.

"우리 집에 가."

왕서방은 이렇게 말하였다.

"가재믄 가디. 흰, 것두 못 갈까."

복녀는 엉덩이를 한번 홱 두른 뒤에 머리를 젖히고 바구니를 저으면서 왕서방을 따라갔다.

한 시간쯤 뒤에 그는 왕서방의 집에서 나왔다. 그가 밭고랑에서 길로 들어서려고 할 때에 문득 뒤에서 누가 그를 찾았다.

"복네 아니야?"

복녀는 홱 돌아서 보았다. 거기는 자기 곁집 여편네가 바구니를 끼고 어두운 밭고랑을 더듬더듬 나오고 있었다.

"형님이댔쉐까? 형님두 들어갔댔쉐까?"

"님자두 들어갔댔나?"

"형님은 뉘 집에?"

"나? 눅^陸서방네 집에. 님자는?"

"난 왕서방네…… 형님 얼마 받았소?"

"눅서방네…… 그 깍쟁이 놈, 배추 세 폐기……."

"난 삼 원 받았다."

복녀는 자랑스러운 듯이 대답하였다.

십 분쯤 뒤에 그는 자기 남편과 그 앞에 돈 삼 원을 내놓은 뒤에, 아까 그 왕서방의 이야기를 하면서 웃고 있었다.

그 뒤부터 왕서방은 무시로^{수시로} 복녀를 찾아왔다.

한참 왕서방이 눈만 멀찐멀찐 앉아 있으면, 복녀의 남편은 눈치를 채고 밖으로 나간다. 왕서방이 돌아간 뒤에는, 그들 부처는 일 원 혹은 이 원을 가운데 놓고 기뻐하고 하였다.

복녀는 차차 동네 거지들한테 애교를 파는 것을 중지하였다. 왕서방이 분주하여 못 올 때가 있으면 복녀는 스스로 왕서방의 집까지 찾아갈 때도 있었다.

복녀의 부처는 이제 이 빈민굴의 한 부자였다.

그 겨울도 가고 봄이 이르렀다.

그때 왕서방은 돈 백 원으로 어떤 처녀를 하나 마누라로 사오게 되었다.

"흥!"

복녀는 다만 코웃음만 쳤다.

"복녀, 강짜 질투하갔구만."

동네 여편네들이 이런 말을 하면 복녀는 '흥' 하고 코웃음을 웃고 하였다.

'내가 강짜를 해?'

그는 늘 힘 있게 부인하고 하였다. 그러나 그의 마음에 생기는 검은 그림자는 어찌할 수 없었다.

'이놈 왕서방. 네 두고 보자.'

왕서방이 색시를 데려오는 날이 가까웠다. 왕서방은 아직껏 자랑하던 기다란 머리를 깎았다. 동시에 그것은 새색시의 의견이라는 소문이 퍼졌다.

"흥!"

복녀는 역시 코웃음만 쳤다.

마침내 색시가 오는 날이 이르렀다. 칠보단장^{여러 가지 패물로 몸을 치} ^{장함}에 사인교^{네 사람이 메는 가마}를 탄 색시가 칠성문 밖 채마밭 가운데 있는 왕서방의 집에 이르렀다.

밤이 깊도록 왕서방의 집에는 중국인들이 모여서 별한 악기를 뜯으며 별한 곡조로 노래하며 야단하였다. 복녀는 집 모퉁이에 숨어서 눈에 살기를 띠고 방 안의 동정을 듣고 있었다.

다른 중국인들은 새벽 두 시쯤 하여 돌아가는 것을 보면서 복녀는 왕서방의 집 안에 들어갔다. 복녀의 얼굴에는 분이 하얗게 발려 있었다.

신랑 신부는 놀라서 그를 쳐다보았다. 그것을 무서운 눈으로 흘겨보면서 그는 왕서방에게 가서 팔을 잡고 늘어졌다. 그의 입에서는 이상한 웃음이 흘렀다.

"자, 우리 집으로 가요."

왕서방은 아무 말도 못하였다. 눈만 정처 없이 두룩두룩^{눈알을 조금} ^{천천히 굴리는 모양}하였다. 복녀는 다시 한 번 왕서방을 흔들었다.

"자, 어서."

"우리 오늘 밤 일이 있어 못 가."

"일은 밤중에 무슨 일?"

"그래두, 우리 일이……."

복녀의 입에 아직껏 떠돌던 이상한 웃음은 문득 없어졌다.

"이까짓 것."

그는 발을 들어서 치장한 신부의 머리를 찼다.

"자, 가자우, 가자우."

왕서방은 와들와들 떨었다. 왕서방은 복녀의 손을 뿌리쳤다.

복녀는 쓰러졌다. 그러나 곧 다시 일어섰다. 그가 다시 일어설 때
는, 그의 손에는 얼른얼른하는 낫이 한 자루 들려 있었다.

"이 되놈중국 사람을 낮잡아 이르는 말, 죽어라, 이놈, 나 때렸디! 이놈아,
아이구 사람 죽이누나."

그는 목을 놓고 처울면서 낫을 휘둘렀다. 칠성문 밖 외딴 밭 가운
데 홀로 서 있는 왕서방의 집에서는 일장한바탕의 활극이 일어났다.
그러나 그 활극도 곧 잠잠하게 되었다. 복녀의 손에 들려 있던 낫은
어느덧 왕서방의 손으로 넘어가고, 복녀는 목으로 피를 쏟으면서
그 자리에 고꾸라져 있었다.

복녀의 송장은 사흘이 지나도록 무덤으로 못 갔다.

왕서방은 몇 번을 복녀의 남편을 찾아갔다. 복녀의 남편도 때때
로 왕서방을 찾아갔다. 둘의 사이에는 무슨 교섭하는 일이 있었다.

사흘이 지났다.

밤중 복녀의 시체는 왕서방의 집에서 남편의 집으로 옮겼다. 그
리고 시체에는 세 사람이 둘러앉았다. 한 사람은 복녀의 남편, 한 사
람은 왕서방, 또 한 사람은 어떤 한방 의사─왕서방은 말없이 돈주
머니를 꺼내어 십 원 지폐 석 장을 복녀의 남편에게 주었다. 한방 의

사의 손에도 십 원짜리 두 장이 갔다.

　이튿날 복녀의 시체는 뇌일혈로 죽었다는 한방 의사의 진단으로 공동묘지로 가져갔다.

-1925년

• • • • •
광염 소나타

독자는 이제 내가 쓰려는 이야기를 유럽의 어떤 곳에서 생긴 일이라고 생각해도 좋다. 혹은 사오십 년 뒤에 조선을 무대로 생겨날 이야기라고 생각해도 좋다. 다만 이 지구상의 어떤 곳에서 이러한 일이 있었는지도 모르겠다, 있는지도 모르겠다, 혹은 있을지도 모르겠다, 가능성만은 있다—이만큼 알아두면 그만이다.

그런지라, 내가 여기 쓰려는 이야기의 주인공 되는 백성수白性洙를, 혹은 알벨트라 생각해도 좋을 것이요, 짐이라 생각해도 좋을 것이요, 또는 호모胡某나 기무라모木村某로 생각해도 괜찮다. 다만 사람이라 하는 동물을 주인공 삼아가지고, 사람의 세상에서 생겨난 일인 줄만 알면…….

이러한 전제로써, 자 그러면 내 이야기를 시작하자.

"기회라 하는 것이 사람을 망하게도 하고, 흥하게도 하는 것을 아시오?"

"네, 새삼스레 연구할 문제도 아닐걸요."

"자, 여기 어떤 상점이 있다 합시다. 그런데 마침 주인도 없고 사환잔심부름을 시키기 위해 고용한 사람도 없고 온통 비었을 적에 우연히 그 앞을 지나가던 신사가—그 신사는 재산도 있고 명망도 있는 점잖은 사람인데—빈 상점을 들여다보고, 혹은 이렇게 생각할 수도 있지 않아요? 텅 비었으니깐 도적놈이라도 넉넉히 들어갈 게다, 들어가서 훔치면 아무도 모를 테다, 집을 왜 이렇게 비워둔담…… 이런 생각 끝에 혹은 그—그 뭐랄까, 그 돌발적 변태심리로써 조그만 물건 하나 변변치도 않고 욕심도 안 나는를 집어서 주머니에 넣는 경우가 있을지도 모르지 않겠습니까?"

"글쎄요."

"있습니다. 있어요."

어떤 여름날 저녁이었다. 도회를 떠난 교외 어떤 강변에 두 노인이 앉아서 이런 이야기를 하고 있었다. 그 기회론을 주장하는 사람은 유명한 음악 비평가 K씨였다. 듣는 사람은 사회교화자社會敎化者의 모씨였다.

"글쎄, 있을까요?"

"있어요. 좌우간 있다 가정하고, 그러한 경우에 그 책임은 어디 있습니까?"

"동양 속담 말에, 외밭오이나 참외를 심는 밭에서는 신 끈도 다시 매지 말랬으니, 그 신사가 책임을 질까요?"

"그래 버리면 그뿐이지만, 그 신사는 점잖은 사람으로서 그런 절대적 기묘한 찬스만 아니더라면 그런 마음은커녕 염무엇을 하려고 하는 생각도 내지도 않을 사람이라 생각하면 어찌 됩니까?"

"⋯⋯."

"말하자면 죄는 '기회'에 있는데 '기회'라는 무형물은 벌을 할 수 없으니까 그 신사를 가해자로 인정할 수밖에는 지금은 없지요."

"그렇습니다."

"또 한 가지—사람의 천재라 하는 것도 경우에 따라서는 어떤 '기회'가 없으면 영구히 안 나타나고 마는 일이 있는데, 그 '기회'란 것이 어떤 사람에게서 그 사람의 '천재'와 '범죄 본능'을 한꺼번에 끌어내었다면 우리는 그 '기회'를 저주해야겠습니까, 축복해야겠습니까?"

"글쎄요."

"선생님, 백성수라는 사람을 아시오?"

"백성수? 자⋯⋯ 기억이 없는데요."

"작곡가로서 그⋯⋯."

"네, 생각납니다. 유명한 〈광염 소나타〉의 작가 말씀이지요?"

"네, 그 사람이 지금 어디 있는지 아십니까?"

"모릅니다. 뭐 발광했단 말이 있었는데⋯⋯."

"네, 지금 ××정신병원에 감금돼 있는데, 그 사람의 일대기를 이야기할 테니 들으시고 사회교화자로서의 의견을 말씀해주십시오."

내가 이제 이야기하려는 백성수의 아버지도 또한 천분^{타고난 재능} 많은 음악가였습니다. 나와는 동창생이었는데 학생 시절부터 벌써 그의 천분은 넉넉히 볼 수 있었습니다. 그는 작곡과를 전공하였는데, 때때로 스스로 작곡을 해서는 밤중에 혼자서 피아노를 두드리고 해서 우리로 하여금 뜻하지 않고 일어나게 하고 하였습니다. 그리고 우리는 그 밤중에 울려오는 야성적 선율에 몸을 소스라치고 하였습니다.

그는 야인^{野人}이었습니다. 광포스러운 야성은 때때로 비위에 틀리면 선생을 두들기기가 예사며, 우리 학교 근처의 술집이며 모든 상점 주인은 그에게 매깨나 안 얻어맞은 사람이 없었습니다. 그러한 야성은 그의 음악 속에 풍부히 잠겨 있어서, 오히려 그 야성적 힘이 그의 예술을 빛나게 하는 것이었습니다.

그러나 그가 학교를 졸업하고 난 뒤에는 그 야성은 다른 곳으로 발전되고 말았습니다.

술―술―무서운 술이었습니다. 아침부터 저녁까지, 저녁부터 아침까지 술잔이 그의 입에서 떠나지를 않았습니다.

그리고 술을 먹고는 여편네들에게 행패를 하고, 경찰서에 구류를 당하고, 나와서는 또 같은 일을 하고…….

작품? 작품이 다 무엇이외까? 술을 먹은 뒤에 취흥에 겨워 때때로 피아노에 앉아서 즉흥으로 탄주^{악기를 연주함}를 하고 하였는데, 지금 생각하면 그 귀기^{鬼氣}가 사람을 엄습하는 힘과 ^{베토벤 이래로 근대 음악가에서 발견할 수 없던} 야성, 그건—보물이라 해도 좋을 것이 많았지만, 우리는 각각 제 길 닦기에 바쁜 사람이라, 주정꾼의 즉흥악을 일일이 베껴둔다든가 그런 일은 꿈에도 생각하지 않았습니다.

우리는 그의 장래를 생각하여 때때로 술을 삼가기를 권고하였지만, 그런 야인에게 친구의 권고가 무슨 소용이 있겠습니까.

"술? 술은 음악이다!"

하고는 '하하하하' 웃어버리고 다시 술집으로 달아나고 합니다.

그러한 칠팔 년이 지난 뒤에 그는 아주 폐인이 되고 말았습니다. 술이 안 들어가면 그의 손은 떨렸습니다. 눈에는 눈곱이 꼈습니다. 그리고 술이 들어가면—술만 들어가면 그는 그 광포성을 발휘하였습니다. 누구를 물론하고 붙잡고는 입에 술을 부어 넣어주었습니다. 그러다가는 장소를 불문하고 아무 데나 누워서 잡니다.

사실 아까운 천재였습니다. 우리 사이에는 때때로 그의 천분을 생각하고 아깝게 여기는 한숨이 있었지만, 세상에서는 그 장래가 무서운 한 천재가 있었다는 것을 몰랐습니다.

그러는 동안에 그는 어떤 양가의 처녀와 어떻게 관계를 맺어서 애까지 뱄습니다. 그러나 그 애의 출생을 보지 못하고, 아깝게도 심장마비로 죽어버리고 말았습니다.

그 유복자로 세상에 나온 것이 백성수였습니다.

그러나 우리는 백성수가 세상에 출생되었다는 풍문만 들었지, 그 애 아버지가 죽은 뒤부터는 그 애의 소식이며, 그 애 어머니의 소식은 일체 몰랐습니다. 아니, 몰랐다는 것보다 그 집안의 일은 우리의 머리에서 온전히 잊어버리고 말았습니다.

삼십 년이란 세월이 흘렀습니다.

십 년이면 강산도 변한다 하는데 삼십 년 사이의 변천을 어찌 이루 다 말하겠습니까. 좌우간 그동안에 나는 내 길을 닦아놓았습니다. 아시다시피 지금 K라 하면 이 나라에서 첫 손가락을 꼽는 음악 비평가가 아닙니까. 건실한 지도적 비평가 K라면 이 나라 음악계의 권위며, 이 나의 한마디는 음악가의 가치를 결정하는 판결문이라 해도 옳을 만큼 되었습니다. 많은 음악가가 내 손 아래에서 자랐으며, 많은 음악가가 내 지도로 이름을 날렸습니다.

재작년 이른 봄 어떤 날이었습니다.

그때 나는 조용한 밤중의 몇 시간씩을 ××예배당에 가서 명상으로 시간을 보내는 것이 습관이 되어 있었습니다. 언덕 위에 홀로 서 있는 집으로서 조용한 밤중에 혼자 앉아 있노라면 때때로 들보^{건물의 칸과 칸 사이의 두 기둥 위를 걸쳐서 연결하는 나무}에서 놀라서 깬 비둘기의 날개 소리와 간간이 기둥에서 '뚝뚝' 하는 소리밖에는 아무 소리도 들리지 않는, 말하자면 나 같은 괴상한 성미를 가진 사람이 아니면 돈을 주면서 들어가래도 들어가지 않을 음침한 집이었습니다. 그러나 나 같은 명상을 즐기는 사람에게는 다른 데서 구하기 힘들도록 온갖 것을 가진 집이었습니다. 외딸고 ^{다른 것과 떨어져 홀로} 조용하고 음침하며, 간간이 알지 못할 신비한 소리까지 들리며, 멀리서는 때때로 놀란 듯한 기적^{汽笛} 소리도 들리는…… 이것만으로도 상당한데, 게다가 이 예배당에는 피아노도 한 대 있었습니다. 예배당에는 오르간은 있을지나 피아노가 있는 곳은 쉽지 않은 것으로서, 무슨 흥이나 날 때에는 피아노에 가서 한 곡조 두드리는 재미도 또한 괜찮았습니다.

그날 밤도 ^{아마 두 시는 지났을걸요} 그 예배당에서 혼자서 눈을 감고 조용한 맛을 즐기고 있노라는데, 갑자기 저편 아래에서 재재하는 ^{좀 수} _{다스럽게 재잘거리는} 소리가 납디다. 그래서 눈을 번쩍 뜨니까 화광^{불빛}이 충천하였는데, 내다보니까 언덕 아래 어떤 집이 불이 붙으며 사람들이 왔다 갔다 야단이었습니다.

이렇게 말하면 어떨지 모르지만, 그다지 멀지 않은 곳에서 불붙는 것을 바라보는 맛도 괜찮은 것이었습니다. 일어서는 불길이며, 퍼져나가는 연기, 불씨의 날아나는 양, 그 가운데 거뭇거뭇 보이는 기둥, 집의 송장, 재재거리는 사람의 무리, 이런 것은 어떻게 생각하면 과연 시도 될지며 음악도 될 것이었습니다. 옛날에 '네로^{로마의 제}_{5대 황제}'가 불붙는 것을 바라보면서 자기는 비파를 들고 노래를 하였다는 것도 음악가의 견지로 보면 그다지 나무랄 것이 아니었습니다.

나도 그때에 그 불을 보고 차차 흥이 났습니다.

'네로'를 본받아서 나도 즉흥으로 한 곡조 두드려볼까. 어렴풋이 이런 생각을 하며, 나는 그 불을 정신없이 바라보고 있었습니다.

그때였습니다. 갑자기 덜컥덜컥하는 소리가 들리더니 예배당 문이 열리며, 웬 젊은 사람이 하나 낭패한 듯이 뛰어들어 왔습니다. 그리고 무엇에 놀란 사람같이 두리번두리번 사면^{전후좌우}을 살피더니, 그래도 내가 있는 것은 못 보았는지, 저편에 있는 창 안에 가서 숨어 서서 아래서 붙은 불을 내려다봅니다.

나는 꼼짝을 못하였습니다. 좌우간 심상스러운 사람은 아니요, 방화범이나 도적으로밖에는 인정할 수 없지 않겠습니까? 그래서 꼼짝을 못하고 서 있노라니까 그 사람은 한참 정신없이 서 있다가 한숨을 쉽니다. 그리고 맥없이 두 팔을 늘어뜨리고 도로 나가려고 발을 떼려다가 자기 곁에 피아노가 놓인 것을 보더니, 교의^{의자}를 끌어다 놓고 그 앞에 주저앉고 말겠지요. 나도 거기에는 그만 직업적 흥미에 끌렸습니다. 그래서 무엇을 하나 보자 하고 있노라니까, 뚜껑을 열더니 한번 '뚱' 하고 시험을 해보아요. 그리고 조금 있더니 다시 '뚱뚱' 하고 시험을 해보겠지요.

이때부터 그의 숨소리가 차차 높아지기 시작했습니다. 씩씩거리며 몹시 흥분한 사람같이 몸을 떨다가 벼락같이 양손을 키^{건반} 위에 갖다가 덮었습니다. 그다음 순간 C샤프 단음계의 알레그로^{빠르고, 경쾌하게}가 시작되었습니다.

처음에는 다만 흥미로써 그의 모양을 엿보고 있던 나는 그 알레
그로가 울려나오는 순간 마음은 끝까지 긴장되고 흥분되었습니다.

그것은 순전한 야성적 음향이었습니다. 음악이라 하기에는 너무
힘 있고 무기교^{無技巧}였습니다. 그러나 음악이 아니라기엔 거기에는
너무 괴롭고도 무겁고 힘 있는 '감정'이 들어 있었습니다. 그것은
마치 야반^{夜중}의 종소리와도 같이 사람의 마음을 무겁고 음침하게
하는 음향인 동시에, 맹수의 부르짖음과 같이 사람으로 하여금 소
름 돋치게 하는 무서운 감정의 발현이었습니다. 아아, 그 야성적 힘
과 남성적 부르짖음, 그 아래 감추어 있는 침통한 주림^{제대로 먹지 못하}
^{여 주리는 일}과 아픔, 순박하고도 아무 기교가 없는 표현!

나는 털썩 그 자리에 주저앉고 말았습니다. 그리고 음악가의 본
능으로서 뜻하지 않고 주머니에서 오선지와 연필을 꺼냈습니다. 피
아노의 울려 나아가는 소리에 따라서 나의 연필은 오선지 위에서
뛰놀았습니다. 등불도 없는지라, 손짐작으로.

좀 급속도로 시작된 빈곤, 거기 연하여 주림, 꺼져가는 불꽃과 같
은 목숨, 그러한 것을 지나서 한참 연속되는 완서조^{느릿느릿하고 더딘 음}
^조의 압축된 감정, 갑자기 튀어져 나오는 광포^{미처 날뛰듯이 매우 거칠고 사}
^{나움.} 거기 연한 쾌미^{쾌감}, 홍소^{입을 크게 벌리고 웃거나 떠들썩하게 웃음}—이리
하여 주화조^{평화롭고 안정적인 음조}로서 탄주는 끝이 났습니다. 더구나
그 속에 나타나 있는 압축된 감정이며 주림, 또는 맹렬한 불길 등이
사람의 마음에 주는 그 처참함이며 광포성은 나로 하여금 아직 '문

명'이라 하는 것의 은택은혜로운 혜택에 목욕해보지 못한 야인을 연상케 하였습니다.

탄주가 다 끝난 뒤에도 나는 정신을 못 차리고 망연히 앉아 있었습니다. 물론 조금이라도 음악의 소양이 있는 사람일 것 같으면, 이제 그 소나타를 음악에 대하여 정통으로 아무러한 수양도 받지 못한 사람이, 다만 자기의 천재적 즉흥만으로 탄주한 것임을 알 것입니다. 해결안어울림음을 어울림음으로 이끎도 없이 감칠도화현減七度和絃이며 증육도화현增六度和絃을 범벅으로 섞어놓았으며 금칙연주에서 금하는 법칙인 병행오팔도竝行五八度까지 집어넣은 것으로서, 더구나 스케르초교향곡 현악 4중주곡의 제3악장에 쓰이는 곡조로 템포가 빠른 3박자의 격렬한 리듬는 온전히 뽑아먹은—대담하다면 대담하고, 무식하다면 무식하달 수도 있는 방분제멋대로 나아가 거침이 없음 자유한 소나타였습니다.

이때 문득 내 머리에 떠오른 것은 삼십 년 전에 심장마비로 죽은 백○○였습니다. 그의 음악으로서, 만약 정통적 훈련만 뽑고 거기다가 야성을 더 집어넣으면 지금 내 눈앞에 있는 그 음악가의 것과 같은 것이 될 것이었습니다. 귀기가 사람을 엄습하는 듯한 그 힘과 방분스러운 표현과 야성—이것은 근대 음악가에게 구하기 힘든 보물이었습니다.

그 소나타에 취하여 한참 정신이 어리둥절해 앉았던 나는 고즈너기슬그머니 일어서서 그 피아노 앞에 가서 그의 어깨에 가만히 손을 얹었습니다. 한 곡조를 타고 나서 아주 곤한 듯이 정신없이 앉아 있던 그는 펄떡 놀라며 일어서서 내 얼굴을 보았습니다.

"자네 몇 살 났나?"

나는 그에게 이렇게 첫말을 물었습니다. 가슴이 답답한 나로서는 이런 말밖에는 갑자기 다른 말이 생각 안 났습니다. 그는 높은 창에서 들어오는 달빛을 받고 있는 내 얼굴을 한순간 쳐다보고, 머리를 돌이키고 말았습니다.

"배고프나?"

나는 두 번째 그에게 물었습니다.

그는 시끄러운 듯이 벌떡 일어섰습니다. 그리고 달빛이 비친 내 얼굴을 정면으로 바라보다가,

"아, K선생님 아니세요?"

하면서 나를 붙들었습니다. 그래서 그렇노라고 하니깐,

"사진으로는 늘 뵈었습니다마는……."

하면서 다시 맥없이 나를 놓으며 머리를 돌렸습니다.

그 순간—그가 머리를 돌이키는 순간 달빛에 걸핏 나는 그의 얼굴을 처음으로 보았습니다. 그리고 나는 거기서 뜻밖에 삼십 년 전에 죽은 벗 백○○의 모습을 발견하였습니다.

"아, 자네 이름이 뭔가?"

"백성수……."

"백성수? 그 백○○의 아들이 아닌가. 삼십 년 전에 자네가 나오기 전에 세상을 떠난……."

그는 머리를 번쩍 들었습니다.

"네? 선생님, 어떻게 아세요?"

"백○○의 아들인가? 같이두 생겼다. 내가 자네의 어르신네와 동창이네. 아아, 역시 그 애비의 아들이다."

그는 한숨을 길게 쉬며 머리를 숙여버렸습니다.

나는 그날 밤 그 백성수를 데리고 집으로 돌아왔습니다. 그리고 비록 작곡상 온갖 법칙에는 어그러진다 하나, 그만큼 힘과 정열과 열성으로 찬 소나타를 그저 버리기가 아까워서 다시 한 번 피아노에 올라앉기를 명하였습니다. 아까 예배당에서 내가 베낀 것은 알레그로가 거의 끝난 곳부터였으므로 그전 것을 베끼기 위해서였습니다.

그는 피아노를 향해 앉아서 머리를 기울였습니다. 몇 번 손으로 키를 두드려보다가는 다시 머리를 기울이고 생각하고 하였습니다. 그러나 다섯 번, 여섯 번을 다시 해보았으나 아무 효과도 없었습니다. 피아노에서 울려오는 음향은 규칙 없고 되지 않은 한낱 소음에 지나지 못하였습니다. 야성? 힘? 귀기? 그런 것은 없었습니다.

"선생님, 잘 안 됩니다."

그는 부끄러운 듯이 연해 고개를 기울이며 이렇게 말하였습니다.

"두 시간도 못 돼서 벌써 잊어버린담?"

나는 그를 밀어놓고 내가 대신하여 피아노 앞에 앉아서 아까 베낀 그 음보를 펴놓았습니다. 그리고 내가 베낀 곳부터 타기 시작하였습니다.

화염火炎! 화염, 빈곤, 주림, 야성적 힘, 기괴한 감금당한 감정! 음보를 보면서 타던 나는 스스로 흥분이 되었습니다. 미상불아닌 게 아니라 과연 그때 내 눈은 미친 사람같이 번득였으며 얼굴은 흥분으로 새빨갛게 되었을 것이었습니다.

그때에 그가 갑자기 달려들더니 나를 떠밀쳐버렸습니다. 그리고 자기가 대신하여 앉았습니다.

의자에서 떨어진 나는 그 자리에 앉은 대로 그의 양을 쳐다보았습니다. 그는 나를 밀쳐버린 다음에 그 음보를 들고서 읽기 시작하였습니다. 아아, 그의 얼굴! 그의 숨소리가 차차 높아지면서 눈은 미친 사람과 같이 빛을 내기 시작하였습니다. 그러더니 그 음보를 홱 내던지며 문득 벼락같이 그의 두 손은 피아노 위에 덧업혔습니다.

'C샤프 단음계'의 광포스러운 '소나타'는 다시 시작되었습니다. 폭풍우같이, 또는 무서운 물결같이 사람으로 하여금 숨 막히게 하는 그 힘—그것은 베토벤 이래로 근대 음악가에게서 보지 못하던 광포스러운 야성이었습니다.

무섭고도 참담스러운 주림, 빈곤, 압축된 감정, 거기서 튀어져 나온 맹염세차게 타오르는 불꽃, 공포, 홍소—아아, 나는 너무 숨이 답답하여 뜻하지 않고 두 손을 홱 내저었습니다.

그날 밤이 새도록 그는 흥분이 되어서 자기의 과거를 일일이 다 이야기하였습니다. 그 이야기에 의지하면 대략 그의 경력이 이러하였습니다.

그의 어머니는 그를 밴 뒤에 곧 자기의 친정에서 쫓겨나왔습니다. 그때부터 그의 가난함은 시작되었습니다.

그러나 교양이 있고 어진 그의 어머니는 품팔이할지언정 성수는 곱게 길렀습니다. 변변치는 않으나마 오르간 하나를 준비해두고, 그가 잠자려 할 때에는 슈베르트의 〈자장가〉로써 그의 잠을 도왔으며, 아침에 깰 때는 하루 종일을 유쾌히 지내게 하기 위해 도랜드의 〈세컨드 왈츠〉로써 그의 원기를 돋우었습니다.

그는 세 살 났을 적에 어머니의 품에 안겨서 오르간을 장난해보았습니다. 이 오르간을 장난하는 것을 본 어머니는 근근이 돈을 모아서 그가 여섯 살 나는 해에 피아노를 하나 샀습니다.

아침에는 새소리, 바람에 버석거리는 포플러 잎, 어머니의 사랑, 부엌에서 국 끓는 소리, 이러한 모든 것이 이 소년에게는 신비스럽고도 다정스러워, 그는 피아노에 앉아서 생각나는 대로 키를 두드리고 하였습니다.

이러한 가운데 고이 소학초등학교과 중학도 마쳤습니다. 그러는 동안 음악에 대한 동경은 그의 가슴에 터질 듯이 쌓였습니다.

중학을 졸업한 뒤에는 이젠 어머니를 위하여 그는 학업을 중지하지 않을 수 없었습니다.

그는 어떤 공장의 직공이 되었습니다. 그러나 어진 어머니의 교육 아래서 길러난 그는 비록 직공은 되었다 하나 아주 온량한성품이 온화하고 무던한 사람이었습니다.

그리고 음악에 대한 집착은 조금도 줄지 않았습니다. 비록 돈이 없어서 정식으로 음악 교육은 못 받을망정, 거리에서 손님을 끄느라고 틀어놓은 유성기 앞이며, 또는 일요일날 예배당에서 찬양대의 노래에 젊은 가슴을 뛰놀리던 그였습니다. 집에서는 피아노 앞을 떠나본 일이 없었습니다.

때때로 비상한 감흥으로 오선지를 내놓고 음보를 그려본 적도 한두 번이 아니었습니다. 그러나 이상한 것은 그만큼 뛰놀던 열정과 터질 듯한 감격도 음보로 그려놓으면 아무 긴장도 없는 싱거운 음계가 되어버리고 하였습니다. 왜? 그만큼 천분이 있고 그만큼 열정이 있던 그에게서 왜 그런 재와 같은 음악만 나왔느냐고 물으실 테지요. 거기 대해서는 이따가 설명하리라.

감격과 불만, 열정과 재…… 비상한 흥분에 반비례되는 시원치 않은 결과, 이러한 불만의 십 년이 지났습니다.

그의 어머니는 문득 몹쓸 병에 걸렸습니다.

자양몸의 영양을 좋게 함과 약값, 그의 몇 해를 근근이 모았던 돈은 차차 줄기 시작하였습니다. 조금이라도 안락한 생활이 되기만 하면 정식으로 음악에 대한 교육을 받으려고 모아두었던 저금은 그의 어머니의 병에 다 들어갔습니다. 그러나 그의 어머니의 병은 차도가 보이지 않았습니다.

그리하여 그와 내가 그 예배당에서 만나기 전해 여름 어떤 날, 그의 어머니는 도저히 회복할 가망이 없는 중태에까지 빠지게 되었습니다. 그러나 그때는 벌써 그에게는 돈이라고는 다 떨어진 때였습니다.

그날 아침, 그는 위독한 어머니를 버려두고 역시 공장에를 갔습니다. 그러나 아무리 해도 마음이 놓이지 않아서 일을 중도에 그만두고 집으로 돌아왔습니다. 그때는 어머니는 벌써 혼수상태에 빠져 있었습니다. 가슴이 덜컥 내려앉은 그는 황급히 다시 뛰어나갔습니다. 그러나 어디로? 무얼 하러? 뜻 없이 뛰어나와서 한참 달음박질하다가 그는 문득 정신을 차리고 의사라도 청할 양으로 힐끔 돌아섰습니다.

그때였습니다. 아까 내가 말한 바 '기회'라는 것이 그때에 그의 앞에 나타났습니다. 그것은 조그만 담배 가게 앞이었는데, 가게와 안방 사이의 문은 닫혀 있고 안에는 미상불 사람이 있을지나 가게를 보는 사람이 눈에 안 띄었습니다. 그리고 그 담배 상자 위에는 오십 전짜리 은전 한 닢과 동전 몇 닢이 놓여 있었습니다.

그는 자기도 무엇을 하는지 몰랐습니다. 의사를 청해오려면, 다만 몇십 전이라도 돈이 있어야겠단 어렴풋한 생각만 가지고 있던 그는 한번 사면을 살핀 뒤에 벼락같이 그 돈을 쥐고 달아났습니다.

그러나 그는 이십 간 길이의 단위, 한 간은 1.8182m에 해당함도 뛰지 못하여 따라오는 그 집 사람에게 붙들렸습니다.

그는 몇 번을 사정하였습니다. 마지막에는 자기의 어머니가 명재

경각목숨이 위태로운 지경에 놓여 있음이니 한 시간만 놓아주면 의사를 어머니에게 보내고 다시 오마고까지 해보았습니다. 그러나 그런 말은 모두 헛소리로 돌아가고, 그는 마침내 경찰서로 가게 되었습니다.

경찰서에서 재판소로, 재판소에서 감옥으로—이러한 여섯 달 동안에 그는 이를 갈면서 분해하였습니다. 자기 어머니의 운명이 어찌 되었나, 그는 손과 발을 동동 구르면서 안타까워했습니다. 만약 세상을 떠났다 하면, 떠나는 순간에 얼마나 자기를 찾았겠습니까. 임종에도 물 한 잔 떠 넣어줄 사람이 없는 어머니였습니다. 애타는 그 모양, 목말라하는 그 모양을 생각하고는, 그 어머니에게 지지 않게 자기도 애타고 목말라했습니다.

반년 뒤에 겨우 광명한 세상에 나와서 자기의 오막살이를 찾아가매, 거기는 벌써 다른 사람이 들어 있었으며, 어머니는 반년 전에 아들을 찾으며 길에까지 기어나와서 죽었다 합니다.

공동묘지를 가보았으나 분묘무덤조차 발견할 수 없었습니다.

이리하여 갈 곳이 없어 헤매던 그는 그날도 역시 갈 곳을 찾으러 헤매다가 그 예배당나하고 만난까지 뛰쳐 들어온 것이었습니다.

여기까지 이야기해오던 K씨는 문득 말을 끊었다. 그리고 마도로 스파이프담배통이 크고 뭉툭하며 대가 짧은 서양식 담뱃대의 하나를 꺼내어 담배를 피워가지고 빨면서 모씨에게 향하였다.

"선생은 이제 내가 이야기한 가운데서 모순된 점을 발견 못하셨습니까?"

"글쎄요."

"그럼 내가 대신 물으리다. 백성수는 그만큼 천분이 많은 음악가 였는데, 왜 그 〈광염 소나타〉그날 밤의 그 소나타를 〈광염 소나타〉라고 그랬습니다 를 짓기 전에는 그만큼 흥분되고 긴장됐다가도 일단 음보로 만들어 놓으면 아주 힘없는 것이 되어버리고 했겠습니까?"

"그거야 미상불 그때의 흥분이 〈광염 소나타〉를 지을 때의 흥분 만 못한 연고겠지요?"

"그렇게 해석하세요? 듣고 보니 그것도 한 해석이 되기는 합니다. 그러나 나는 그렇게 해석 안 하는데요."

"그럼 K씨는 어떻게 해석합니까?"

"나는—아니, 내 해석을 말하는 것보다 그 백성수한테서 내게로 온 편지가 한 통 있는데 그것을 보여드리리다. 선생은 오늘 바쁘지 않으세요?"

"일은 없습니다."

"그러면 우리 집까지 잠깐 가보실까요?"

"가지요."

두 노인은 일어섰다.

도회와 교외의 경계에 딸린 K씨의 집에까지 두 노인이 이른 때는 오후 너덧 시쯤이었다.

두 노인은 K씨의 서재에 마주 앉았다.

"이것이 이삼 일 전에 백성수한테서 내게로 온 편지인데, 읽어보세요."

K씨는 서랍에서 커다란 편지 뭉치를 꺼내어 모씨에게 주었다. 모씨는 받아서 폈다.

"가만, 여기서부터 보세요. 그 전에는 쓸데없는 인사니까."

전략 그리하여 그날도 또한 이제 밤을 지낼 집을 구하노라고 돌아다니던 저는 우연히 그 집^{제가 전에 돈 오십여 전을 훔친 집} 앞에까지 이르렀습니다. 깊은 밤 사면은 고요한데 그 집 앞에서 갈 곳을 구하노라고 헤매던 저는 문득 마음속에 무서운 복수의 생각이 일어났습니다. 이 집만 아니었다면, 이 집 주인이 조금만 인정이라는 것을 알았더라면, 저는 그 불쌍한 제 어머니로서 길에까지 기어나와서 세상을 떠나게 하지는 않았겠습니다. 분묘가 어디인지조차 알지 못하여, 꽃 한번 꽂아보지 못한 불효도 이 집 때문이외다. 이러한 생각에 참지를 못하여 그 집 앞에 가려 있는 볏짚에다가 불을 놓았습니다. 그리고 거기 서서 불이 집으로 옮아가는 것을 다 본 뒤에 갑자기 무서운 생각이 나서 달아났습니다.

좀 달아나다 보매, 아래에서는 벌써 사람이 꾀어들기 시작한 모양인데, 이때 저의 머리에 타오르는 생각은 통쾌하다는 생각과 달아나려는 생각뿐이었습니다. 그리하여 저는 몸을 숨기기 위하여 앞에 보이는 예배당으로 뛰어들어 갔습니다.

거기서 불이 다 타도록 구경을 한 뒤에 나오려다가는 피아노를 보고…….

"이보세요."

K씨는 편지를 보는 모씨를 찾았다.

"비상한 열정과 감격은 있어두, 그것이 그대로 표현 안 된 것이 그것 때문이었습니다. 즉 성수의 어머니는 몹시 어진 사람으로서 어렸을 때부터 성수의 교육을 몹시 힘을 들여서 착한 사람이 되도록, 이렇게 길렀습니다그려. 그 어진 교육 때문에 그가 하늘에서 타고난 광포성과 야성이 표면상에 나타나지를 못하였습니다. 그 타오르는 야성적 열정과 힘이 음보로 그려놓으면 아주 힘없는, 말하자면 김빠진 술같이 되고 하는 것이 모두 그 때문이었습니다그려. 점잖고 어진 교훈이 그의 천분을 못 발휘하게 한 셈이지요."

"흠!"

"그것이 그 사람―성수가 감옥생활을 할 동안에 한 번 씻기기는 하였으나, 그러나 사람의 교양이라 하는 것은 온전히 씻지는 못하는 것이외다. 그러다가 그 '원수'의 집 앞에서 갑자기, 말하자면 돌발적으로 야성과 광포성이 나타나서 불을 놓고 예배당 안에 숨어서 그 야성적 광포적 쾌미를 한껏 즐긴 다음에 그에게서 폭발하여 나온 것이 그 〈광염 소나타〉였구려. 일어서는 불길, 사람의 비명, 온갖 것을 무시하고 퍼져 나가는 불의 세력…… 이런 것은 사실 야성적 쾌미 가운데 으뜸이 되는 것이니깐요."

"……."

"아셨습니까? 그러면 그다음에 그 편지의 여기부터 또 보세요."

^{중략} 저는 그날의 일이 아직 눈앞에 어리는 듯하외다. 선생님이 저를 세상에 소개하시기 위하여 늙으신 몸이 몸소 피아노에 앉으셔서 초대한 여러 음악가들 앞에서 제 〈광염 소나타〉를 탄주하시던 그 광경은 지금 생각해도 제 눈에서 눈물이 나오려 합니다. 그때에 그 손님 가운데 부인 두 분이 기절을 한 것은 결코 〈광염 소나타〉의 힘뿐이 아니고, 선생님의 그 탄주의 힘이 많이 섞인 것을 뉘라서 부인하겠습니까. 그 뒤에 여러 사람 앞에 저를 내세우고,

"이 사람이 〈광염 소나타〉의 작자이며, 삼십 년 전에 우리를 버려두고 혼자 간 일대^{아주 굉장한}의 귀재 백○○의 아들이외다."

그 소개를 해주신 그때의 그 감격은 제 일생에 어찌 잊사오리까.

그 뒤에 선생님께서 저를 위하여 꾸며주신 방도 또한 제 마음에 가장 맞는 방이었습니다. 널따란 북향 방에, 동남쪽 귀^{모서리}에 든든한 참나무 침대가 하나, 서북쪽 귀에 아무 장식 없는 참나무 책상과 의자, 피아노가 하나씩, 그 밖에는 방 안에 장식이라고는 서남쪽 벽에 커다란 거울이 하나 있을 뿐, 덩그렇게 넓은 방은 사실 밤에 전등 아래 앉아 있노라면 저절로 소름이 끼치도록 무시무시한 방이었습니다. 게다가 방 안은 모두 검은 칠을 하고, 창밖에는 늙은 홰나

무의 고목이 한 그루 서 있는 것도 과연 귀기가 돌았습니다. 이러한 가운데서 선생님은 저로 하여금 방분스러운 음악을 낳도록 애써주셨습니다.

저도 그런 환경 아래서 좋은 음악을 낳아보려고 얼마나 애를 썼겠습니까. 어떤 날 선생님께 작곡에 대한 계통적 훈련을 원할 때에 선생님은 이렇게 대답하셨습니다.

"자네에게는 그러한 교육이 필요가 없어. 마음대로 나오는 대로 하게. 자네 같은 사람에게 계통적 훈련이 들어가면 자네의 음악은 기계화해버리고 말아. 마음대로 온갖 규칙과 규범을 무시하고 가슴에서 터져나오는 대로……."

저는 이 말씀의 뜻을 똑똑히는 몰랐습니다. 그러나 대략한 의미만은 통하였습니다. 그리하여 저는 마음대로 한껏 자유스러운 음악의 경지를 개척하려 하였습니다.

그러나 그동안에 제가 산출한 음악은 모두 이상히도 저의 이전^제 어머니가 아직 살아 계실 때의 것과 마찬가지로 아무러한 힘도 없는 음향의 유희에 지나지 못하였습니다.

저는 얼마나 초조했겠습니까. 때때로 선생님께서 채근 비슷이 하시는 말씀은 저로 하여금 더욱 초조하게 하였습니다. 그리고 마음이 초조하면 초조할수록 제게서 생겨나는 음악은 더욱 나약한 것이 되었습니다.

저는 때때로 그 불붙던 광경을 생각해보았습니다. 그리고 그때의 통쾌하던 감정을 되풀이해보려 하였습니다. 그러나 그것 역시 실패로 돌아갔습니다.

때때로 비상한 열정으로 음보를 그려놓은 뒤에 몇 시간 지나서 다시 한 번 읽어보면, 거기는 아무 힘없는 개념만 있곤 하였습니다.

저의 마음은 차차 무거워지기 시작했습니다. 그리고 큰 기대를 가지고 계신 선생님께도 미안하기가 짝이 없었습니다.

"음악은 공예품과 달라서 마음대로 만들고 싶은 때에 되는 것이 아니니 마음 놓고 천천히 감흥이 생긴 때에……."

이러한 선생님의 위로의 말씀을 듣기가 제 살을 깎아내는 듯하였습니다. 그러나 제 마음상은, 이제는 제게서 다시 힘 있는 음악이 나올 기회가 없는 것같이만 생각되었습니다.

이러는 동안에 무위아무것도 하는 일이 없음의 몇 달이 지났습니다.

어떤 날 밤중 가슴이 너무 무겁고 가슴속에 무엇이 가득 찬 것같이 거북해서 저는 산보를 나섰습니다. 무거운 머리와 무거운 가슴과 무거운 다리를 지향 없이 옮기면서 돌아다니다가, 저는 어떤 곳에서 커다란 볏짚 낟가리를 발견하였습니다.

이때의 저의 심리를 어떻게 형용했으면 좋을지 저는 모르겠습니다. 저는 무슨 무서운 적을 만난 것같이 긴장되고 흥분되었습니다. 저는 사면을 한번 살펴보고 그 낟가리에 달려가서 불을 그어놓았습니다. 그리고 갑자기 무서움증이 생겨서 돌아서서 달아나다가 멀찌가니 달아나서 돌아보니까, 불길은 벌써 하늘을 찌를 듯이 일어났습니다. '왁왁', '까까' 사람들의 부르짖는 소리도 들렸습니다.

저는 다시 그곳까지 가서 그 무서운 불길에 날아 올라가는 볏짚이며, 그 낟가리에 연달아 있는 집을 헐어내는 광경을 구경하다가 문득 흥분되어서 집으로 돌아왔습니다.

그날 밤에 된 것이 〈성난 파도〉였습니다.

그 뒤에 이 도회에서 일어난 알지 못할 몇 가지의 불은 모두 제가 질러놓은 것이었습니다. 그리고 불이 있던 날 밤마다 저는 한 가지의 음악을 얻었습니다. 며칠을 연하여 가슴이 몹시 무겁다가, 그것이 마침내 식체_{먹은 음식물이 소화가 되지 않은 상태}와 같이 거북하고 답답하게 되는 때는 저는 뜻 없이 거리를 나갑니다. 그리고 그러한 날은 한 가지의 방화사건이 생겨나며, 그 밤에는 한 곡의 음악이 생겨났습니다.

그러나 그것도 번수_{차례의 수효}가 차차 많아질 동안, 저의 그 불에 대한 흥분은 반비례로 줄어졌습니다. 온갖 것을 용서하지 않는 불꽃의 잔혹함도 그다지 제 마음을 긴장시키지 못하였습니다.

"차차, 힘이 적어져 가네."

선생님께서 제 음악을 보시고 이렇게 말씀하신 것이 그러한 때였습니다.

그러나 저는 게서 더할 도리가 없었습니다. 하는 수 없이 저는 한 동안 음악을 온전히 잊어버린 듯이 내버려두었습니다.

모씨가 성수의 편지를 여기까지 읽었을 때, K씨가 찾았다.

"재작년 봄에서 가을에 걸쳐서 원인 모를 불이 많지 않았습니까? 그것이 죄 성수의 장난이었습니다그려."

"K씨는 그것을 온전히 모르셨습니까?"

"나요? 몰랐지요. 그런데—그 어떤 날 밤이구려. 성수는 기대에 반해서 우리 집으로 온 지 여러 달이 됐지만, 한 번도 힘 있는 것을 지어본 일이 없겠지요. 그래서 저 사람에게 무슨 흥분될 재료를 줄 수가 없나 하고 혼자 생각하며 있더랬는데, 그때에 저어편……."

K씨는 손을 들어 남쪽 창을 가리켰다.

"저어편 꽤 멀리서 불붙는 것이 눈에 뜨입니다그려. 그래 저것을 성수에게 보이면, 혹 그때의 감정그때 나는 그 담배 장수네 집에 불이 일어난 것도 성수의 장난인 줄은 생각 안 했구려—그때의 감정을 부활시킬지도 모르겠다. 이렇게 생각하고 성수의 방으로 올라가려는데, 문득 성수의 방에서 피아노 소리가 울려 나옵디다그려. 나는 올라가려던 발을 부지중 멈추고 말았지요. 역시 C샤프 단음계로서 제일 곡은 뽑아먹고 아다지오느린 속도에서 시작되는데, 고요하고 잔잔한 바다, 수평선 위로 넘어가려는 저녁 해, 이러한 온화한 것이 차차 스케르초빠른 속도로 들어가서는 소낙비, 풍랑, 번개질, 무서운 바람소리, 우뢰질, 전복되는 배, 곤해서 물에 떨어지는 갈매기, 한 번 뒤집어지면서는 해일에 쓸려나가는 동네 사람의 부르짖음—흥분에서 흥분, 광포에서 광포, 야성에서 야성, 온갖 공포와 포악한 광경이 눈앞에 어릿거리는데, 이 늙은 내가 그만 흥분에 못 견뎌 뜻하지 않고 그만둬달라고 고함친 것만으로도 짐작하시겠지요. 그리고 올라가서 보니까, 그는 탄주를 끝내버리고 피곤한 듯이 피아노에 기대고 앉아 있고, 이제 탄주한 것은 벌써 〈성난 파도〉라는 제목 아래 음보로 되어 있습디다."

"그렇다면 성수는 불을 두 번 놓고, 두 음악을 낳았다는 말씀이지요?"

"그렇지요. 그리고 그 뒤부터는 한 십여 일 건너서 하나씩 지었는데, 그것이 지금 보면 한 가지의 방화사건이 생길 때마다 생겨난 것이었습니다. 그러나 그의 편지마따나, 얼마 지나서부터는 차차 그 힘과 야성이 적어지기 시작했지요. 그래서……."

"가만 계십쇼. 그 사람이 다음에도 〈피의 선율〉이나 그 밖에 유명한 곡조를 여러 개 만들지 않았습니까?"

"글쎄 말이외다. 거기에 대한 설명은 그 편지를 또 보십쇼—여기서부터 또 보시면 알리다."

중략 ○○다리 아래로 나오려는데, 무엇이 발길에 채는 것이 있었습니다. 성냥을 그어가지고 보니까 그것은 웬 늙은이의 송장이었습니다. 저는 그것이 무서워 달아나려다가 돌아서려던 발을 다시 돌이켰습니다. 그리고…….

선생님은 이제 제가 쓰는 일을 이해해주실는지요. 그것은 너무나도 기괴한 일이라 저로서도 믿어지지 않는 일이었습니다. 그 송장을 타고 앉았습니다. 그리고 그 송장의 옷을 모두 찢어서 사면으로 내던진 뒤에 그 발가벗은 송장을 제 힘이라 생각되지 않는 무서운 힘으로써 쳐들어서 저편으로 내던졌습니다. 그런 뒤에는 마치 고양이가 알을 가지고 놀듯 다시 뛰어가서 그 송장을 들어서 도로 이편으로 던졌습니다. 이렇게 몇 번을 하여 머리가 깨지고 배가 터지고—그 송장은 보기에도 참혹스럽게 되었습니다. 그리하여 그 송장을 다시 만질 곳이 없어진 뒤에 저는 그만 곤하여 그 자리에 앉아서 쉬려다가 갑자기 마음이 흥분되어서 집으로 달려왔습니다. 그날 밤에 된 것이 〈피의 선율〉이었습니다.

"선생은 이러한 심리를 아시겠습니까?"
"글쎄요."
"아마 모르실걸요. 그러나 예술가로서는 능히 머리를 끄덕일 수 있는 심리외다. 그리고 또 여기를 읽어보십시오."

중략 그 여자가 죽었다는 것은, 제게는 너무도 뜻밖이었습니다.
저는 그날 밤 혼자 몰래 그 여자의 무덤을 찾아갔습니다. 그리고 칠팔 시간 전에 묻어놓은 그 무덤의 흙을 다시 파서 그의 시체를 꺼내놓았습니다.
푸르른 달빛 아래 누워 있는 아름다운 그의 모양은 과연 선녀와 같았습니다. 가볍게 눈을 닫고 있는 창백한 얼굴, 곧은 콧날, 풀어 헤친 검은 머리—아무 표정도 없는 고요한 얼굴은 더욱 처염함^{처절}하게 아름다움을 도왔습니다. 이것을 정신없이 들여다보고 있다가 저는 갑자기 흥분이 되어—아아, 선생님, 저는 이 아래를 쓸 용기가 없습니다. 재판소의 조서를 보시면 아실 것이올시다.

그날 밤에 된 것이 〈사령 死靈〉이었습니다.

"어떻습니까?"

"……."

"언어도단^{말문이 막힘}이에요? 선생의 눈으로는 그렇게 뵈시리다. 또 여기를 읽어보십쇼."

중략 이리하여 저는 마침내 사람을 죽인다 하는 경우에까지 이르렀습니다.

그리고 한 사람이 죽을 때마다 한 개의 음악이 생겨났습니다.

그 뒤부터 제가 지은 그 모든 것은, 모두가 한 사람씩의 생명을 대표하는 것이었습니다. 하락

"이젠 더 보실 것이 없습니다. 그런데 그만큼 보셨으면 성수에 대한 대략한 일은 아셨을 텐데, 거기에 대한 의견이 어떻습니까?"

"……."

"네?"

"어떤 의견 말씀이오니까?"

"어떤 '기회'라는 것이 어떤 사람에게서, 그 사람의 가지고 있는 천재와 함께 범죄 본능까지 끌어내었다 하면, 우리는 그 '기회'를 저주해야겠습니까, 혹은 축복해야겠습니까? 이 성수의 일로 말하자면 방화, 사체 모욕, 시간_{시체를 간음하는 일}, 살인, 온갖 죄를 다 범했어요. 우리 예술가협회에서 별 수단을 다 써서 정부에 탄원하고 재판소에 탄원하고 해서, 겨우 성수를 정신병자라 하는 명목 아래 정신병원에 감금했지, 그렇지 않으면 당장에 사형이 아닙니까? 그런데 이제 그 편지를 보셔도 짐작하시겠지만, 통상시에 그 사람은 아주 명민하고 점잖고 온화한 청년입니다. 그러나 때때로 그—뭐랄까, 그 흥분 때문에 눈이 아득해져서 무서운 죄를 범하고, 그 죄를 범한 다음에는 훌륭한 예술을 하나씩 산출합니다. 이런 경우에 우리는 범죄를 밉게 보아야 합니까, 혹은 범죄 때문에 생겨난 예술을 보아서 죄를 용서해야 합니까?"

"그거야 죄를 범하지 않고 예술을 만들어내면 더 좋지 않습니까?"

"물론이지요. 그러나 성수 같은 사람도 있는 것이니깐, 이런 경우엔 어떻게 해결하렵니까?"

"죄를 벌해야지요. 죄악이 성하는 것을 그냥 볼 수는 없습니다."

K씨는 머리를 끄덕였다.

"그렇겠습니다. 허나 우리 예술가의 견지로는 또 이렇게 볼 수도 있습니다. 베토벤 이후로는 음악이라 하는 것이 차차 힘이 빠져서 꽃이나 계집이나 찬미할 줄 알고 연애나 칭송할 줄 알아서, 선이 굵은 것은 볼 수 없이 되었습니다. 게다가 엄정한 작곡법이 있어서 그것은 마치 수학의 방정식과 같이 작곡에 대한 온갖 자유스러운 경지를 제한해놓았으니깐, 이후에 생겨나는 음악은 새로운 길을 재촉하기 전에는 한 기술이 될 것이지, 예술이 될 수는 없습니다. 예술가에게는 이것이 쓸쓸해요. 힘 있는 예술, 선이 굵은 예술, 야성으로 충일된가득 채워져 넘치는 예술…… 우리는 이것을 기다린 지 오랩니다. 그럴 때에 백성수가 나타났습니다. 사실 말이지, 백성수의 예술은 그 하나하나가 모두 우리 문화를 영구히 빛낼 보물입니다. 우리 문화의 기념탑입니다. 방화? 살인? 변변치 않은 집 개個, 변변치 않은 사람 개個는 그의 예술의 하나가 산출되는 데 희생하라면 결코 아깝지 않습니다. 천 년에 한 번, 만 년에 한 번 날지 못 날지 모르는 큰 천재를, 몇 개의 변변치 않은 범죄를 구실로 이 세상에서 없이해버린다 하는 것은 더 큰 죄악이 아닐까요. 적어도 우리 예술가에게는 그렇게 생각됩니다."

K씨는 마주 앉은 노인에게서 편지를 받아서 서랍에 집어넣었다. 새빨간 저녁 해에 비치어서 그의 늙은 눈에는 눈물이 번득였다.

−1929년

● ● ●
광화사

인왕仁王.

바위 위에 잔솔^{어린 소나무}이 서고 잔솔 아래는 이끼가 빛을 자랑한다. 굽어보니 바위 아래는 몇 포기 난초가 노란 꽃을 벌리고 있다. 바위에 부딪치는 잔바람에 너울거리는 난초잎.

여余는 허리를 굽히고 스틱으로 아래를 휘저어보았다. 그러나 아직 난초에서는 사오 척의 거리가 있다. 눈을 옮기면 계곡, 전면이 소나무의 잎으로 덮인 계곡이다. 틈틈이는 철색^{검푸르고 약간 흰빛이 도는 빛깔}의 바위도 보이기는 하나, 나무 밑의 땅은 볼 길이 없다. 만약 여로서 그 자리에 한번 넘어지면 소나무의 잎 위로 굴러서 저편 어디인지 모를 골짜기까지 떨어질 듯하다.

여의 등 뒤에도 이삼 장丈이 넘는 바위다. 그 바위에 올라서면 무악재^{서울 서대문구 현저동에서 홍제동으로 넘어가는 고개}로 통한 커다란 골짜기가 나타날 것이다. 여의 발아래로 장여^{한 길 남짓한 길이}의 바위다. 아래는 몇 포기 난초, 또 그 아래는 두세 그루의 잔솔, 잔솔 넘어서는 또 바위, 바위 위에는 도라지꽃, 그 바위 아래로부터는 가파른 계곡이다.

그 계곡이 끝나는 곳에는 소나무 위로 비로소 경성^{서울} 시가의 한편 모퉁이가 보인다. 길에는 자동차의 왕래도 가막하게^{아주 띄엄띄엄하게} 보이기는 한다. 여전한 분요^{어수선하고 소란스러운 상태}와 소란의 세계는 그곳에 역시 전개되어 있기는 할 것이다.

그러나 여가 지금 서 있는 곳은 심산^{깊은 산}이다. 심산이 가져야 할 온갖 조건을 구비하였다.

바람이 있고 암굴^{바위굴}이 있고 산초 산화가 있고 계곡이 있고 생물이 있고 절벽이 있고 난송^{절벽 새로 난 소나무}이 있고…… 말하자면 심산이 가져야 할 유수미^{그윽하고 깊은 아름다움}를 다 구비하였다.

본시 이 도회는 심산 중의 계곡이었다. 그것을 오백 년간 닦고 갈고 지어서 오늘날의 경성부를 이룬 것이다. 이러한 협곡에 국도^{國都}를 창건한 이태조의 본의가 어디 있었는지는 알 길이 없다. 그러나 오늘날의 한 산보객의 자리에서 보자면, 서울은 세계에 유례가 없는 미도^{아름다운 도시}일 것이다.

도회에 거주하며 식후의 산보로서 풀대님^{한복 바지의 대님을 매지 않고 그대로 터놓음} 채로, 이러한 유수한 심산에 들어갈 수 있다 하는 점으로 보아서 서울에 비길 도회가 세계에 어디 다시 있으랴.

회흑색의 지붕 아래 고요히 누워 있는 오백 년의 도시를 눈 아래 굽어보는 여의 사위^{사방}에는 온갖 고산식물이 난성^{어지럽게 무성함}하고, 계곡에 흐르는 물소리와 눈 아래 날아드는 기조^{기이한 새}들은 완연히 여로 하여금 등산객의 정취를 느끼게 한다.

여는 스틱을 바위틈에 꽂아놓았다. 그리고 굴러 떨어지기를 면키 위하여 바위와 잔솔의 새에 자리 잡고 비스듬히 앉았다. 담배를 피우고 싶었으나 잠시의 산보로 여기고 담배도 안 가지고 나온 발이 더듬더듬 여기까지 미쳤으므로 담배도 없다.

시야의 한편에는 이삼 장의 바위, 다른 한편에는 푸르른 하늘, 그 끝으로는 솔잎이 서너 개 어렴풋이 보인다. 그윽이 코로 몰려오는 송진 냄새, 소나무에 불리는 바람 소리…….

유수키 짝이 없다. 여가 지금 앉아 있는 자리는 개벽 이래로 과연 몇 사람이나 밟아보았을까? 이 바위 생긴 이래로, 혹은 여가 맨 처음 발을 대본 것이 아닐까? 아까 바위를 기어서 이곳까지 올라오느라고 애쓰던 그런 맹랑한 노력을 해본 바보가 여 이외에 몇 사람이나 있었을까? 그런 모험을 맛보기 위하여 심산을 찾은 용사는 많을 것이로되 결사적 인왕 등산을 한 사람은 그리 많으리라고 생각되지 않는다.

등 뒤 바위에는 암굴이 있다.

뱀이라도 있을까 무서워서 들어가보지는 않았지만, 스틱으로 휘

저어본 결과로 세 사람은 넉넉히 들어가 앉아 있음직하다.

이 암굴은 무엇에 이용할 수 없을까?

음모^{좋지 못한 일을 몰래 꾸밈}의 도시 한양은 그새 오백 년간 별별 음흉한 사건이 연출되었다. 시가 끝에서 반 시간 미만에 넉넉히 올 수 있는 이런 가까운 거리에 뚫린 암굴이 있는 줄 알기만 하였으면, 혹은 음모에 이용되지 않았을까?

공상!

유수한 맛에 젖어 있던 여는 이 암굴 때문에 차차 불쾌한 공상에 빠지기 시작하려 한다.

온갖 음모, 그 뒤를 잇는 살육, 모함, 방축^{자리에서 쫓아냄}, 이조 오백 년간의 추악한 모양이 여로 하여금 불쾌한 공상에 빠지게 하려 한다. 여는 황망히 이런 불쾌한 공상에서 벗어나려고 또 주머니에서 담배를 뒤적였다. 그러나 담배는 여전히 있을 까닭이 없었다.

다시 눈을 들어서 안하^{눈 아래, 내려다보이는 곳}를 굽어보면 일면에 깔린 송초^{소나무 이파리}…….

반짝!

보매 한 줄기의 샘이다. 소나무 틈으로 보이는 그 샘은 아마 바위 틈을 흐르는 샘물인 듯 똘똘 똘똘 들리는 것은 아마 바람 소리겠지. 저렇듯 멀리 아래 있는 샘의 소리가 이곳까지 들릴 리 없다.

샘물!

저 샘물을 두고 한 개 이야기를 꾸며볼 수 없을까? 흐르는 모양도 아름답거니와 흐르는 소리도 아름답고 그 맛도 아름다운 샘물을 두고 한 개 재미있는 이야기가 여의 머리에 생겨나지 않을까? 암굴을 두고 생겨나려던 음모, 살육의 불쾌한 공상보다 좀 더 아름다운 다른 이야기가 꾸며지지 않을까?

여는 바위틈에 꽂았던 스틱을 도로 뽑았다. 그 스틱으로써 여의 발아래 바위를 가볍게 두드리면서 한 개의 이야기를 꾸며보았다.

한 화공화가이 있다—화공의 이름은?

지어내기가 귀찮으니 신라 때의 화성매우 뛰어난 화가의 이름을 차용하여 솔거率居라 해두자—시대는?

시대는 이 안하에 보이는 도시가 가장 활기 있고 아름답던 시절인 세종 성주어질고 덕이 뛰어난 임금의 때쯤으로 해둘까?

백악이 흘러내리다가 맺힌 곳. 거기는 한양의 정기를 한 몸에 지닌 경복궁 대궐이 있다. 이 대궐의 북문인 신무문神武門 밖 우거진 뽕밭 새에 중로中老의 사나이가 오뇌스러운뉘우쳐 한탄하고 괴로워하는 듯한 얼굴을 하고 숨어 있다.

화공 솔거였다.

무르익은 여름, 뜨거운 볕은 뽕잎이 가려준다 하나, 훈훈한 기운은 머리 위 뽕잎과 땅에서 우러나서 꽤 무더운 이 뽕밭 속에 숨어 있는 화공. 자그마한 보따리에 점심까지 싸가지고 온 것으로 보아서 저녁까지 이곳에 있을 셈인 모양이다.

그러나 무얼 하는지? 단지 땀을 펑펑 흘리며 오뇌스러운 얼굴로 앉아 있을 뿐이다.

왕후친잠 왕후가 친히 누에를 치던 일에 쓰이는 이 뽕밭은 잡인들이 다니지 못할 곳이다. 하루 종일 사람의 그림자 하나 얼씬하지 않는다.

때때로 바람이 우수수하니 뽕나무 위로 불기는 하나, 솔거가 숨어 있는 곳에는 한 점의 바람도 들어오지 않는다. 이 무더움 속에 솔거는 바람이 불 적마다 몸을 흠칫흠칫 놀라며, 그러면서도 무엇을 기다리는 듯이 뽕나무 그루 아래로 저편 앞을 주시하곤 한다.

이윽고 석양이 무악 서대문구에 있는 산을 넘고 이 도시도 황혼이 들었다. 날이 어둡기를 기다려서 이 화공은 몸을 숨겨가지고 거기서 나왔다.

"오늘은 헛길, 내일이나 다시 볼까?"

한숨을 쉬면서 제 오막살이를 찾아 돌아가는 화공, 날이 벌써 꽤 어두웠지만 그래도 아직 저녁 빛이 약간 남은 곳에 내놓은 이 화공은 세상에 보기 드문 추악한 얼굴의 주인이었다.

코가 질병 진흙으로 만든 병 자루 같다. 눈이 퉁방울 품질이 낮은 놋쇠로 만든 방울 같다. 귀가 박죽 밥주걱 같다. 입이 나발 긴 대롱 모양의 옛 관악기 통 같다.

얼굴이 두꺼비 같다—소위 추한 얼굴을 형용하는 온갖 형용사를 한 얼굴에 지닌 흉한 얼굴의 주인으로서 그 얼굴이 또한 굉장히도 커서 멀리서 볼지라도 그 존재가 완연^{눈에 보이는 것처럼 아주 뚜렷함}할 만하다.

이 얼굴을 가지고는 백주^{대낮}에는 나다니기가 스스로 부끄러울 것이다. 아닌 게 아니라, 솔거는 철이 든 이래 아직껏 백주에 사람 틈에 나다닌 일이 없었다.

일찍이 열여섯 살에 스승의 중매로써 어떤 양가 처녀와 결혼을 하였지만, 그 처녀는 솔거의 얼굴을 보고 기절을 하고 기절에서 깨어나서는 그냥 집으로 도망쳐버리고, 그다음에 또 한 번 장가를 들어보았지만, 그 색시 역시 첫날밤만 정신 모르고 치른 뒤에는 이튿날은 무서워서 죽어도 같이 못 살겠노라고 부모에게 떼를 써서 두 번째의 비극을 겪고…….

이러한 두 가지의 사변을 겪고 난 뒤에 솔거는 차차 여인이라는 것을 보기를 피해오다가, 그 괴벽이 점점 자라서 나중에는 일체로 사람이란 것의 얼굴을 대하기가 싫어졌다.

사람을 피하기 위하여 그리고—일방^{어느 한편}으로는 화도畵道에 정진하기 위해 인가를 떠나서 백악의 숲 속에 조그만 오막살이를 하나 틀고 거기 숨은 지 근 삼십 년, 생활에 필요한 물건 혹은 그림에 필요한 물건을 구하기 위하여 부득이 거리에 나가야 할 필요가 있을 때는 반드시 밤을 택하였다. 피할 수 없이 낮에 나갈 때는 방

립^{상제(喪制)가 밖에 나갈 때 쓰는 갓}을 쓰고 그 위에 얼굴을 베로 가리었다.

화도에 발을 들여놓은 지 근 사십 년, 부득이한 금욕생활, 부득이한 은둔생활을 경영한 지 삼십 년, 여인에게로 '소모되지 못한' 정력은 머리로 모이고, 머리로 모인 정력은 손끝으로 뻗어서 종이에 비단에 갈겨 던진 그림이 벌써 수천 점. 처음에는 그 그림에 대하여 아무 불만도 느껴보지 않았다.

하늘에서 타고난 천분과 스승에게서 얻은 훈련과 저축된 정력의 소산인 한 장의 그림이 생겨날 때마다 그것을 보면서 스스로 만족히 여기고 스스로 자랑스러이 여기던 그였다.

그러나 그런 과정을 밟기 이십 년에 차차 그의 마음에 움돋은 불만, 그것은 어떻게 보자면 화도에 이단적인 생각일는지도 모를 것이다.

좀 다른 것은 그릴 수가 없는가?

산이다, 바다다, 나무다, 시내다, 지팡이 잡은 노인이다, 다리다. 혹은 돛단배다, 꽃이다, 과즉^{기껏해야} 달이다, 소다, 목동이다.

이 밖에 그가 아직 그려본 것이 무엇이었던가?

유원한^{심오하여 아득한} 맛, 단 한 가지밖에 없는 전통적 그림보다 좀 더 다른 것을 그려보고 싶다.

아직껏 스승에게 배운 바의 백발백염^{흰머리와 흰수염}의 노옹^{노인}이나 피리 부는 목동 이외에 좀 더 얼굴의 움직임이 있는 사람을 그려보고 싶다. 표정이 있는 얼굴을 그려보고 싶다.

이리하여 재래의 수법을 아낌없이 내던진 솔거는 그로부터 십 년간을 사람의 표정을 그리느라고 세월을 보냈다. 그러나 사람의 세상을 멀리 떠나서 따로이 사는 이 화공에게는 사람이 표정이 기억에 가맣다.^{아득하게 멀다.}

상인들의 간특한 얼굴, 행인들의 덜 무표정한 얼굴, 새꾼^{나무꾼}들의 싱거운 얼굴…… 그새 보고 지금도 대할 수 있는 얼굴은 이런 따위뿐이다. 좀 더 색채 다른 표정은 없느냐?

색채 다른 표정!

색채 다른 표정!

이 욕망이 화공의 마음에 익고 커가는 동안, 화공의 머리에 솟아오르는 몽롱한 기억이 있다.

이 화공의 어머니의 표정이다.

지금은 거의 그의 기억에서 사라졌지만 어린 시절에 자기를 품에 안고 눈물 글썽글썽한 눈으로 굽어보던 어머니의 표정이 가끔 한 순간씩 그의 기억의 표면까지 뛰쳐올랐다.

그의 어머니는 희세의 미녀였다. 대대로 이후의 자손의 미^美까지 모두 미리 빼앗았던지 세상에 드문 미인이었다.

화공은 이 미녀의 유복자^{태어나기 전에 아버지를 여읜 자식}였다.

아비 없는 자식을 가슴에 붙안고^{부둥켜 안고} 눈물 머금은 눈으로 굽어보던 표정.

철이 든 이래로 자기를 보는 얼굴에서는 모두 경악과 공포밖에는 발견하지 못한 이 화공에게는 사십여 년 전의 어머니의 사랑의 아름다운 얼굴이 때때로 몸서리치도록 그리웠다.

그것을 그려보고 싶었다.

커다란 눈에 그득히 담긴 눈물, 그러면서도 동경과 애무로써 빛나던 눈, 입가에 떠오르던 미소.

번개와 같이 순간적으로 심안_{마음속에 새겨지는 눈}에 나타났다가는 사라지는 이 환영을 화공은 그려보고 싶었다. 세상을 피하고 세상에서 숨어 살기 때문에 차차 비뚤어진 이 화공의 괴벽한 마음에는 세상을 그리는 정열이 또한 그만큼 컸다. 그리고 그것이 크면 크니만큼 마음속에는 늘 울분과 불만이 차 있었다.

지금도 세상에서는 한창 계집 사내들이 서로 부둥켜안고 좋다고 야단할 것을 생각하고는 음울한 얼굴로 화필을 뿌리는 화공.

이러한 가운데서 나날이 괴벽하여 가는 이 화공은 한 개 미녀상을 그려보고자 노심하였다.

처음에는 단지 아름다운 표정을 가진 미녀를 그려보고자 하였다. 그러나 미녀를 가까이 본 일이 없는 이 화공이 마음대로 되지 않는 붓끝에 역정을 내며 애쓰는 동안 차차 어느덧 미녀상에 대한 관념이 달라졌다.

자기의 아내로서의 미녀상을 그려보고 싶어졌다.

세상은 자기에게 아내를 주지 않는다.

보면 한 마리의 곤충, 한 마리의 날짐승도 각기 짝을 찾아 즐기고 짝을 찾아 좋아하거늘, 만물의 영장인 사람이 짝 없이 오십 년을 보냈다 하는 데 대한 분만^{억울하고 원통한 마음이 가득함}이 일어났다.

세상 놈들은 자기에게 한 짝을 주지 않고 세상 계집들은 자기에게 오려는 자가 없이 홀몸으로 일생을 보내다가 언제 죽는지도 모르게 이 산골에서 죽어버릴 생각을 하면 한심하기보다 도리어 이렇듯 박정^{무심하고 정이 없음}한 사람의 세상이 미웠다.

세상이 주지 않는 아내를 자기는 자기의 붓끝으로 만들어서 세상을 비웃어주리라. 이 세상에 존재한 가장 아름다운 계집보다도 더 아름다운 계집을 자기의 붓끝으로 그려서 못나고도 아름다운 체하는 세상 계집들을 웃어주리라. 덜난 계집을 아내로 맞아서 천하의 절색이라 믿고 있는 사내놈들도 깔보아주리라. 사오 명의 처첩을 거느리고 좋다꾸나 하고 춤추는 헌 놈들도 굽어보아주리라.

미녀! 미녀!

눈을 감고 생각하고 눈을 뜨고 생각하고 머리를 움켜쥐고 생각해보나, 미녀의 얼굴이 어떤 것인지 알 수 없었다.

물론 얼굴에 철요^{피부가 고르지 않고 울퉁불퉁한 모양}가 없고 이목구비가 제대로 놓였으면 세상 보통의 미인이라 한다. 그런 얼굴에 연지나 그리고, 눈에 미소나 그려 넣으면 더 아름다워지기는 할 것이다. 이만한 것은 상상의 눈으로도 볼 수 있는 자며, 붓끝으로 그릴 수도 없는 바가 아니다.

그러나 가만 어린 시절의 어머니의 얼굴을 순영적^{순간적}으로나마 기억하는 이 화공으로서는 그런 미녀로는 만족할 수 없었다.

오뇌와 불만 중에서 흐르는 세월은 일 년, 또 일 년 무위히^{아무것도 하는 일 없이} 흘러간다.

미녀의 아랫동^{아랫도리}은 그려진 지 벌써 수년, 그 아랫동 위에 올려놓일 얼굴은 어떻게 해야 할지 짐작도 가지 않았다.

화공의 오막살이 방 안에 들어서면 맞은편에 걸려 있는 한 폭 그림은 언제든 어서 목과 얼굴을 그려주기를 기다리듯이 화공을 힐책한다. 화공은 이것을 보기가 거북하였다.

특별한 일이라도 있기 전에는 낮에 거리에 다니지를 않던 이 화공이 흔히 얼굴을 싸매고 장안을 돌아다녔다. 행여나 길에서라도 미녀를 만날까 하는 요행심으로였다. 길에서 순간적으로라도 마음에 드는 미녀를 볼 수만 있으면 그것을 머리에 똑똑히 캐치하여 그 기억으로써 화상을 그릴까 하는 요행심으로……

그러나 내외법^{외간 남녀 간에 서로 얼굴을 마주 대하지 않고 피하는 예법}이 심한 이 도회에서 대낮에 양가의 부녀가 얼굴을 내놓고 길을 다니지는 않았다. 계집이라는 것은 하인배나 하류배뿐이었다.

하인배, 하류배에도 때때로 미녀라 일컬을 자가 있기는 있었다. 그러나 아무리 산뜻한 미를 갖기는 했다 하나, 얼굴에 흐르는 표정이 더럽고 비열하여 캐치할 만한 자가 없었다.

얼굴을 싸매고 거리를 방황하며, 혹은 계집들이 많이 모일 우물가나 저자 시장에서 물건을 파는 가게를 비슬비슬 방황하며, 어찌어찌하여 약간 예쁜 듯한 계집이라도 보이면 따라가면서 얼굴을 연구해보고 했으나, 마음에 드는 미녀를 지금껏 얻어내지를 못하였다.

혹은 심규 여인이 기거하는, 깊숙이 들어앉은 집에는 마음에 드는 계집이라도 있을까? 심규! 심규! 한 번 심규의 계집들을 모조리 눈앞에 벌여 세우고 얼굴 검사를 해보았으면…….

초조하고 성가신 가운데서 날을 보내고 날을 맞으면서 미녀를 구하던 화공은 마지막 수단으로 친잠상원 왕후가 친히 누에를 치던 뽕밭에 들어가서 채상 뽕잎을 따는 일하는 궁녀의 얼굴을 얻어보려 하였다. 그러나 불행히도 화공의 모험도 헛길로 돌아가고, 그날은 채상을 하러 오지도 않았다.

그러나 때 바야흐로 누에 시절이라, 견딜성 있게 기다리노라면 궁녀의 오는 날도 있을 것이다. 미녀—아내의 얼굴을 그리려는 욕망에 열이 오르고 독이 난 이 화공은 그 이튿날도 또 뽕밭에 들어가 숨었다. 숨어 기다리지 않을 수 없었다.

그로부터 한 달, 화공은 나날이 점심을 싸가지고 상원으로 갔다. 그러나 저녁때 제 오막살이로 돌아올 때는 언제든 그의 입에서는 기다란 탄식성이 나왔다.

궁녀를 못 본 바가 아니었다.

마치 여기 숨어 있는 화공에게 선보이려는 듯이 나날이 궁녀들은 번갈아 왔다. 한 떼씩 밀려와서는 옷소매 치맛자락을 펄럭이며 뽕을 따 갔다. 한 달 동안에 합계 사오십 명의 궁녀를 보았다.

모두 일률로 미녀들이었다. 그리고 길가 우물가에서 허투루 볼 수 있는 미녀들보다 고아한 높고 우아한 얼굴임에는 틀림이 없었다.

그러나 그 눈—화공의 보는 바는 그 눈이었다.

그 눈에 나타난 애무와 동경이었다. 철철 넘쳐흐르는 사랑이었다. 그것이 궁녀에게는 없었다. 말하자면 세상 보통의 미녀였다.

자기에게 계집을 주지 않는 고약한 세상에 보복하는 의미로 절색의 미녀를 차지하고자 하는 이 화공의 커다란 야심으로서는 그만 따위의 미녀로 만족할 수 없었다.

오막살이로 돌아올 때마다 그의 입에서 나오는 기다란 한숨, 이런 한숨을 쉬기 한 달—그는 다시 상원에 가지 않았다.

가을 하늘 맑고 푸르른 어떤 날이었다.

마음속에 분만과 동경을 가득히 담은 이 화공은 저녁쌀을 씻으러 소쿠리를 옆에 끼고 시내로 더듬어 갔다.

가다가 문득 발을 멈추었다.

우거진 소나무 틈으로 보이는 시냇가 바위 위에 웬 처녀가 하나 앉아 있다. 솔가지 틈으로 내리비치는 얼룩지는 석양을 받고 망연히 앉아서 흐르는 시냇물을 내려다보고 있다.

웬 처녀일까?

인가에서 꽤 떨어진 이곳, 사람의 동리보다 꽤 높은 이곳, 길도 없는 이곳…… 아직껏 삼십 년간을 때때로 초부나무꾼나 목동의 방문은 받아본 일이 있지만 다른 사람의 자취를 받아보지 못한 이곳에 웬 처녀일까?

화공도 망연히 서서 바라보았다. 바라볼 동안 가슴에 차차 무거운 긴장을 느꼈다.

한 걸음 두 걸음 화공은 발소리를 감추고 나아갔다. 차차 그 상거서로 떨어져 있는 거리가 가까워감을 따라서 분명해가는 처녀의 얼굴—화공의 얼굴에는 피가 떠올랐다.

세상에 드문 미녀였다. 나이는 열일여덟, 그 얼굴 생김이 아름답기보다 얼굴 전면에 나타난 표정이 놀랄 만큼 아름다웠다.

흐르는 시내에 눈을 부었는지, 귀를 기울였는지, 하여간 처녀의 온 주의력은 시내에 모여 있다. 커다랗게 뜨인 눈은 깜박일 줄도 잊은 듯이 황홀한 눈으로 시내를 굽어보고 있다.

남벽짙은 푸른빛의 시냇물에는 용궁이 보이는가? 소나무 그루에 부딪쳐서 튀어나는 바람에 앞머리를 약간 날리면서 처녀가 굽어보고 있는 것은 무엇인가?

처녀의 온 공상과 정열과 환희가 한꺼번에 모인 절묘한 미소를 눈과 입에 띠고 일심불란히^{한 가지에 마음을 집중하여 혼란스럽지 아니하게} 처녀가 굽어보는 것은 무엇인가?

아아!

화공은 드디어 발견하였다. 그새 십 년간을 여항^{서민이 모여 사는 마을}의 길거리에서, 혹은 우물가에서, 내지는 친잠상원에서 발견해보려고 애쓰다가 종내 달하지 못한 놀랄 만한 아름다운 표정을 화공은 뜻 안 한 여기서 발견하였다.

화공은 걸음을 빨리하였다. 자기의 얼굴이 얼마나 더럽게 생겼는지, 이 처녀가 자기를 쳐다보면 얼마나 놀랄지, 이 점을 온전히 잊고 걸음을 빨리하여 처녀 쪽으로 갔다.

처녀는 화공의 발소리에 머리를 번쩍 들었다. 화공을 바라보았다. 그 무한히 먼 곳을 바라보는 듯한 기묘한 눈을 들어서,

"아!"

가슴이 무직하여 무슨 말을 해야 할지 망설이며 화공이 반벙어리 같은 소리를 할 때에 처녀가 먼저 입을 열었다.

"여기가 어디오니까?"

여기가 어디?

"여기는 인왕산록 이름도 없는 산이지만 너는 웬 색시냐?"

"네……."

문득 떠오르는 적적한 표정.

"더듬더듬 시내를 따라왔습니다."

화공은 머리를 기울였다. 몸을 움직여보았다. 무한히 먼 곳을 바라보는 듯한 처녀의 눈은 그냥 움직임 없이 커다랗게 뜨여 있기는 하지만, 어디를 보는지 무엇을 보는지 알 수 없다.

드디어 화공은 부르짖었다.

"너 앞이 보이느냐?"

"소경^{시각 장애인}이올시다."

소경이었다. 눈물 머금은 소리로 하는 이 대답을 듣고 화공은 좀 더 가까이 갔다.

"앞도 못 보면서 어떻게 무엇하러 예까지 왔느냐?"

처녀는 머리를 푹 수그렸다. 무슨 대답을 하는 듯하였으나, 화공은 알아듣지 못하였다. 그러나 화공으로 하여금 적이 호기심을 잃게 한 것은 처녀의 얼굴에 아까와 같은 놀라운 매력 있는 표정이 없어진 것이었다.

그만하면 보기 드문 미인임에는 틀림이 없다. 그러나 아까 화공이 그렇듯 놀란 것은 단지 미인인 탓이 아니었다. 그 얼굴에 나타난 놀라운 매력에 끌린 것이었다.

"불쌍도 하지. 저녁도 가까워 오는데 어둡기 전에 집으로 내려가거라."

이만큼 하여 화공은 처녀를 포기하려 하였다. 이 말에 처녀가 응하였다.

"어두운 것은 탓하지 않습니다마는 황혼은 매우 아름답다지요?"

"그럼 아름답구말구."

"어떻게 아름답습니까?"

"황금빛이 서산에서 줄기줄기 비치는구나. 거기 새빨갛게 물든 천하―푸르른 소나무도, 남빛 바위도, 검붉은 나무그루도, 모두 황금빛에 잠겨서……."

"황금빛은 어떤 것이고 새빨간 빛과 붉은빛이며 남빛은 모두 어떤 빛이오니까? 밝은 세상이라지만 밝은 빛과 붉은빛이 어떻게 다릅니까? 이 산 경치가 아름답다는 소문을 듣고 더듬어 왔습니다마는 바람 소리, 돌물_{소용돌이치는 물의 흐름} 소리, 귀로 들리는 소리밖에는 어디가 아름다운지 알 수가 없습니다."

차차 다시 나타나는 미묘한 표정, 커다랗게 뜨인 눈에 비치는 동경의 물결.

일단 사라졌던 아름다운 표정은 다시 생기가 비롯하였다.

화공은 드디어 처녀의 맞은편에 가 앉았다.

"이 샘 줄기를 따라 내려가면 바다가 있구, 바다 속에는 용궁이 있구나. 칠색 비단을 감은 기둥과 비취를 아로새긴 댓돌이며 황금으로 만든 풍경, 진주로 꾸민 문설주……."

마주 앉아서 엮어내리는 이 화공의 이야기에 각일각_{시간이 지날수록 자꾸만 더} 더욱 황홀해가는 처녀의 눈이었다. 화공은 드디어 이 처녀를 자기의 오막살이로 데리고 돌아갈 궁리를 하였다.

"내 용궁 이야기를 들려주마. 너희 집에서 걱정만 안 하실 것 같으면……."

화공이 이렇게 꾈 때에 처녀는 그의 커다란 눈을 들어서 유원히 하늘을 우러러보면서 자기네 부모는 병신 딸 따위는 없어져도 근심을 안 한다고 쾌히 화공의 뒤를 따랐다.

일사천리로 여기까지 밀려오던 여의 공상은 문득 중단되었다.

이야기를 어떻게 진전시키나?

잡념이 일어난다. 동시에 여의 귀에 들려오는 한 절의 유행가.

여는 머리를 들었다. 저편 뒤 어디 잡인들이 온 모양이다. 그 분요가 무의식중에 귀로 들어와서 여의 집중되었던 머리를 헤쳐놓는다.

귀찮은 가사들이여, 저주받을 가사들이여.

이 저주받을 가사들 때문에 중단된 이야기는 좀체 다시 모이지 않았다.

그러나 결말 없는 이야기가 어디 있으랴. 아무튼 결말은 지어야 할 것이 아닌가.

그러면 그 화공은 처녀를 데리고 제 오막살이로 돌아와서 용궁 이야기를 들려주면서 그동안에 처녀의 얼굴을 그대로 그려서 십 년래의 숙망 오랫동안 품어온 소망을 성취하였다는 결말로 맺어버릴까?

그러나 이런 싱거운 결말이 어디 있으랴. 결말이 되기는 되었지만 이따위 결말을 짓기 위하여 그런 서두 말의 첫머리는 무의미한 거다.

그러면?

그럼 다르게 결말을 맺어볼까?

화공은 처녀를 제 오막살이로 데리고 돌아왔다. 그리고 처녀에게 용궁 이야기를 들려주었다. 그러나 아까 용궁 이야기를 초벌 들은 처녀는 이번은 그렇듯 큰 감흥도 느끼지 않는 모양으로 그다지 신통한 표정도 보이지 않았다. 화공의 계획은 수포로 돌아갔다. 화공은 그 그림을 영 미완품인 채로 남기지 않을 수 없었다.

역시 마음에 들지 않는 결말이다.

그럼 또다시…….

화공은 처녀를 데리고 돌아왔다. 돌아와서 처녀를 보면 볼수록 탐스러워서 그림은 집어치우고 처녀를 아내로 삼아버렸다. 앞을 못 보는 처녀는 이 추하게 생긴 화공에게도 아무 불만 없이 일생을 즐겁게 보냈다. 그림으로나 아내를 얻으려던 화공은 절세의 미녀를 아내로 얻게 되었다.

역시 불만이다.

귀찮고 성가시다. 저주받을 유행 가사여.

여는 일어났다. 감흥을 잃은 이 자리에 그냥 앉아 있기가 싫었다. 그냥 들리는 유행가—그것이 안 들리는 곳으로 자리를 옮기자.

굽어보매 저 멀리 소나무 틈으로 한 줄기 번득이는 것은 아까의 샘이다. 그 샘물로, 가장 이 이야기의 원천이 된 그 샘으로 내려가자.

벼랑을 내려가기는 올라가기보다 더 힘들었다. 올라가는 것은 올라가다가 실수하여 떨어지면 과즉 제자리에 내린다. 그러나 내려가다가 발을 실수하면 어디까지 굴러갈지 예측할 길이 없다. 잘못하다가는 청운동서울시 종로구 어귀까지 굴러갈는지도 모를 일이다. 게다가 올라갈 때에는 도움이 되던 스틱조차 내려갈 때에는 귀찮기 짝이 없다.

반 각이나 걸려서 여는 드디어 그 샘가에 도달했다.

샘가에는 과연 한 개의 바위가 사람 하나 앉기 좋을 만한 자리가 있다. 이 바위가 화공이 쌀 씻던 바위일까? 처녀가 앉아서 공상하던 바위일까? 그 아래를 깊은 남벽으로 알았더니 겨우 한 뼘 미만의 얕은 물로서 바위 위를 기운 없이 똘똘 흐르고 있다.

그러나 이 골짜기는 고요하기 짝이 없었다. 바람 소리도 멀리 위에서만 들린다. 그리고 소나무와 바위에 둘러싸여서 꽤 음침한 이 골짜기는 옛날 세상을 피한 화공이 즐겨하였음직하다.

자, 그러면 이 골짜기에서 아까 그 이야기의 꼬리를 마저 지을까?

화공은 처녀를 데리고 오막살이로 돌아왔다.

그의 마음은 너무도 긴장되고 또한 기뻐서 저녁도 짓기 싫었다. 들어와 보매 벌써 여러 해를 머리 달리기를 기다리는 족자그림을 벽에 걸거나 말아둘 수 있도록 양 끝에 가름대를 댄 물건의 여인의 몸집조차 흔연히기쁘거나 반가워 기분이 좋게 화공을 맞는 듯하였다.

"자, 거기 앉아라."

수년간 화공을 힐책하던 머리 없는 그림이 화공 앞에 펴졌다. 단
청채색도 준비되었다.

터질 듯 울렁거리는 마음으로 폭 앞에 자리를 잡은 화공은 빛이
비치도록 남향하여 처녀를 앉히고 손으로는 붓을 적시며 이야기를
꺼내었다.

벌써 황혼은 이제 얼마 남지 않은 오늘 해로써 숙망을 달하려 하
는 것이었다. 십 년간을 벼르기만 하면서 착수를 못했기 때문에 저
축되었던 화공의 힘은 손으로 모였다.

"그리구…… 알겠지?"

눈으로는 처녀의 얼굴을 보며, 입으로는 용궁 이야기를 하며 손
은 번개같이 붓을 둘렀다.

"용궁에는 여의주라는 구슬이 있구나. 이 여의주라는 구슬은 마
음에 있는 바는 다 달할 수 있는 보물로서, 그 구슬을 네 눈 위에 한
번 굴리기만 하면 너도 광명한 일월살아가는 세상을 보게 된다."

"네? 그런 구슬이 있습니까?"

"있구말구. 네가 내 말을 잘 듣고 있기만 하면 수일 내로 너를 데
리고 용궁에 가서 여의주를 빌어서 네 눈도 고쳐주마."

"그러면 저도 광명한 일월을 볼 수 있겠습니까?"

"그럼, 광명한 일월, 무지개라는 칠색이 영롱한 기묘한 것, 아름

다운 수풀, 유수한 골짜기, 무엇인들 못 보랴!"

"아이구, 어서 그 여의주를 구해서……."

아아, 놀라운 아름다운 표정이었다. 화공은 처녀의 얼굴에 나타나 넘치는 이 놀라운 표정을 하나도 잃지 않고 화폭 위에 옮겼다.

황혼은 어느덧 밤으로 변하였다. 이때는 그림의 여인에게는 단지 눈동자가 그려지지 않았을 뿐, 그 밖의 것은 죄 완성이 되었다.

동자까지 그리고 싶었다. 그러나 이 그림의 생명을 좌우할 눈동자를 그리기에 날은 너무도 어두웠다.

눈동자 하나쯤이야 밝는 날로 남겨둔들 어떠랴. 하여간 십 년 숙망을 겨우 달한 화공의 심사는 무엇에 비기지 못하도록 기뻤다.

"아…… 아……."

이 탄성은 오래 벼르던 일이 끝날 때에 나는 기쁨의 소리였다. 이 일단의 안심과 함께 화공의 마음에는 또 다른 긴장과 정열이 솟아올랐다.

꽤 어두운 가운데서 처녀의 얼굴을 유심히 보기 위하여 화공이 잡은 자리는 처녀의 무릎과 서로 닿을 만큼 가까웠다. 그림에 대한 일단의 안심과 함께 화공의 코로 몰려들어 오는 강렬한 처녀의 체취와 전신으로 느끼는 처녀의 접근 때문에 화공의 신경은 거의 마비될 듯싶었다. 차차 각일각 몸까지 떨리기 시작하였다. 어두움 가운데서 황홀스러이 빛나는 처녀의 커다란 눈과 정열로 들먹거리는 입술은 화공의 정신까지 혼미하게 하였다.

밝는 날, 화공과 소경 처녀 두 사람은 벌써 남이 아니었다.

'오늘은 동자를 완성시키리라.'

삼십 년의 독신생활을 벗어버린 화공은 삼십 년간을 혼자 먹던 조반을 소경 처녀와 같이 먹고 다시 그림 폭 앞에 앉았다.

"용궁은?"

기쁨으로 빛나는 처녀의 눈…….

그러나 화공의 심미안에 비친 그 눈은 어제의 눈이 아니었다.

아름답기는 다시없는 아름다운 눈이었다. 그러나 그 눈은 사내의 사랑을 구하는 '여인의 눈'이었다. 병신이라 수모받던 전생을 벗어버리고 어젯밤 처음으로 인생의 봄을 맛본 처녀는 이제는 한 개 지어미의 눈이요, 한 개 애욕의 눈이었다.

"용궁은?"

"용궁에 어서 가서 여의주를 얻어서 제 눈을 뜨여주세요. 밝은 천지도 천지려니와 당신을 어서 눈 뜨고 보고 싶어."

어젯밤 잠자리에서 자기는 스물네 살 난 풍신^{풍채} 좋은 사내라고 자랑한 화공의 말을 그대로 믿는 소경 처녀였다.

"응, 얻어주지. 그 칠색이 영롱한…….."

"그 칠색이 어서 보고 싶어요."

"그래그래. 좌우간 지금 머리로 생각해보란 말이야."

"네, 참 어서 보고 싶어서…….."

굽어보면 무릎 앞의 그림은 어서 한 점 동자를 찍어주기를 기다리고 있다.

그러나 소경의 눈에 나타난 것은 아름답기는 아름다우나 그것은 애욕의 표정에 지나지 못하였다. 그런 눈을 그리려고 십 년을 고심한 것은 아니었다.

"자, 용궁을 생각해봐!"

"생각이나 하면 뭘 합니까? 어서 이 눈으로 보아야지."

"생각이라도 해보란 말이야."

"짐작이 가야 생각도 하지요."

"어제 생각하던 대로 생각을 해봐!"

"네……."

화공은 드디어 역정을 내었다.

"자, 용궁! 용궁!"

"네……."

"용궁을 생각해봐! 그래, 용궁이 어때?"

"칠색이 영롱하구요……."

"그래, 또?"

"또 황금 기둥, 아니 비단으로 짠 기둥이 있구요, 또 푸른 진주가……."

"푸른 진주가 아냐! 푸른 비취지."

"비취 추녀 처마의 네 귀에 있는 큰 서까래 던가, 문이던가?"

"에익! 바보!"

화공은 커다란 양손으로 칵^콱 소경의 어깨를 잡았다. 잡고 흔들었다.

"자, 다시 곰곰이─용궁은?"

"용궁은 바닷속에……."

겁에 떠서 어릿거리는^{생기 없이 움직이는} 소경의 양^{두 쪽 모두}에 화공은 손으로 따귀를 갈기지 않을 수 없었다.

"바보!"

이런 바보가 어디 있으랴. 보매 그 병신 눈은 깜박일 줄도 모르고 허공을 바라보고 있다. 그 천치 같은 눈을 보매 화공의 노염은 더욱 커졌다. 화공은 양손으로 소경의 멱을 잡았다.

"에이, 바보야, 천치야, 병신아!"

생각나는 저주의 말을 연하여 퍼부으면서 소경의 멱을 잡고 흔들었다. 그리고 병신다이^{병신답게} 멀겋게 뜨인 눈자위에 원망의 빛이 나타나는 것을 보고 더욱 힘 있게 흔들었다. 흔들다가 화공은 탁 그 손을 놓았다. 소경의 몸이 너무도 무거워졌으므로…….

화공의 손에서 놓인 소경의 몸은 눈을 위쪽으로 뒤솟^{뒤어쓴. 흰 자위만 나타난} 채 번뜻 나가 넘어졌다. 넘어지는 서슬에 벼루가 전복되었다. 뒤집어진 벼루에서 튀어 난 먹방울이 소경의 얼굴에 덮였다.

깜짝 놀라서 흔들어보매 소경은 벌써 이 세상의 사람이 아니었다. 화공은 어찌할 줄을 몰랐다. 망지소조^{너무 당황하거나 급하여 어찌할 줄을 모르고 갈팡질팡함}하여 허둥거리던 화공은 눈을 뜻 없이 자기의 그림

위에 던지다가 '악!' 소리를 내며 자빠졌다.

그 그림의 얼굴에는 어느덧 동자가 찍혔다. 자빠졌던 화공이 좀 정신을 가다듬어서 몸을 일으켜 다시 그림을 보매, 두 눈에는 완전히 동자가 그려진 것이었다.

그 동자의 모양이 또한 화공으로 하여금 다시 덜썩 엉덩이를 붙이게 하였다. 아까 소경 처녀가 화공에게 멱을 잡혔을 때에 그의 얼굴에 나타났던 원망의 눈—그림의 동자는 완연히 그것이었다.

소경이 넘어지는 서슬에 벼루를 엎는다는 것은 기이할 것도 없고, 벼루가 엎어질 때에 먹방울이 튄다는 것도 기이하달 수 없지만, 그 먹방울이 어떻게 그렇게도 기묘하게 떨어졌을까? 먹이 떨어진 동자로부터 먹물이 번진 홍채에 이르기까지 어찌도 그렇듯 기묘하게 되었을까?

한편에는 송장, 한편에는 송장의 화상을 놓고 망연히 앉아 있는 화공의 몸은 스스로 멈출 수 없이 와들와들 떨렸다.

수일 후부터 한양성 내에는 괴상한 화상을 들고 음울한 얼굴로 돌아다니는 늙은 광인 하나가 생겼다.

그의 내력을 아는 사람이 없었고, 그의 근본을 아는 사람이 없었다. 그 괴상한 화상을 너무도 소중히 여기므로 사람들이 보자고 하면, 그는 기를 써서 보이지 않고 도망해버리곤 한다.

이렇게 수년간을 방황하다가 어떤 눈보라 치는 날 돌베개를 베고 그의 일생을 마감하였다. 죽을 때도 그는 족자를 깊이 품에 품고 죽었다.

늙은 화공이여! 그대의 쓸쓸한 일생을 여는 조상하노라.

여는 지팡이로써 물을 두어 번 저어보고 고즈넉이 몸을 일으켰다. 우러러보매 여름의 석양은 벌써 백악 위에서 춤추고 이 천고^아_{주 민 옛적}의 계곡을 산새가 남북으로 건넌다.

−1935년

● ● ● ● ● ● ● ●
발가락이 닮았다

노총각 M이 혼약을 하였다.

우리는 이 소식을 들을 때에 뜻하지 않고 서로 얼굴을 마주보았습니다.

M은 서른두 살이었습니다. 세태가 갑자기 변하면서, 혹은 경제 문제 때문에, 혹은 적당한 배우자가 발견되지 않기 때문에, 혹은 단지 조혼^{어린 나이에 일찍 결혼함}이라 하는 데 대한 반항심 때문에 늦도록 총각으로 지내는 사람이 많아가기는 하지만, 서른두 살의 총각은 아무리 생각해도 좀 너무 늦은 감이 없지 않았습니다. 그래서 그의 친구들은 아직껏 기회가 있을 때마다 그에게 채근 비슷이 결혼에 대한 주의를 하곤 하였습니다. 그러나 M은 언제나 그런 의논을 받을 때마다 ^{속으로는 흥미를 가진 것이 분명한데} 겉으로는 고소^{쓴웃음}로써 친구

들의 말을 거절하곤 하였습니다. 그러던 M이 우리가 모르는 틈에 어느덧 혼약을 한 것이외다.

M은 가난하였습니다. 매우 불안정한 어떤 회사의 월급쟁이였습니다. 이 뿌리 약한 그의 경제 상태가 그로 하여금 늙도록 총각으로 지내게 한 듯도 합니다. 그리고 이 때문에 친구들은 M의 총각생활을 애석히 생각하여 장가들기를 권하는 것이었습니다.

그러나 나만은 M이 장가를 가지 않는 데 다른 종류의 해석을 내리고 있었습니다. 의사라는 나의 직업이 발견한 M의 육체적인 결함—이것 때문에 M은 서른이 넘도록 총각으로 지낸다, 나는 이렇게 믿고 있었습니다.

M은 학생 시절부터 대단한 방탕생활을 하였습니다. 방탕이래야 금전상의 여유가 부족한 그는 가장 하류에 속하는 방탕을 하였습니다. 오십 전 혹은 일 원만 생기면 즉시로 우동^{투전 노름의 한 가지}집이나 유곽^{창녀들이 몸을 팔던 집}으로 달려가던 그였습니다. 체질상 성욕이 강한 그는 그 불붙는 정욕을 끄기 위하여 눈앞에 닥치는 기회는 한 번도 놓치지 않았습니다. 친구들을 만날지라도 음식을 한턱하라기보다 유곽을 한턱하라는 그였습니다.

"질質로는 모르지만 양量으로는 세계의 누구에게든 그다지 지지 않을 테다."

관계한 여인의 수효에 대하여 이렇게 방언^{거리낌없이 함부로 말을 함}하기를 주저치 않을 만큼 그는 선택이라는 도정^{어떤 상태에 이르기까지의 과정}

을 밟지 않고 '집어세웠'습니다. 스물서너 살에 벌써 이백 명은 넘으리라는 것을 발표하였습니다. 서른 살 때는 벌써 괴승怪僧 신돈辛旽, 고려 말기의 승려로서 부패한 사회제도를 개혁하려 했으나 권력을 잡자 돈과 여자에 관한 추문이 이어지다 공민왕의 신임을 잃고 처형됨이를 멀리 눈 아래로 굽어보았을 것입니다. 그런지라 온갖 성병을 경험하지 못한 것이 없었습니다. 더구나 술이 억배요, 그 위에 유달리 성욕이 강한 그는 성병에 걸린 동안도 결코 삼가지를 않았습니다. 일 년 삼백육십여 일 그에게서 성병이 떠나본 적이 없었습니다. 늘 농이 흐르고 한 달 건너쯤 고환염으로써 걸음걸이도 거북스러운 꼴을 해서 나한테 주사를 맞으러 오곤 하였습니다. 그러는 동안에도 오십 전 혹은 일 원만 생기면 또한 성행위를 합니다. 이런지라, 물론 그는 생식 능력이 없어진 사람이었습니다.

이 일을 잘 아는 나는 M이 결혼을 안 하는 이유를 여기다가 연결시켜서 그의 도덕심(?)에 동정까지 하고 있었습니다. 일생을 빈곤한 가운데서 보내고, 늙은 뒤에 슬하도 없이 쓸쓸하게 지낼 그, 더구나 자기를 봉양할 슬하가 없기 때문에 백발이 되도록 제 손으로 이 고해괴로움이 끝이 없는 이 세상를 헤엄쳐나갈 그는 과연 한 가련한 존재이겠습니다.

이렇던 M이 어느덧 우리가 모르는 틈에 우물쭈물 혼약을 한 것이외다.

하기는 며칠 전에 이런 일이 있었습니다. 그날 저녁을 먹은 뒤에,

혼자서 신간 치료보고서를 읽고 있을 때에 M이 찾아왔습니다. 그리고 비교적 어두운 얼굴로, 내가 묻는 이야기에도 그다지 시원치 않은 듯이 입술엣 대답을 억지로 하고 있다가, 이런 질문을 나에게 던졌습니다.

"남자가 매독을 앓으면 생식을 못하나?"

"괜찮겠지."

"임질은?"

"글쎄, 고환은 오카사레루^{병균이 침입했다는 뜻의 일본말} 하지 않으면 괜찮아."

"고환은—내 친구 가운데 고환염을 앓은 사람이 있는데, 인제는 생식을 못하겠다고 비관이 여간이 아니야. 고환을 오카사레루 하면 절대 불가능인가? 양쪽 다 앓았다는데……."

"그것도 경(輕)하게 앓았으면 영향 없겠지."

"가령 그 경하다 치면—내가 앓은 게 그게 경한 편일까? 중(重)한 편일까?"

나는 뜻하지 않고 그의 얼굴을 보았습니다. 중하기도 그만큼 중하게 앓은 뒤에, 지금 그게 경한 거냐 중한 거냐 묻는 것이 농담으로밖에는 들리지 않았으므로…….

M의 얼굴은 역시 무겁고 어두웠습니다. 무슨 중대한 선고를 기다리는 사람과 같이 눈을 푹 내리뜨고 나의 대답을 기다리고 있었습니다.

잠시 그의 얼굴을 바라본 뒤에 나는 어이가 없어서,

"아주 경한 편이지."

이렇게 대답해버렸습니다.

"경한 편?"

"그럼."

이리하여 작별을 하였는데, 지금에 이르러 생각하면 그 저녁의 그 문답이 오늘날 그의 혼약을 이루게 하지 않았는가 합니다.

M이 혼약을 하였다는 기보^{이상한 소식}를 가지고 온 것은 T라는 친구였습니다. 그때는 마침^{다 M을 아는} 친구가 너덧 사람 모여 있을 때였습니다.

"골동^{骨董}—국보 하나 없어졌다."

누가 이런 비평을 가하였습니다.

나는 T에게 이렇게 물었습니다.

"그래 연애로 혼약이 된 셈인가요?"

"연애? 연애가 다 무에요. 갈보, 나카이^{요릿집에서 손님을 접대하는 여급의 일본말} 밖에는 여자라는 걸 모르는 녀석이 어디서 연애의 대상을 구하겠소?"

"그럼 지참금이라도 있답디까?"

"지참금이란 뉘 집 애 이름이오?"

나는 여기서 이 혼약에 대하여 가장 불유쾌한 면을 보았습니다.

삼십이 넘도록 총각으로 지낸 그로서, 연애라 하는 기묘한 정사 때문에 그 절(節)을 굽혔다면 그것은 도리어 축하할 일이지 책할 일이 아니외다. 지참금을 바라고 혼약을 하였다 하더라도, 지금의 세상에 살아가는 우리로서 더구나 그의 빈곤을 잘 아는 처지인지라 크게 욕할 수 없는 일이외다. 그러나 연애도 아니요, 금전 문제도 아닌 이 혼약에서는 가장 불유쾌한 한 가지의 결론밖에는 얻을 수 없습니다.

"그럼……."

나는 가장 불유쾌한 어조로 이렇게 말하였습니다.

"유곽에 다닐 비용을 절약하기 위하여 마누라를 얻은 셈이구료."

이 혹평에 대하여 T는 마땅치 않다는 듯이 나를 보았습니다.

"그렇게 혹언할 것도 아니겠지요. M도 벌써 서른두 살이든가 세 살이든가, 좌우간 그만하면 차차로 자식도 무릎에 앉혀보고 싶을 게고, 그렇다고 마땅한 마누라를 선택할 길이나 방법은 없고……."

"자식? 고환염을 그만큼이나 심히 앓은 녀석에게 자식? 자식은……."

불유쾌하기 때문에 경솔히도 직업적 비밀을 입 밖에 낸 나는 하던 말을 중도에 끊어버렸습니다. 그러나 이미 한 말까지는 도로 삼킬 수 없었습니다.

"네? 그게 무슨 말씀이오?"

M의 생식 능력에 대하여 사면에서 질문이 들어왔습니다. 이미 한 말에 대하여 책임을 지지 않을 수 없는 나는 그 말을 돌려 꾸미기에

한참 애를 썼습니다. 단언할 수는 없지만, 혹은 M은 생식 능력이 없을지도 모른다. 그러나 진찰을 안 해본 바니까, 혹은 생식 능력이 있을지도 모른다. M이 너무나 싱거운 혼약을 한 데 대하여 불유쾌하여 그런 혹언을 하였지만 그 말은 취소한다. 이러한 뜻으로 꾸며대었습니다. 그리고 그 좌석에 있던 스무 살쯤 난 젊은이가,

"외려 일생을 자식 없이 지내면 편치 않아요?"

이러한 의견을 내는 데 대하여 '젊은이로서는 도저히 이해할 수 없는 혈족의 애정'이라는 문제와 그 문제를 너무도 무시하는 요즘의 풍조에 대한 논평으로 말머리를 돌려버리고 말았습니다.

M은 몰래 결혼식까지 하였습니다. 그의 친구들로서 M의 결혼식 날짜를 미리 안 사람은 한 사람도 없었습니다. 뿐만 아니라, 지금 모두 제각기 하는 소위 신식 혼례식을 하지 않고, 제 집에서 구식으로 하였답니다. 모 여고보^{여자 고등 보통학교} 출신인 신부는 구식 결혼이 싫다고 하였지만 M이 억지로 한 것이라 합니다.

이리하여 유곽에서는 한 부지런한 손님을 잃어버렸습니다.

"독점이라 하는 건 참 유쾌하던걸."

결혼한 뒤에 M이 어느 친구에게 이런 말을 하였다 합니다. 비록 연애로써 성립된 결혼은 아니지만, 그다지 실패의 결혼은 아닌 듯하였습니다. 오십 전 혹은 일 원의 돈을 내던지고 순간적 성욕의 만족을 사던 이 노총각이 꿈에도 생각지 못한 독점을 하였으매, 그의

긍지가 작지 않았을 것이외다. 연애결혼은 아니었지만 결혼한 뒤에 연애가 생긴 듯하였습니다. 언제든 음침한 기분이 떠돌던 그의 얼굴이 그럴싸해서 그런지 좀 밝아진 듯하였습니다.

"복 받거라."

우리—더구나 나는 그들의 결혼을 심축^{깊이 축하함}하였습니다. 처음에는 한낱 M의 성행위 기구로써 M과 결합케 된 커다란 희생물인 그의 젊은 아내를 위하여, 이것이 행복한 결혼이 되기를 축수^{두 손 모아 빎}하였습니다. 동기는 여하간 결과에 있어서 아름다운 열매를 맺어라. 너의 젊은 아내로서 한 개 '희생물'이 되지 않게 하여라. 어머니로서의 즐거움을 맛볼 기회가 없는 너의 아내에게, 그 대신 아내로서는 남에게 곱 되는 즐거움을 맛보게 하여라. M의 일을 생각할 때마다 진심으로 이렇게 축수하였습니다.

신혼의 며칠이 지난 뒤부터는 M이 젊은 아내를 학대한다는 소문이 조금씩 들렸습니다. 완력을 사용한단 말까지 조금씩 들렸습니다. 그러나 나는 이 문제는 그다지 크게 생각지 않았습니다. 이런 소문이 귀에 들어올 때마다 나는 《아라비안 나이트》의 마신^{魔神} 이야기를 머릿속에서 되풀이해보곤 하였습니다.

어떤 어부가 그물질을 하고 있었습니다. 그런데 한번은 그물을 끌어올리니까 거기 고기는 없고, 그 대신 병이 하나 걸려 있었습니다. 병은 마개가 닫혀 있고, 그 위에 납으로 굳게 봉함까지 되어 있었습니다. 어부는 잠시 주저한 뒤에 병의 봉함을 뜯고 마개를 뽑아 보았습니다. 즉 병에서는 한 줄기 검은 연기가 하늘로 올라갔습니다. 그리고 하늘로 올라간 그 연기는 차차 뭉쳐서 거기 커다란 마신이 나타났습니다.

"나를 이 병 속에 감금한 것은 선지자 솔로몬이다. 이 병 속에 갇혀 있는 동안 나는 스스로 맹세하였다. 백 년 안에 나를 구해주는 사람이 있으면 그 사람에게 거대한 부富를 주겠다고. 그리고 백 년을 기다렸지만 아무도 나를 구해주는 사람이 없었다. 그래서 나는 다시 맹세했다. 이제 다시 백 년 안으로 나를 구해주는 사람이 있으면 나는 그 사람에게 이 세상에 있는 보배를 다 주겠다고. 그리고 헛되이 백 년을 더 기다린 뒤에, 백 년을 연기해서 그 백 년 안에 나를 구해주는 사람이 있으면, 그 사람에게 이 세상에서 가장 큰 권세와 영화를 주겠다고—그러나 그 백 년이 다 지나도 역시 구해주는 사람이 없었다. 그래서 나는 마지막으로 다시 맹세했다. 인제 누구든지 나를 구해주는 놈이 있거든, 당장에 그놈을 죽여서 그새 갇혀 있던 그 분풀이를 하겠다고."

이것이 병 속에서 나온 마신의 이야기였습니다. M이 자기의 젊은 아내를 학대한다는 소문이 들릴 때에, 나는 이 이야기를 생각지 않을 수 없었습니다. 삼십이 지나도록 총각으로 지낸 그 고통과 고적함外롭고 쓸쓸함에 대한 분풀이를 제 아내에게 하는 것이라 했습니다. 그리고 실컷 학대해라, 더욱 축수하였습니다.

M이 결혼한 지 이 년이 거의 된 어떤 날 저녁이었습니다. 그와 나는 어떤 곳에서 저녁을 같이하고 있었습니다.

그의 얼굴은 이날 유난히 어둡고 무거웠습니다. 그는 음식에는 거의 손을 대지 않고 술만 들이켜고 있었습니다. 본시 말이 많지 않은 그가 이날은 더욱 입이 무거웠습니다.

몹시 취하여 더 술을 먹지 못할 만큼 되어서, 그는 처음으로 자발적으로 입을 열었습니다. 충혈이 된 그의 눈은 무시무시하게 번뜩였습니다.

"여보게, 여보게, 속이지 말구 진정으로 말해주게. 내게 생식 능력이 있겠나?"

"글쎄, 검사를 해보아야지."

나는 이만큼 하여 넘기려 하였습니다.

"그럼 한번 진찰해봐주게."

"왜 갑자기……."

그는 곧 대답하려 하였습니다. 그러나 나오려던 말을 삼켰습니다. 그리고 다시 술을 한 잔 먹은 뒤에 눈을 푹 내리뜨며 말했습니다.

"아니, 다른 게 아니라, 내게 만약 생식 능력이 없다면 저 사람^{자기의 아내}이 불쌍하지 않나? 그래서 없는 게 판명되면 아직 젊었을 때에 헤어져서 저 사람이 제 운명을 다시 개척할 '때'를 줘야지 않겠나? 그래서 말일세."

"진찰해보아야지."

"그럼 언제 해보세."

그 며칠 뒤에 나는 M의 아내가 임신했다는 소문을 듣고 깜짝 놀랐습니다. 검사해볼 필요도 없습니다. M은 그 능력이 없을 것입니다. 그런데 M의 아내는 임신했습니다.

그리고 며칠 전에 M이 검사하겠다던 마음을 짐작했습니다. 그것은 결코 그날의 제 말마따나 '아내의 장래를 위하여' 하려는 것이 아니고, 아내에 대한 의혹 때문에 해보려는 것이외다. 자기도 온전히 모르는 바는 아니로되, 십중팔구 자기는 생식 불능자일 텐데 자기의 아내는 임신을 한 것이외다.

생각하면 재미있는 연극이외다. 생식 능력이 없는 M은 그런 기색도 뵈지 않고 결혼을 하였습니다. 그리하여 M에게로 시집을 온 새 아내는 임신을 하였습니다. 제 남편이 생식 불능자인 줄 모르는 아내는 버젓이 자기의 가진 죄의 씨를 M에게 자랑을 하고 있을 것이외다. 일찍이 자기가 생식 불능자인지도 모르겠다는 점을 밝혀주지 않은 M은 지금 이 의혹의 구렁이에서도 제 아내를 책할 권리가 없을 것이외다. 그가 검사를 하겠다 하나, 검사를 해서 자기가 불구자인 것이 판명된 뒤에는 어떤 수단을 취할는지 짐작도 할 수 없습니다. 아내의 음행을 책하자면, 자기의 사기적 행위를 폭로시키지 않을 수 없을 것이외다. 그것을 감추자면, 제 번민만 더욱 크게 할 것이외다.

어떤 날, 그는 검사를 하자고 왔습니다. 그때 마침 환자가 몇 사람 밀려 있던 관계상 나는 그를 내 사실^{사적인 방}에 가서 좀 기다리라 하고 환자 처리를 다 하고 내려갔습니다. 그랬더니 그는 나를 기다리지 않고 돌아가버렸습니다. 이튿날 그는 다시 왔습니다. 그러나 그는 또 돌아가버렸습니다.

나도 사실 어찌해야 할지 똑똑히 마음을 작정치 못했던 것이외다. 검사한 뒤에 당연히 사멸해 있을 생식 능력을 살아 있다고 하자니, 그것은 나의 과학적 양심이 허락지 않는 바외다. 그러나 또한 사멸하였다고 하자니, 이것은 한 사람의 일생을 망쳐버리는 무서운 선고에 다름없습니다.

M이라 하는 정당한 남편을 두고도 불의의 쾌락을 취하는 M의 아내는 분명히 책 받을 여인이겠지요. 그러나 또한 다른 편으로 이 사건을 관찰할 때에 내가 눈을 꾹 감고 그릇된 검안을 내린다면, 그로 인하여 절대로 불가능하던 M이 슬하에 사랑스러운 자식(?)을 두고 거기서 노후의 위안도 얻을 수 있을 것이요, 만사가 원만히 해결될 것이외다.

내가 자유로 선택할 수 있는 두 가지의 갈림길에 서서, 나는 어느 편 길을 취해야 할지 판단을 주저하고 있었습니다.

이 문제가 사오 일 뒤에 저절로 해결이 되었습니다. 그날도 역시 침울한 얼굴로 찾아온 M에게 나는 의리상,

"오늘 검사해보자나?"

하니깐 그는 간단히 대답하였습니다.

"벌써 했네."

"응? 어디서?"

"P병원에서."

"그래서 그 결과는?"

"살았다네."

"?"

나는 뜻하지 않고 그의 얼굴을 보았습니다. 그것은 의외의 대답을 들은 때문이라기보다 오히려 '살았다네' 하는 그의 음성이 너무 침통했기 때문에……

"그럼 안심이겠네."

이렇게 대답하는 동안 나는, 내가 하마터면 질 뻔한 괴로운 임무에서 벗어난 안심을 느끼는 동시에 P병원에서의 검안에 의외의 눈을 크게 뜨지 않을 수 없었습니다.

내 눈을 만난 M의 눈은 낭패한 듯이 이리저리 돌아다녔습니다. 그리고 나는 그 눈으로 그가 방금 한 말이 거짓말이었음을 알았습니다.

그럼 그는 왜 거짓말을 하였나? 자기 아내의 명예를 보호하기 위하여? 세상과 제 마음을 속여가면서라도 자식을 슬하에 두어보기 위하여? 나는 그의 마음을 알 수 없었습니다. 그가 입을 열었습니다. 무겁고 침울한 음성이었습니다.

"여보게, 자네 이런 기모치^{기분을 일컫는 일본말} 알겠나?"

"어떤?"

그는 잠시 쉬어서 말을 시작했습니다.

"월급쟁이가 월급을 받았네. 받은 즉시로 나와서 먹고 쓰고 사고, 실컷 마음대로 돈을 썼네. 막상 집으로 돌아가는 길일세. 지갑 속에 돈이 몇 푼 안 남아 있을 것은 분명해. 그렇지만 지갑은 못 열어봐. 열어보기 전에는 혹은 아직은 꽤 많이 남아 있겠거니 하는 요행심도 붙일 수 있겠지만, 급기야 열어보면 몇 푼 안 남은 게 사실로 나타나지 않겠나? 그게 무서워서 아직 있거니, 스스로 속이네그려. 쌀도 사야지, 나무도 사야지, 열어보면 그걸 살 돈이 없는 게 사실로 나타날 테란 말이지. 그래서 할 수 있는 대로 지갑에서 손을 멀리하고 제 집으로 돌아오네. 그 기모치 알겠나?"

나는 머리를 끄덕였습니다.

"알겠네."

그는 다시 입을 봉하였습니다. 그러나 그때에 나는 알았습니다. M은 검사도 해보지 않은 것이외다. 그는 무서워합니다. 그는 검사를 피합니다. 자기의 아내가 임신을 하였습니다. 그것은 상식으로 판단하여 물론 남편의 아이일 것이외다. 거기 대하여 의심을 품을 자는 하나도 없을 것이외다. 의심을 품을 필요도 없는 것이외다. 왜? 여인이 남편을 맞으면 원칙상 임신을 하는 것이 당연한 일이니깐.

이 의심할 필요가 없는 것을 의심하다가 향기롭지 못한 결과가 나타나면, 이것은 자작지얼_{스스로 만든 재앙}로서 원망을 할 곳이 없을 것이외다. 벌의 둥지를 건드리는 것은 어리석은 것이외다. 십중팔구는 향기롭지 못한 결과가 나타날 '검사'를 M은 회피한 것이외다. 절망을 스스로 사지 않으려고 번민 가운데서도 끝끝내 일루^{한 올}의 희망을 붙여두려 M은 온전히 '검사'라는 위험한 벌의 둥지를 건드리지 않기로 한 것이외다. 그리고 상식으로 판단할 수 있는 ^{제 아내의} ^{뱃속에 있는} 자식에게 억지로 애정을 가져보려 결심한 것이외다. 검사를 해서 정충^{정자}이 살아 있으면 다행한 일이지만, 사멸하였다면 시재^{현재} 제 아내와의 새에 생길 비극과 분노와 절망은 둘째 두고라도, 일생을 슬하에 혈육이 없이 보내고 노후에 의탁할 곳을 가질 가능성조차 없는 절망의 지위에 빠지지 않을 수 없을 것이외다.

이것은 무서운 일이외다. 상식으로 판단할 수 있는 일을 거부하고까지 이런 모험 행위를 할 필요가 없을 것이외다. 이리하여 그는 검사는 단념했지만 마음에 있는 의혹만은 온전히 끄지를 못한 모양이었습니다.

그 뒤 어떤 날, 그는 이런 이야기 저런 이야기를 하다가 이런 말을 했습니다.

"자식은 꼭 제 애비^{아비}를 닮는다면 좋겠구먼……."

거기 대하여 나는 닮은 예를 여러 가지로 들어서 말해주었습니다. 그는 한숨을 내쉬었습니다.

"여인이 애를 배면 걱정일 테야. 아버지나 친할아비를 닮는다면 문제는 없겠지만 외편을 닮거나, 그렇지 않으면 아무도 닮지 않으면 걱정이 아니겠나. 그저 애비를 닮아야 제일이야. 하하하……."

나는 대답하였습니다.

"글쎄 말이지. 내 전문이 아니니깐 이름은 기억 못하지만, 독일 소설에 이런 게 있지 않나. 〈아버지〉라나 하는 희곡 말일세. 자식을 낳았는데 제 자식인지 아닌지 몰라서 번민하는 그런 이야기가 있지? 그것도 아버지만 닮으면 문제가 없겠지."

"아! 아, 다 귀찮어."

M의 아내가 아들을 낳았습니다.

그 아이가 반년쯤 자랐습니다.

어떤 날 M은 그 아이를 몸소 안고, 병을 뵈러 나한테 왔습니다. 기관지가 조금 상하였습니다.

약을 받아 가지고도 그냥 좀 앉아 있던 M은 묻지도 않은 이런 말을 하였습니다.

"이놈이 꼭 제 증조부님을 닮았다거든."

"그래?"

나는 그의 말에 적지 않은 흥미를 느끼면서 이렇게 응했습니다. 내 눈으로 보자면, 그 어린애와 M과는 아무런 관련도 없는 바인데, 그 애가 M의 할아버지를 닮았다는 것은 기이함으로써…… 어린애의 친편과 외편의 근친近親에서 아무도 비슷한 사람을 찾아내지 못한 M의 친척은 하릴없이 예전의 조상을 들추어낸 모양이었습니다. 그리고 그 어린애에게 커다란 의혹과 그보다 더 커다란 희망^{의혹이 오} ^{해였던 것을 바라는}은 M으로 하여금 손쉽게 그 말을 믿게 한 모양이었습니다. 적어도 신뢰하려고 마음먹게 한 모양이었습니다.

내가 자기의 말에 흥미를 가지는 것을 본 M은 잠시 주저하다가 그가 예비했던 둘째 말을 마침내 꺼냈습니다.

"게다가 날 닮은 데도 있어."

"어디?"

"이보게."

M은 어린애를 왼편 팔로 가만히 옮겨서 붙안으면서, 오른손으로 제 양말을 벗었습니다.

"내 발가락 보게. 내 발가락은 남의 발가락과 달라서 가운뎃발가락이 그중 길어. 쉽지 않은 발가락이야. 한데……."

M은 강보^{포대기}를 들치고 어린애의 발을 가만히 꺼내놓았습니다.

"이놈의 발가락 보게. 꼭 내 발가락 아닌가. 닮았거든……."

M은 열심히 찬성을 구하듯이 내 얼굴을 바라보았습니다. 얼마나 닮은 곳을 찾아보았기에 발가락 닮은 것을 찾아냈겠습니까?

나는 M의 마음과 노력이 눈물겨웠습니다. 커다란 의혹 가운데서 그 의혹을 어떻게 해서든 삭여보려는 M의 노력은 인생의 가장 요절할 비극이었습니다. M이 보라고 내어놓은 어린애의 발가락은 안 보고, 오히려 얼굴만 한참 들여다보고 있다가 나는 마침내 이렇게 말하였습니다.

　"발가락뿐 아니라, 얼굴도 닮은 데가 있네."

　그리고 나의 얼굴로 날아오는 의혹과 희망이 섞인 그의 눈을 피하면서 돌아앉았습니다.

−1932년

붉은 산

-어떤 의사의 수기-

그것은 여余가 만주를 여행할 때 일이었다. 만주의 풍속도 좀 살필 겸, 아직껏 문명의 세례를 받지 못한 그들 사이에 퍼져 있는 병病을 좀 조사할 겸 해서 일 년의 기한을 예산하여 만주를 시시콜콜히 다 돌아온 적이 있었다. 그때에 ××촌이라 하는 조그만 촌에서 본 일을 여기에 적고자 한다.

××촌은 조선 사람 소작인만 사는 한 이십여 호 되는 작은 촌이었다. 사면을 둘러보아도 한 개의 산도 볼 수 없는 광막한 만주의 벌판 가운데 놓여 있는 이름도 없는 작은 촌이었다.

몽고 사람 종자따라다니며 시중드는 사람를 하나 데리고 노새를 타고 만주의 농촌을 돌아다니던 여가 그 ××촌에 이른 때는 가을도 다 가고 어느덧 광포한 북극의 겨울이 만주를 찾아온 때였다.

만주의 어느 곳이나 조선 사람이 없는 곳은 없지만 이러한 오지
두메산골에서 한 동네가 죄 조선 사람으로만 되어 있는 곳을 만나니
반가웠다. 더구나 그 동네는 비록 모두가 만주국인의 소작인이라
하나, 사람들이 비교적 온량하고 정직하여 장성한 이들은 그래도
모두 천자문 한 권쯤은 읽은 사람들이었다.

살풍경한 만주, 그 가운데서 살풍경한 살림을 하는 만주국인이며
조선 사람의 동네를 근 일 년이나 돌아다니다가 비교적 평화스러운
이런 동네를 만나면, 그것이 비록 외국인의 동네라 해도 반갑겠거
늘, 하물며 우리 같은 동족임에랴.

여는 그 동네에서 한 십여 일 이상을 일없이 매일 호별 방문을 하
며 그들과 이야기로 날을 보내며, 오래간만에 맛보는 평화적 기분
을 향락하고 있었다.

'삵삵괭이'이라는 별명을 가지고 있는 '정익호'라는 인물을 본 것
이 여기서다.

익호라는 인물의 고향이 어디인지는 ××촌에서 아무도 몰랐다.
사투리로 보아서 경기 사투리인 듯지만 빠른 말로 재재거리는 때
에는 영남 사투리가 보일 때도 있고, 싸움이라도 할 때는 서북 사투
리가 보일 때도 있었다. 그런지라 사투리로써 그의 고향을 짐작할
수 없었다. 쉬운 일본말도 알고, 한문 글자도 좀 알고, 중국말은 물

론 꽤 하고, 쉬운 러시아말도 할 줄 아는 점 등등, 이곳저곳 숱하게 주워먹은 것이 짐작이 가지만, 그의 경력을 똑똑히 아는 사람은 없었다.

그는 여가 ××촌에 가기 일 년 전쯤 빈손으로 이웃이라도 오듯 후다닥 ××촌에 나타났다 한다. 생김생김으로 보아서 얼굴이 쥐와 같고 날카로운 이빨이 있으며, 눈에는 교활함과 독한 기운이 늘 나타나 있으며, 발록한 조금 크게 벌어져 있는 코에는 코털이 밖으로까지 보이도록 길게 났고, 몸집은 작으나 민첩하게 되었고, 나이는 스물다섯에서 사십까지 임의로 볼 수 있으며, 그 몸이나 얼굴 생김이 어디로 보든 남에게 미움을 사고 근접치 못할 놈이라는 느낌을 갖게 한다.

그의 장기는 투전 돈치기이 일쑤며, 싸움 잘하고, 트집 잘 잡고, 칼부림 잘하고, 색시에게 덤벼들기 잘하는 것이라 한다.

생김생김이 벌써 남에게 미움을 사게 되었고, 거기다 하는 행동조차 변변치 못한 일만이라, ××촌에서도 아무도 그를 대척하는 맞서는 사람이 없었다. 사람들은 모두 그를 피하였다. 집이 없는 그였으나 뉘 집에 잠이라도 자러 가면, 그 집 주인은 두말없이 다른 방으로 피하고 이부자리를 준비해주곤 하였다. 그러면 그는 이튿날 해가 낮이 되도록 실컷 잔 뒤에, 마치 제 집에서 일어나듯 느직이 일어나서 조반을 청하여 먹고는 한마디의 사례도 없이 나가버린다.

그리고 만약 누구든 그의 이 청구에 응치 않으면 그는 그것을 트집으로 싸움을 시작하고, 싸움을 하면 반드시 칼부림을 하였다.

동네의 처녀들이며 젊은 여인들은 익호가 이 동네에 들어온 뒤부터는 마음 놓고 나다니지를 못하였다. 철없이 나갔다가 봉변을 당한 사람도 몇이 있었다.

　'삵…….'

　이 별명은 누가 지었는지 모르지만 어느덧 ××촌에서는 익호를 익호라 부르지 않고 '삵'이라고 부르게 되었다.

　"삵이 뉘 집에서 묵었나?"

　"김서방네 집에서."

　"다른 봉변은 없었다나?"

　"요행히 없었다네."

　그들은 아침에 깨면 서로 인사 대신으로 '삵'의 거취를 알아보곤 하였다.

　'삵'은 이 동네에는 커다란 암종 암적인 존재이었다. '삵' 때문에 아무리 농사에 사람이 부족한 때라도 젊고 튼튼한 몇 사람은 동네의 젊은 부녀를 지키기 위하여 동네 안에 머물러 있지 않을 수 없었다. '삵' 때문에 부녀와 아이들은 아무리 더운 여름 저녁이라도 길에 나서서 마음 놓고 바람을 쏘여보지를 못하였다. '삵' 때문에 동네에서는 닭의가리 닭의어리. 나뭇가지나 싸리 따위로 엮어 닭을 넣어두는 물건며 돼지우리를 지키기 위하여 밤을 새우지 않을 수 없었다.

　동네의 노인이며 젊은이들은 몇 번을 모여서 '삵'을 이 동리에서 내쫓기를 의논하였다. 물론 합의는 되었다. 그러나 내쫓는 데 선착

남보다 먼저 손을 댈할 사람이 없었다.

"첨지가 선착하면 뒤는 내 담당하마."

"뒤는 걱정 말고 형님 먼저 말해보시오."

제각기 '삵'에게 먼저 달려들기를 피하였다.

이리하여 동리에서는 합의는 되었으나 '삵'은 그냥 태연히 이 동리에 묵어 있게 되었다.

"며늘년들이 조반^{아침밥}이나 지었나?"

"손주놈들이 잠자리나 준비했나?"

마치 그 동네의 모두가 자기의 집안인 것같이 '삵'은 마음대로 이 집 저 집을 드나들었다.

××촌에서는 사람이라도 죽으면 반드시 조상 대신으로,

"삵이나 죽지 않고."

하는 한마디의 말을 잊지 않곤 하였다.

누가 병이라도 나면,

"에익! 이놈의 병, '삵'한테로 가거라."

고 하였다.

암종─누구나 '삵'을 동정하거나 사랑하는 사람이 없었다.

'삵'도 남의 동정이나 사랑은 벌써 단념한 사람이었다. 누가 자기에게 아무런 대접을 하든 탓하지 않았다. 보이는 데서 보이는 푸대접을 하면 그 트집으로 반드시 칼부림까지 하는 그였지만, 뒤에서 아무런 말을 할지라도…… 그리고 그것이 '삵'의 귀에까지 갈지라도 탓하지 않았다.

"흥!"

이 한마디는 그의 가장 큰 처세 철학이었다.

흔히 곁동네 만주국인들의 투전판에 가서 투전을 하였다. 때때로 두들겨 맞고 피투성이가 되어서 돌아오는 일도 있었다. 그러나 그는 그 하소연을 하는 일이 없었다. 한다 할지라도 들을 사람도 없거니와─아무리 무섭게 두들겨 맞은 뒤라도 하루만 샘물에 상처를 씻고 절룩절룩한 뒤에는 또 이튿날은 천연히 나다녔다.

여가 ××촌을 떠나기 전날이었다.

송첨지라는 노인이 그해 소출_{논밭에서 나는 곡식}을 나귀에 실어가지고 만주국인 지주가 있는 촌으로 갔다. 그러나 돌아올 때는 송장이 되었다. 소출이 좋지 못하다고 두들겨 맞아서 부러져 꺾어진 송첨지는 나귀 등에 몸이 결박되어서 겨우 ××촌으로 돌아왔다. 그리고 놀란 친척들이 나귀에서 몸을 내릴 때에 절명_{목숨이 끊어짐}되었다.

××촌에서는 왁자하였다.

"원수를 갚자!"

명 아닌 목숨을 끊은 송첨지를 위하여 동네의 젊은이는 모두 흥분되었다. 제각기 이제라도 들고일어설 듯하였다.

그러나 그뿐이었다. 누구든 앞장을 서려는 사람이 없었다. 만약 누구든 이때에 앞장을 서는 사람만 있었다면 그들은 곧 그 지주에게로 달려갔을지 모른다. 그러나 제가 앞장을 서겠노라고 나서는 사람은 없었다. 제각기 곁사람을 돌아보았다.

발을 굴렀다. 부르짖었다. 학대받은 인종의 고통을 호소하며 울었다. 그러나—그뿐이었다. 남의 일로 지주에게 반항하여 제 밥자리^{일자리}까지 떼이기를 꺼림인지, 용감히 앞서 나가는 사람은 없었다.

여는 의사라는 여의 직업상 송첨지의 시체를 검시하였다. 돌아오는 길에 여는 '삶'을 만났다. 키가 작은 '삶'을 여는 내려다보았다. '삶'은 여를 쳐다보았다.

'가련한 인생아. 인종의 거머리야. 가치 없는 인생아. 밥버러지야. 기생충아!'

여는 '삶'에게 말하였다.

"송첨지가 죽은 줄 아나?"

여의 말에 아직껏 여를 쳐다보고 있던 '삶'의 얼굴이 아래로 떨어졌다. 그리고 여가 발을 떼려는 순간 얼핏 '삶'의 얼굴에 나타난 비창한 _{암울하고 슬픈 심정} 표정을 여는 넘길 수 없었다.

고향을 떠난 만 리 밖에서 학대받는 인종의 가엾음을 생각하고 그 밤은 여도 잠을 못 이루었다. 그 억분함을 호소할 곳도 못 가진 우리의 처지를 생각하고, 여도 눈물을 금치 못하였다.

이튿날 아침이었다.

여를 깨우러 오는 사람의 소리에 여는 반사적으로 일어났다.

'삵'이 동구 _{동네 어귀} 밖에서 피투성이가 되어 죽어 있다는 것이었다. 여는 '삵'이라는 말에 눈살을 찌푸렸다. 그러나 의사라는 직업상 곧 가방을 수습해서 '삵'이 넘어진 데까지 달려갔다. 송첨지의 장례식 때문에 모였던 사람 몇은 여의 뒤로 따라왔다.

여는 보았다. '삵'의 허리가 기역자로 뒤로 부러져서 밭고랑 위에 넘어져 있는 것을 여는 달려가 보았다. 아직 약간의 온기는 있었다.

"익호! 익호!"

그러나 그는 정신을 못 차렸다. 여는 응급수단을 하였다. 그의 사지는 무섭게 경련되었다.

이윽고 그가 눈을 번쩍 떴다.

"익호! 정신 드나?"

그는 여의 얼굴을 보았다. 끝이 없이 한참을 쳐다보았다. 그의 눈동자가 움직였다. 겨우 처지를 깨달은 모양이었다.

"선생님, 저는 갔었습니다."

"어디를?"

"그놈, 지주놈의 집에……."

무얼? 여는 눈물 나오려는 눈을 힘 있게 닫았다. 그리고 덥석 그의 벌써 식어가는 손을 잡았다. 잠시의 침묵이 계속되었다. 그의 사지에서는 무서운 경련이 끊임없이 일었다. 그것은 죽음의 경련이었다. 듣기 힘든 작은 그의 소리가 또 그의 입에서 나왔다.

"선생님!"

"왜?"

"보고 싶어요. 전 보고 시⋯⋯."

"뭐이?"

그는 입을 움직였다. 그러나 말이 안 나왔다. 기운이 부족한 모양이었다. 잠시 뒤에 그는 또다시 입을 움직였다. 무슨 소리가 그의 입에서 나왔다.

"무얼?"

"보고 싶어요. 붉은 산이―그리고 흰옷이!"

아, 죽음에 임하여 그는 고국과 동포가 생각난 것이었다. 여는 힘 있게 감았던 눈을 고즈넉이 떴다. 그때에 '삵'의 눈도 번쩍 뜨였다. 그는 손을 들려고 하였다. 그러나 이미 부러진 그의 손은 들리지 않았다. 그는 머리를 돌이키려 하였다. 그러나 그 힘이 없었다.

그는 마지막 힘을 혀끝에 모아서 입을 열었다.

"선생님!"

"왜?"

"저것, 저것⋯⋯."

"무얼?"

"저기 붉은 산이⋯⋯그리고 흰옷이⋯⋯ 선생님, 저게 뭐예요?"

여는 돌아보았다. 그러나 거기는 황막한 거칠고 아득하게 넓은 만주의 벌판이 전개되어 있을 뿐이었다.

"선생님, 노래를 불러주세요. 마지막 소원…… 노래를 해주세요.
동해물과 백두산이 마르고 닳도록……."

여는 머리를 끄덕이고 눈을 감았다. 그리고 입을 열었다. 여의 입
에서는 창가가 흘러나왔다.

여는 고즈넉이 불렀다.

　동해물과 백두산이―

고즈넉이 부르는 여의 창가 소리에 뒤에 둘러섰던 다른 사람의
입에서도 숭엄한 코러스는 울려 나왔다.

　무궁화 삼천리
　화려 강산―

광막한 겨울의 만주벌 한편 구석에서는 밥버러지 익호의 죽음을
조상^{죽음을 슬퍼함}하는 숭엄한 노래가 차차 크게 엄숙하게 울렸다. 그
가운데 익호의 몸은 점점 식었다.

　　　　　　　　　　　　　　　　　　　－1932년

목숨

나는 M이 죽은 줄만 알았다.

그가 이상한 병에 걸리기는 다섯 달 전쯤이다. 처음에는 입맛이 없어져서 음식을 못 먹었다. 그러나 배는 차차 불러지고, 배만 불러질 뿐 아니라 온몸이 부으며, 그의 얼굴은 바늘 끝으로 찌르면 물이라도 서너 그릇 쏟아질 것같이 누렇게 되었다. 그의 말을 들으면 배도 그 이상으로 되었다 한다. 그렇다고 몸 어디가 아프냐 하면 그렇지도 않고, 다만 어지럽고 때때로 구역이 날 뿐이다.

그는 S병원에 다니면서 약을 먹었다. 그러나 병은 조금도 낫지 않고 점점 더해갈 뿐이다. 마침내 그는 S병원에 입원하였다.

나는 매일 그를 찾아가 보았다. 그는 언제든지 안락의자에 걸터앉아 있다가 내가 가면 기뻐서 맞고, 곧 담배를 달라 한다. 예수교

병원이라 입원 환자에게 담배 먹는 것을 금하므로, 그는 내가 가야 담배를 먹는다. 간호부는 그와 서로 아는 처지이므로, 다만 웃은 뒤에 머리를 돌리고 하였다. 그의 뛰노는 성질은 병원 안에 가만히 갇혀 있는 사람이 무한 견디기 힘들 것 같았다.

그러는 동안 나는 좀 여행을 할 일이 있어서 그 준비로 며칠 동안 병원에 못 갔다가 사나흘 뒤에 작별을 하러 가니까, 그의 병은 갑자기 더하여 면회까지 사절한다. 원장은 마지막 그에게 죽음을 선고하였단 말을 들었다. 나는 그만 집으로 돌아왔다.

'그가 죽는다. 활기가 몸 안에 차고 남아서 주위 대기大氣에까지 활기를 휘날리던 그가 죽는다. 믿을 수 없다. 사람의 목숨이란……'

나와 그의 사귐은 때가 짧았다. 그러나 깊었다. 나는 곤충학을 연구하고 있었는데, 그는 한 예술가로서 시인이었다. 다시 말하자면, 나와 그는 과학과 예술의 두 끝에 대립하여 있었다. 그렇지만 그와 나 사이에는 공통점이 있었다. 자연을 끝까지 개척하여 우리 '사람'의 정력뿐으로 된 세계를 만들어보겠다는 과학자인 나와, 참 자기의 모양을 표현하고야 말겠다는 예술가인 그와는 제이第二의 자기를 만들어놓는다는 데 공통점이 있다. 나와 그의 사귐이 때는 짧았으되 깊은 것은 이와 같이 서로 주지主된 생각상의 공통점을 이해한 데 있었으리라.

그가 죽음의 선고를 받았다는 말을 들은 때에 내가 놀란 것은,

'사회를 위해 한 아까운 천재를 잃어버리는 것이 슬프므로……'

라고 말하고는 싶지만, 기실로는 이만큼 서로 통정한 벗 내게는 M만큼 서로 이해하는 벗이 다시없다을 잃어버리는 것이 나 자신을 위하여 싫었다.

이튿날 나는 마침내 되게 앓는 벗을 버려두고, 오래 벼르던 여행을 강원도 넓은 벌로 떠났다. 나의 여행 목적은 곤충채집이었다. 포충망 곤충을 잡는 데 쓰는 그물과 독호 독이 든 병를 가지고 벌판을 이리저리 두 달 동안 돌아다니면서 학계學界에 쉽지 않은 곤충을 여러 가지 얻었다. 이로 말미암아 M을 죽어가는 대로 내버려두고 얼마 동안 잊고 있었다.

여행을 끝내고 돌아오매, 책상 위에 여러 장의 편지가 있는데 그 가운데는 M의 것도 있었다.

나는 죽는다. 원장까지 할 수 없다 한다. 나는 살아 있는 모든 사람을 미워한다. 그들에게도 하루바삐 나와 같은 경우가 이르기를 바란다. 자네에게도…… 그러나 나는 죽기 전에 이 대필로 쓴 편지로라도 자네에게 작별을 안 할 수 없다. 나는 자네를 '살아 있는 사람'으로서 미워하지만, 또 동시에 사랑하는 벗으로서는 죽기까지 잊을 수 없다. 나의 이 편벽된 한쪽으로 치우친 마음을 자네는 용서할 줄 믿는다.

이와 같은 뜻의 글이 M의 글씨가 아닌 글씨로 병원 용전 환자에게 주는 처방전을 쓰는 종이에 씌어 있다.

나는 형용할 수 없는 외로움을 맛보면서 이 편지를 쓰던 당시의 일을 머릿속에 그려보았다.

M은 퉁퉁 부은 몸집을 억지로 한 팔로 의지하고 반만큼 일어나서 대필인 대신 글씨를 써주는 사람에게 구술 말로 이야기를 함을 한다. 낯을 찡그리고 목쉰 소리로 끊어지는 듯이…… 그리고 구술을 끝낸 뒤에 맥이 난 긴장이 풀려 의욕을 잃은 상태 몸을 다시 털썩 병상 위에 놓은 뒤에 눈을 감는다. 이제 곧 이를 '죽음'은 생각 안 나고 그는 삶에 대한 끝없는 집착만 깨닫는다.

"나는 왜 죽느냐? 모든 사람은, 사람뿐 아니라 모든 동물은, 식물은, 심지어 뫼산, 시내, 또는 바위까지라도 살아 있는데, 나는 왜 죽느냐? 전차가 다닌다. 에잇! 골난다. 모두 다 이 세상이 끝나버려라, 없어져라! 나와 함께 없어져버려라!"

끝까지 흥분된 그는 벌떡 일어나 앉는다. 누렇게 부은 얼굴에는 그대로 남아 있던 피가 모여서 새빨갛게 충혈이 된다.

'아아, M은 죽었다!'

벗을 생각하는 정인지 사람을 불쌍히 여기는 마음인지 눈에는 뜨거운 눈물이 떠올랐다.

남보다 곱이나 삶에 집착성이 있던 M은 남보다 곱 죽음을 싫어하였을 것은 정한 일이다. 그런 M이 자기에게 죽음이 이르렀을 때에, '온 천하여, 없어져버려라!' 하고 고함친 것이 무슨 이상한 일일까?

나는 곧 전화로 S병원에 M의 무덤을 물어보았다. 벗의 혼을 위로 하려는 정보다도 나의 양심에, M에 대한 우정을 시인시키기 위하여 그의 무덤에 한잔 술이라도 붓지 않을 수 없었다. M이라는 사람이 입원은 하였지만, 다 나아서 퇴원하였다 한다. 이름 같은 딴 사람인가 하여 다시 물어보았지만, 자기는 아직 견습 간호원이니까 똑똑히 모른다 하므로 원장을 찾으니 원장은 여행 중이요, 대진^{의사를 대신해 진찰하는 사람}은 병중이요, T라 하는 간호부는 다른 병원으로 갔다 한다.

나는 하릴없이 어지러운 머리로 교자에 돌아왔다.

'M이 살았어? M이 죽고도 살았어? 죽음은, 즉 삶의 밑이란 말인가……'

이리하여 이렁저렁 한 달이 지나서, 요 며칠 전의 일이다.

한 달 동안을 생각해도, 평안북도 이상으로는 생각이 안 나는 M의 고향을 또 생각하며 앉아 있을 때에 사환애^{잡심부름을 시키기 위하여 고용한 아이}가 들어와서, 꼭 M과 같은 사람이 찾아왔다 한다.

'M은 안 죽었다. 그러나 이런 일이 능히 있을까? 원장이 내던진 환자를 누가 살렸을까? 그가 살았다! 견습 간호원의 전화——M이 죽으면 신문에도 날 텐데 나는 못 보았다. 그는 살았다.'

한 초 동안에 이만큼 정돈된 생각이 머리에 지나가며, 흩어진 머리카락을 본능적으로 거슬며 나는 문으로 뛰어갔다. 문에 이르렀을 때에 M의 모양은 미처 못 보았지만, M에게서 난 듯한 활기를 그 근처 대기 중에서 맛볼 수가 있었다. 나는 문을 박차고 뛰어나가서 마주치는 사람을 붙들었다.

"왔구만, 왔구만! 죽지 않고 튼튼해서……."

"그만 안 죽었네."

M의 목소리다. 나는 눈을 들어서 M을 보았다. 눈물 괸 내 눈으로도,

'언제 병을 앓았나?'

하는 듯한 혈기가 가득 찬 그의 얼굴을 알아볼 수 있었다.

그는 정다운 웃음을 띠고 나를 들여다본다.

"자, 아무튼 들어가세."

나는 M을 안다시피 하여 응접실로 들어와서 함께 앉았다. 나는 마침내 그에게 물었다.

"그런데 웬일이야?"

그는 대답 없이 물끄러미 나를 보고 있다. 나는 그 '웬일'을 설명치 않을 수 없었다.

"죽은 사람이 다시 살아나다니……."

"자네, 내 편지 보았나?"

"보았네."

"죽은 줄 알았나?"

"죽은 줄 알지 않구! 오 분 전까지두 자네는 내 머리에는 송장이었네."

"사람의 목숨 한 개에 금 일전—錢의 정가가 붙어야겠네."

이번은 내가 물끄러미 그를 보지 않을 수가 없었다.

그는 설명하였다.

"이 내 감상일기를 보면 알겠지. 어떻든 난 다시 살았네. 한 달 전에 퇴원해서, 한 달 동안을 유쾌한 여행을 하구, 지금은 전의 곱 되는 왕성한 원기를 회복해서 자네 앞에 나타나지 않았나? 가장 분명한 사실이네."

"그 원고 이리 주게."

"보게!"

그는 그의 특색인 악필로써 원고용지에 되는대로 쓴 원고를 한 뭉치 내놓는다.

나는 그것을 탁 채어서, 마치 목마를 때에 냉수 마시듯 읽기 시작하였다.

병상일기 M의 감상일기

➤ 조각글 1

생각다 못하여 벗들의 권고를 들어서 나는 그리 아프지 않되 불유쾌하게 배가 저릿저릿하고 구역이 연하여 나오는 병의 몸을 억지로 인력거에 싣고 우리의 눈에는 현세現世 지옥으로 비치는 병원으로, 입원차로 향하였다.

인력거의 껌바퀴가 돌을 차고 들썩들썩 올라 뛸 때마다 그 불유쾌한, 오히려 몹시 아픈 편이 시원할 만한 배의 경련이 일어나며, 구역이 목에까지 나와 걸려서 돌아간다.

하늘은 망원경을 거꾸로 내다보는 것같이 조그맣고, 그 빛은 송화빛 이상으로 노랗고 잿빛 이상으로 어둡다. 끝없이 높은 것 같기도 하고, 또는 곧 머리 위에서 누르는 것 같기도 하다. 그리고 거기는 샛노란 괴상한 구름이 속력을 다하여 인력거와 경주하자는 듯이 남쪽으로 달아난다. 샛노란 해는 꼭 이마 맞은편에 바로 보아도 눈이 부시지 않도록 어둡게 걸려 있다. 구름은 약간 있지만 흐릿한 봄날치고는 맑은 셈이다. 그러나 내 눈에는 겨울보다도 어두웠다.

해도 어둡거니와 그보다 더 어두운 것은 나의 머리다. 별도 어둡고 무겁고, 내 살이라고 똑똑히 알지 못하리만큼 온전히 나의 몸과는 상관없는 살덩이가 염치없이 몸집 위에 올라앉아 있고, 몸집과 머리를 연한 그 이상한 무엇인지 모를 흐늘흐늘하는 앞으로 늘어진 것에서는 그치지 않고 구역이 난다. 구역이 나면서도 그것이 토해지면 오히려 낫겠지만, 이 구역은…… 그것은 영문 모를 것으로서 몸속에서 만나고, 침은 뱉으면 몇 초가 못 되어 입으로 다시 차고, 또 뱉으면 또다시 차고 하며, 가슴에서 일어난 구역을 꿀꺽 참으면, 그 구역은 배로 내려가서 한참 배에서 돌아가다가, 돌아서서 머리로 가서는 모든 감각을 없이하며, 도로 돌아서서 손가락으로 가서는 거기 경련을 일으킨다.

'죽어라!'

나는 저주한 뒤에 눈을 감았다. 눈을 감아서 밖의 감각이 적어지니, 죽게 불유쾌하던 그 경련과 구역이 아픔으로 변하고 만다. 경련보다는 아픔이 어찌 나은지 모르겠다.

숨을 편히 쉴 수가 있다.

'이것이다. 사람이란 눈을 감은 뒤에야 처음으로 낙을 얻는다.'

나로서도 뜻을 모를 생각을 한 뒤에, 기껏 먼지 많은 공기를 들이마셨다.

인력거는 경종을 연하여 울리며 험한 길을 돌을 차고 올라 뛰면서 멀리 서천축^{인도}까지라도 가는지 한없이 한없이 달아난다. 열한 시 반에 인력거에 올라서 아직 오포^{낮 열두 시를 알리던 대포} 소리를 못 들었지만, 내게는 하루를 지나서 그 이튿날 저녁이라도 된 것 같다. 시간을 좀 알고 싶지만 내 손에서 내 포켓까지는 너무 거리가 멀므로 못하였다.

참다못하여 눈을 떴다.

경종에 놀라서 후닥닥후닥닥 가로 뛰는 사람들은, 마치 우리가 흔히 상상하는바 지옥의 요귀들이 염라대왕 앞에서 춤을 출 때의 뛰는 모양 그것이다.

"재미있다!"

나는 중얼거렸다.

하늘의 요귀들이 모두 내려와서 나를 간질이지나 않는지, 온몸에 참지 못할 경련이 일어나고 땀구멍마다 구역이 난다. 나는 칼이라도 하나 있으면, 인력거에서 뛰어내려서 여남은 사람 찔러 죽이지 않고는 못 견디리만큼 긴장되었다.

내가 이 병—의사도 모르는—에 들기는 두 달 전이다. 처음에는 음식이 먹기 싫었다. 배는 언제든지 불러 있었다. 소화가 잘 된다는 빵을 먹어보았지만, 그것도 곧 도로 입으로 나왔다. 배는 애 밴 계집의 배같이 차차 불러오다가 얼마 지나서는 그것이 마치 잘 익은 앵두와 같이 새빨갛고 말쑥하게 되어서 바늘로 찌르면 눈에 눈물 맺히듯 물방울이라도 맺힐 듯이 되고, 그와 함께 그 반대로 얼굴에는 눈에 충혈된 것밖에는 핏기도 없이, 노랗다 못해 파랗게까지 되었다. 머리는 차차 무거워져서 마지막에는 온몸의 무게가 머리로 모였다가, 지금은 머리와 몸집은 온전한 두 개체가 되었다. 나는 때때로 머리를 어디다가 처치할까 생각하였다.

정신은 하나도 없어졌다. 이전에 공상에 나타났던 일과 실제의 일을 막 섞어서 나는 참 행복의 즐거움도 누려보고, 어떤 때는 그와 반대로 끝없는 슬픔으로 속을 썩여보기도 하였다. 때때로 현실의 병중인 내가 생각날 때는 머리에서부터 냉수를 끼얹는 것 같은 소름과 어떻다 형용할 수 없는 무서움이 마음을 깨문다.

진찰한 의사는 누구든 아무 표정 없이 돌아서고 약은 물과 가루뿐이다.

입원—마침내 나는 피할 수 없이 여기 마주치게 되었다.

망원경으로 보는 것같이 조그맣고 샛노란 하늘은 흔들리고, 죽음의 이상하게 범벅된 거리는 그 하늘 아래서, 아니 하늘 위에서……
어딘지 모를 데서 목마른 소리로 지껄이고 있다. 구역을 참다못하
여 눈을 또 감았다. 인력거는 그냥 한없이 달려간다. 눈가죽을 꿰고
햇빛은 주홍빛이 되어 피곤한 눈을 더욱 괴롭게 한다.

　오포의 '쾅' 하는 소리를 들으며 눈을 뜨니, 인력거는 채를 놓으
며, 눈앞에는 S병원의 시뻘건 집이 우뚝 서 있다.

　나는 흡력으로 말미암아 스르륵 병원 안에 빨려 들어갔다.

➤ 조각글 2

마치 지옥이다.

처참, 산비^{슬프거나 참혹하여 코가 찡함}, 어떻다고 형용할 수 없다.

"우, 우, 우!"

외마디의 신음하는 소리…….

"아유, 아유, 아—유!"

단말마^{숨이 끊어질 때의 모진 고통}의 부르짖음…….

　시끄러운 전차 소리도 없어지고, 맞은편에서 생각나는 듯이 때때
로 울리는 기차의 고동 소리만 들릴 때에 아래, 위, 곁방—할 것 없
이 십 리 사방에서 울려오는 듯한 귀곡성^{귀신의 울음소리}—이것이 지옥
이 아니고 무엇이랴? 전갈의 공격을 받는 죄인들의 부르짖음이 아
니고 무엇이랴? 무섭다든 어쩌든 형용할 수 없다. 떨린다. 맹렬히
달아나는 기차의 떨리는 투다.

'그렇다! 나는 달아난다.'

나는 생각하였다.

'죽음을 향하여 맹렬히 달아난다. 힘껏 뛰어라. 그러다가 악마를 만나거든 때려라. 악마는 푸른빛이다. 네 붉은빛으로 그 푸른빛을 지워버려라. 그러면 자줏빛이 된다. 자줏빛 불꽃이 핀다.'

"아이, 사람 살류!"

가까운 어느 방에선가 고함친다.

'바보! 자줏빛 불꽃으로 싸워라!'

"후!"

그 사람은 또 소리를 지른다.

'담배가 있었겄다⋯⋯.'

나는 벌떡 일어나서 자리옷^{잠옷} 채로 침대에서 내려서, 밖에서 들어오는 반사빛으로 침대 자리 한편 귀^{모서리}를 들치고 아까 먹다가 감춰둔 담배를 꺼내어 붙여 물고 안락의자에 가서 걸터앉았다. 담배는 맛있는 것이다. 담배를 위생에 해롭다 어떻다 하는 의사들은 바보다. 담배는 정신적 위생에 이로운 그 대표적인 것이다.

나는 폐로 기껏 들이마셨던 담뱃내를 코로 입으로 밤의 고요함을 향하여 내뿜었다. 그것에 놀란 듯이 기적 소리가 한 번 날카롭게 난다. 누구인지 큰 소리로 하품을 한다.

목숨의 뿌리까지 토하는 하품이다. 즉 거기 연하여 무서운 소리가 귀를 친다.

"아, 아, 아, 아, 아유 죽겠다! 후……."

무서운 물건이 눈에 머리에 떠오른다―머리 쪼개진 사람이 침대 위에 누워 있다. 얼굴은 왼편 뺨 밖에는 모두 피가 져서 시커멓게 되어 있다. 머리에서 이마에 걸쳐서 붕대를 하고, 그 아래 시커먼 살 가운데 새빨갛게 된 눈만 반짝반짝한다. 표정 같은 것은 온전히 없고, 다만 입을 반만큼 벌리고 있을 따름이다. 이는 빠져 없어졌다. 소리를 낼 때도 입은 못 움직인다. 혀만 끓는 기름같이 뛰놀 따름이다.

우르륵 몸이 떨린다.

그 곁 침대에는 팔을 자른 사람이 붕대 속에 감춘 조그만 팔을 보이지 않을 정도로 움직이고 있다. 또 그 곁에는 배 쨴 사람이 있다. 형형색색의 부르짖음이 거기서 삶과 산 사람을 저주하고 있다. 마치 무간지옥 _{불교에서 말하는 팔열지옥의 하나}의 축소도다. 아니, 확대도다.

"죽어라!"

나는 큰 소리로 고함쳤다.

"죽겠다!"

누가 거기 대답같이 부르짖는다.

'그렇지만 죽음이란 무엇인가?'

나는 생각하였다.

'죽음은 갈색이다. 그렇지만 그 이상으로 갈색이다. 갈색이다.'

알 수 없다. 나의 머리가 대단히 나쁘게 된 것을 마음껏 깨달았다.

'죽음은 갈색이다. 그리고…….'

더 모르게 된다.

"아이, 죽겠구나!"

꽤 멀리서 조그만 소리가 들린다.

즉 대단히 잔인한 일을 해보고 싶은 막지 못할 충동이 마음속에 일어난다.

'죽여줄라. 기다려라. 그 편이 너희들에게는 오히려 편하리라.'

펜나이프작은 주머니 칼가 가지고 온 원고용지 틈에 있는 것이 생각나서, 나는 안락의자에서 휘들휘들 일어섰다.

아직껏 흐릿흐릿 보이던 갈색 기둥과 흰 석회벽이 시커먼, 아니 시퍼런 끝없는 넓은 대기로 변할 때에 나는 생각하였다.

'넘어진다.'

그 생각이 머리에 채 인상되기 전에 눈앞이 번쩍하면서, 나는 쾅 그 자리에 넘어졌다.

➤ 조각글 3

아직까지 똑똑히 기억한다.

입원한 지 열이레째 되는 밤이다. 나는 곤충을 만지고 있는 W를 걸핏 보면서 잠이 들었다. 아마 새벽 다섯 시쯤 되었겠지. '형님, 형님' 부르는 나의 아우의 소리를 들었다.

집은 입원하기 전에 내가 있던 사주인집이지만, 저편 방에는 동경 있을 아우도 있고, 고향에 계실 어머니도 있는 모양이다.

나는 곧,

"왜?"

하고 대답하였다. 그 뒤에는 아무 소리 없다.

한참 기다렸다.

또…….

"형님, 형님!"

하는 소리…….

"왜?"

나는 또 대답하였다.

한참 기다렸지만 또 아무 소리 없다.

나는 벌떡 일어서서 곁방 문을 탁 열었다. 거기는 어머니도 없고 아우도 없다. 뿐만 아니라, 세간이라고는 하나도 없고 텅 빈 방에 전등빛만 밝게 빛난다.

나는 꼿꼿이 섰다.

온몸에 소름이 쪽 인다.

이삼 초 동안 이렇게 서 있던 나는 자리에 누우려고 빨리 돌아섰다. 그때 아무것도 없던 저 모퉁이에 이상한 괴물이 나타났다.

갈색의 악마다. 뺨과 입 좌우편은 아래로 늘어지고 눈은 멀거니 정기 없고, 그러나 그 속에는 바늘을 감춘 듯한 날카로움이 있다.

'갈색이다, 갈색이다!'

나는 속으로 부르짖었다.

그런즉 그 악마는 목쉰 소리로,

"하, 하하하하!"

웃기 시작하였다.

나는 갑자기 대담하게 그에게 물었다.

"무얼 하러 왔느냐?"

"무얼 하러? 나는 여기 못 온대든?"

"못 오지, 못 와!"

"아니, 그렇게 성내지는 말기로 하세. 곁방 사람 데리러 왔다가 너한테 좀 들르러 왔다."

"들러볼 필요 없다."

"아니, 언제 우리한테 와서 내 부하가 될지, 그걸 좀 보러 왔다."

"난 안 된다. 결단코 네 부하는 안 된다."

"하하하하!"

그는 목쉰 소리로, 방 안의 모든 물건이 쪼개져 나갈 듯 웃었다.

"그럼, 우리 상관이 될 작정으로 있니?"

"상관두 안 된다. 나는 결코 너희가 있는 데는 가지 않는다."

"며칠 동안이나?"

"며칠? 한 달, 두 달, 일 년, 오 년, 십 년, 이십 년, 오십 년, 나 죽기까지……."

"언제나 죽을 것 같으냐?"

"그거야 하느님이 알지."

"흥, 하느님? 그건 참말루 내가 안단다."

"거짓말이다, 거짓말이야!"

"그거야, 지내보면 알걸. 하하하하! 우리 그러지 말구 서로 좋도록 잘 타협해보세. 그래서……."

"타협두 쓸데없어!"

"그래서, 자네가 이다음에 우리 나라에 오면, 난 자네께 훌륭한 권세를 줄 테니."

"넌 날 꾀니?"

"그때는 자네께 부러울 것이 무엇이야?"

"사람은 떡으로만 살지 않는다!"

"그럼, 또 무얼루 사노?"

"자기의 발랄한 힘으로, 삶으로!"

"그 발랄한 힘, 발랄한 삶을 네가 '다스리는 권세'를 잡았을 때에 쓰면 오죽 좋으냐?"

"난, 네 권세 아래 깔리기가 싫다!"

"그것이다, 사람이란 것의 제일 약한 점은…… 사람은 다만 한낱 권리 다툼에 자기의 모든 장래와 목숨을 희생한다. 나도 역시 약한 물건이다."

"아니다, 사람의 제일 위대한 점이 거기 있다!"

"하하하하! 사람에게도 위대한 점이 있니? 그것은 우리 사회에선 제일 약한 자가 하는 일인데……."

"그럼 너희 악마 사회의 제일 강한 자가 하는 일은 무엇이냐?"

"알고 싶니?"

악마는 씩씩 웃고 있다.

"알기 싫다, 듣기도 싫다."

"그럼 왜 물었느냐?"

"다만 물어본 것뿐이다."

"그럼 설명 안 해도 되겠지?"

"안 해두? 내가 물어본 뒤엔 설명하구야 견딘다."

"하하하하! 역시 듣구 싶긴 한 게로구나? 우리 사회에서 제일 강한 자가 하는 일은 '마음에 하구 싶은 것은 꼭 하구야 만다'는 것이다. 알았니?"

"그러기에 나두 너희한테 가기 싫기에, 꼭 안 가구야 말겠단 말이다."

"그게 사람의 지기 싫어하는 좀스러운 성격이란 말이다. 자, 마음속엔 가구 싶지?"

"난 다 싫다. 다만 빨리 물러가기만 기다린다."

"넌 내가 있는 것이 그리 싫으냐?"

악마는 노기를 띠고 묻는다.

"그렇다!"

"싫으면 이럭헐 뿐이다."

하면서, 그는 수리의 발톱 같은 손을 벌리고 내게로 다가온다.

"앗! 앗!"

나는 조그만 부르짖음을 내었다.

이 순간 '이것이 꿈이로다' 하는 생각이 머리에 떠올랐다. 나는 온몸의 힘을 눈으로 모으고 눈을 힘껏 벌렸다.

꿈이다 하면서, 나는 어두운 길을 자꾸 걸었다. 방향도 없다. 다만 도망해야 될 것 같아서 자꾸 걸었다.

저편 앞에는 빛이 보인다. 그 빛을 향하여 나는 무한히 걸었다. 끝이 없다. 얼마나 걸어야 끝날는지, 당초에 알 수 없다. 몇 시간, 아니 며칠을 걸었는지 모르겠다. 겨우 그 빛 있는 데 가서 거기를 보니, 이 세상에도 이런 집이 있었는가 할 만한 굉대한 어마어마하게 큰 궁전이 있다. 나는 그 궁전 안에 들어갔다. 어디가 출입문인지 알 수 없는 집이다. 나는 한참 돌다가 허락도 없이 남의 집에 들어온 것은 그른 일이라 생각나서 돌아서서 나가려 할 때에,

"M, 왜 나가나? 들어오게!"

하는 소리가 들렸다.

나는 그 편을 보았다. 낯은 익되, 누구인지 모를 사람이다.

"자넨 누군가?"

"나? 아까두 만나보지 않았나? 자넨 정신두 없네."

나는 다시 그를 보았다.

악마다. 갈색 악마다.

나는,

"어딜 가니?"

하는 소리를 들으면서, 돌아서서 어두움을 향하여 자꾸 달아났다.

이리하여 얼마나 뛰었는지, 저편 앞에 큰 집이 있으므로, 구해달래려고 나는 그 집으로 뛰어들어 갔다.

그 집은 아까 그 궁전이다. 어디로 돌아서 나는 아까 거기로 돌아왔다. 나는 또 돌아서서 달아났다.

몇 번 이랬는지 모르겠다. 그러나 이르는 집은 모두 아까 그 집이다. 나는 어찌할 줄을 몰라서 또 달아났다. 동편 하늘은 차차 밝아온다.

저편에 누가 콧소리를 하면서 온다.

"사람 살리우!"

하면서, 나는 그에게로 뛰어갔다. 그는 늙은이다. 그리고 또 나의 아우다.

"형님, 왜 이러시우!"

"사람 살려라!"

그는 내 설명을 안 듣고도 벌써 아는 듯이, 자기가 아는 권세가 무한 큰 사람이 있는데, 거기 가서 구원을 청하자고 한다.

둘이서는 그리로 뛰어갔다.

참 훌륭한 집이다. 아우는 나를 거기 서 있으라고 한 뒤에, 자기 혼자 먼저 들어가서 주인을 데리고 나온다.

그 역시 갈색의 악마다.

"너는 나를 왜 이리 쫓아다니지?"

나는 악마에게 고함쳤다.

"내가 널 쫓아다녀? 네가 날 찾아오지 않았니?"

그는 말한다.

"죽여주리라."

하면서, 나는 어느덧 차고 있던 검을 빼어 쥐었다.

"왜 그러세요?"

아우가 고함친다.

"이놈! 너도 저놈의 부하로구나?"

하면서, 나는 아우부터 먼저 치려 하였다. 어느 틈에 그는 나의 목을 쥐고 흔들기 시작한다.

"사람 살리우!"

고함치면서 나는 눈을 번쩍 떴다.

"왜 그러세요?"

간호부가 나를 흔든다.

나는 술 취한 것 같은 눈으로, 간호부의 자다 깬 혈기 좋은 얼굴을 쳐다보았다.

병이 갑자기 더해지기는 이날부터다.

➤ 조각글 4

오늘 원장에게 더 할 수 없다는 선고를 받았다.

오후 두 시쯤이다. 견디지 못할 구역을 땀구멍마다 깨달으면서 잘 때에 슬리퍼를 끌면서 오는 몇 사람의 발소리가 들렸다. 구두 소리_{원장의 것}도 들렸다.

가분가분 _{행동이 매우 가벼운 모양} 가만히 나는 것은 어젯밤에 고향에서 올라온 나의 어머니다. 대진_{代診}의 발소리도 났다. 마지막에 독일 학자같이 뚜거덕뚜거덕하면서도 질질 끄는 소리는 코 위에 안경을 붙이고, 그 안경이 내려갈 것을 두려워하는 듯이 머리를 잔뜩 젖히고, 한 손은 진찰부에 놓고 한 손은 저으면서 오는, 양인_{洋人}인 원장의 발소리다. 나는 그 발소리를 들을 때마다 눈살이 찌푸려지는 것을 깨닫는다. 발소리뿐으로도 거만하게 울린다.

나는 움직이기가 싫으므로 그냥 눈을 감고 코를 골며 있었다.

석탄산과 알코올 냄새가 물컥 나며, 선뜻한_{동작이 빠르고 시원스러운} 손이 내 손을 잡는다. 나는 그냥 코를 골며 있었다. 귀밑에서 재깍재깍하는 시계 소리가 들린다.

좀 있다가 내 손을 놓은 그는 자리옷 자락을 들치고 배를 만져본다. 싫고도 우습고도 상쾌한 맛이 난다.

그 뒤에 체온을 보고 나서 그는 혀를 찬다.

'무슨 일이냐, 무슨 일이냐?'

나는 눈을 감은 채로 머리로 원장을 보았다. 낯을 찡그린 모양이다. 눈살을 찌푸린 모양이다. 수염을 꼬는 모양이다.

'무슨 일이냐?'

나는 생각하였다.

세 사람의 발소리는 도로 문으로 나가다가 문 앞에 선 모양이다. 그 뒤에 한참 들리지 않는 작은 소리가 사귀어졌다 엇걸려 지나갔다. 나는 내 모든 신경을 귀로 모으고 들으려 하였지만 들리지 않았다.

"그 애가, 그 애가, 그 튼튼하던 애가, M이……."

좀 있다가 어머니의 날카로운 소리가 들린다.

"가만가만히! 병인이 들었다가는 안 되겠소."

양인의 서투른 말소리가 어머니의 말에 의하여 난다.

'하하하!'

나는 생각하였다. 놀라지도 않았다. 덤비지도 않았다.

'원장의 속삭임도 그것이겠지! 어머니의 놀람도 그것이겠지!'

즉 차차차차 심장의 뚜거덕뚜거덕하는 소리가 커간다. 차차차차 놀라기 시작하였다.

'내 병은 나을 수 없느냐?'

원장의 아니꼬운 슬리퍼 소리만 저편으로 간다.

"그 애가……."

어머니의 소리가 날 때에, 나의 소학교 때의 벗인 대진 R은 그 말을 못하게 하려 소곤거린다.

"어머님, 걱정 마세요. 하늘이 무너져도 솟아날 구멍이 있다지요? 아무런들……."

그들은 내 침대로 가까이 온다. 나는 눈을 번쩍 떴다. 그들은 놀라는 모양이다.

"어떤가? 좀 낫지?"

이렇게 대진 R은 묻는다.

"다 나아서 퇴원까지 하게 됐네."

나는 천장을 바라보면서 대답하였다. 이러지 않기를 원하였지만 목소리는 조금 떨린다.

"이제 며칠 있으면 다 낫지!"

"흥! 며칠?"

나는 아무 표정 없이 그의 말을 부인하였다. 어머니는 아무 말 없이 서 있을 뿐이다. R은 잠깐 놀란다.

"R, 정말 가르쳐주게. 난 죽지? 살 수 없지?"

왁 하니 우는 어머니의 곁에서 R의 부인하는 소리가 들린다.

"설마 자네 같은 튼튼한 사람이 죽으면, 이 세상에 살 사람이 있겠나?"

나는 천장을 계산하기 시작하였다. 동서로 좀 장방형^{직사각형}으로 된 천장을 정사각형으로 고치려면 동서에서 몇 치를 떼어서 남북으로 붙여야 할지, 나는 인젠 잘 아는 바다. 그것을 한참 계산하다가 나는 또 물었다.

"그래두, 아까 원장이 그러더만, 죽으리라구……."

대답이 없다. 어머니의 울음은 흐느낌으로 변하였다.

한참 있다가 R은 말한다.

"다 들었나?"

"것두 못 들으면 귀머거리지."

나는 공연히 성이 나서 R에게 분풀이를 하였다.

"아아! M, 걱정 말게. 하늘이 무너져두 솟아날 구멍은 있으니……
사람의 목숨이 그리 싼 줄 아나?"

이렇게 좀 있다가 나는 말했다.

"사람의 목숨이 그리 비싼 줄 아나?"

그는 대답이 없다. 나는 두 번째 그에게 같은 말을 물었다.

"R, R! 정말루 말해주게. 사람 살리는 줄 알구 정말로 말해주게.
죽겠으면 죽을 준비두 상당히 해야겠기에 말이네."

"난 모르겠네. 내 생각 같아서는 걱정 없는데, 원장은 할 수 없다
니 모르겠네."

그는 이렇게 말하고, 어떻든 그리 마음 쓰지 말고 있으라고 한 뒤
에 어머니와 함께 나갔다.

나는 천장을 바라보았다. 거리에는 전차, 인력거, 자동차들의 지
나가는 소리, 지껄이는 사람의 소란으로 삶을 즐기는 것은 보지 않
아도 알 수 있다. 그런데 벽 하나 사이하고 있는 여기는,

"음, 음, 우, 우!"

삶을 부러워하다 못하여 저주하는 소리로 변한 소리가 찼으니 얼
마나 아이러니한 일이냐? 자동차의 지나가는 소리와 함께 방이 좀
흔들린다.

저 자동차 안에도 사람이 탔겠지? 나보다 삶을 즐길 줄 모르는 자, 나보다 삶에 대한 집착이 적은 자, 혹은 옆에 계집이라도 끼고 가는지도 모르겠다. 음, 골난다. 그보다 더 살 필요가 있고, 그보다 더 살 줄 아는 나는, 이 내 모양은…… 무슨 모순된 일이냐?

생각할 필요도 없다.

나는 죽는다. 이삼 일 뒤에, 혹은 오늘이라도…….

나는 벌떡 일어나서, 머리맡에 있던 잉크병을 쥐어서 거리로 향한 문을 향해 내던졌다. 병은 문에 맞고 깨져서 푸른 물을 사면으로 뿌리면서 떨어진다.

"하하하하!"

나는 웃다가 놀라서 몸을 꼭 모았다. 사흘 전 꿈에 들은 그 악마의 웃음소리—목쉬고도 모든 물건이 쪼개져 나갈 듯한—를 내 웃음 속에서 발견하였다. 나는 도로 누웠다. 그리고 오히려 천연히 천장을 바라보았다.

'죽음'이란 이상한 범벅된 물건은 아무리 해도 머릿속에 들어앉지 않는다. 이상하다.

'내가 죽는다?'

나는 퀘스천마크를 붙여서 생각해보았다. 아무리 해도 이상하다. 그것은 마치 기름에 물 한 방울이 들어간 것 같다. 아니, 물에 기름 한 방울이 들어간 것 같다.

'나는 죽는다?'

나는 다시 생각하였다. 즉 차차차차 무거운 '죽음'이라는 것이 머리에 들어앉는다.

'나는 죽는다. 왜? 나는 살고 싶은데 왜 죽어? 누가 나를 죽여? 살겠다는 나를 죽여? 모든 사람은 죽어라! 그러나—나는 그냥 살고 싶다. 나의 발랄한 생기, 힘, 정력, 이것들을 마음껏 이 세상에 뿌려보기 전에 내가 왜 죽어? 나의 활동은 아직 앞에 있다. 그것을 버리고 내가 왜 죽어? 나는 결단코 안 죽으리라. 원장의 말이 대체 무에냐? 그러나—아아! 나는 죽는가? 나의 이 끝없는 정력을 써보기도 전에, 나의 이 뛰노는 피를 뿌려보기도 전에, 나의 이 떠오르는 생기를 헤쳐보기도 전에…….'

즉 갑자기 슬픈 것 같은, 노여운 것 같은 이상한 감정이 나의 어지러운 머리를 긁어준다.

"죽는다!"

나는 고함쳤다. 그 뒤에 맥없이 눈을 감았다.

➤ 조각글 5

담배가 먹고 싶다. 견디지 못하도록 먹고 싶다. 문으로 내다보이는 저편 앞에 내^{연기} 나는 굴뚝을 보면 그것이라도 먹고 싶다.

담배는 부스러기도 없다. 성냥도 있을 까닭이 없다. 누구든 담배 한 꼬치^{개비} 주는 사람은 없느냐?

아아! 마침내 담배도 먹어보지 못하고 죽어버리는가?

수술하였다. 배를 쨀 뒤에 무엇인가를 꺼내고, 무슨 쇠를 안으로 대고 얽어매었다 한다.

수술하기는 오전 열 시쯤이다. 나는 수술실로 가서 수술상 위에 백정에게 끌려가는 양의 마음으로 올라 누웠다. 원장은 내 목숨을 더 보증치 못하겠다 하되, 나의 벗 대진 R이 아무래도 죽을 테면 마지막 수단을 써보자고 배를 수술하게 된 것이다.

R은 수술옷을 갈아입은 뒤에 메스, 가위, 집게, 이상하게 생긴 갈고리들을 소독한다. 마음은 아무래도 내 몸속에 들어가 있지 않는다. 어떤 때는 내 몸에서 두세 자 떠서 나를 내려다보기도 한다. 이리 한참 나를 내려다보던 나의 마음은 또 R에게 향하였다. R은 내게 등을 향하고 간호부와 그냥 기구를 만지고 있다.

'무엇을 저리 오래 하나? 아니, 더 오래 해라. 할 수만 있으면 내년까지라도 해라.'

내 마음은 참다못해 떠가서 R의 맞은편에 갔다. R은 메스를 소독하고 있다. 잘 들게 생겼다. 저것이 내 배를 쭉쭉 쨀 것인가, 생각하매 무서워진다. 그것으로 견주면 이 세상 모든 물건이 겨냥만 해도 썩썩 잘라질 것같이 잘 들게 생겼다.

마음이 내려앉지를 않는다.

'몇 시간이나 걸리는가?'

R의 맞은편에 있던 나의 마음은 이런 생각을 하면서 돌아왔다.

그러나 내 몸속에는 역시 안 들어가고 이상하게 떨고 있다.

나는 일어날까 생각하였다. 마음이 수술대에 붙어 있지 않는다.

한 삼십 분이나 걸린 뒤에 조수 몇 사람이 들어오며 R과 간호부는 내게로 온다.

마음은 화닥닥 내 몸속에 뛰어들어 와서 숨었다. 나는 힘껏 눈을 감았다. 달각달각하는 소리가 들리다가 무엇이 입과 코를 딱 막는다.

'괴롭다!'

생각할 동안, 에틸의 향기로운 냄새가 코를 찌른다.

마음은 차차 평화스러이 몸에서 떠올라간다. 머릿속에는 서늘한 바람이 불면서 차차차차 재미스러워 온다. 그 뒤는 모르겠다.

잠들 때에 눈에 걸핏 보인 것은 의사도 아니요, 죽음도 아니요, 또는 삶도 아니요, 무럭무럭 사람의 코 같은 데서 나오는 담뱃내였다.

나는 어두운 길을 무한히 걸었다.

'나는 시방^{지금} 어디로 가는고?'

나는 생각하였다.

'응, 악마한테 간댔것다?'

똑똑히 생각나는, 악마한테 가는 길을 더듬어서 나는 어둡고도 밝은 길을 걸었다.

나는 어느덧 그의 굉대한 집에 이르러서 훌륭한 그의 응접실에서 그와 마주 앉았다. 그는 오늘은 사람의 모양─젊은이의─을 하고 빛나는 옷을 입고, 허리띠에는 큰 불붙는 돌을 차고 있다.

"왔나?"

"왔네."

"무얼 하러 왔나?"

"좀 부탁할 게 있어서 왔네."

"무얼?"

"그런데 자네, 전에 잘 타협해보자구 안 그랬나? 거기……."

"하하하하! 사람이란 뜻밖에 정직한 물건이야. 거짓말이야, 그건 다……."

성도 안 난다. 나는 다시 물었다.

"거짓말이야?"

"그럼! 거짓말하면 나쁜가?"

"나쁘잖구!"

"그건 인간 사회에서나 하는 말이라네."

"그럼, 자네네 사회에선 뭐라구 하나?"

물어보기가 부끄럽지도 않다.

"우리? 우리 사회에선 속이는 자는 영리하구, 속는 자는 어리석 다지."

"악마 사회는 다르다."

나는 웃었다.

"그럼 난 가겠네."

"왜? 자넨 나한테 물어볼 일이 있지 않나?"

그 말을 들으니 물어볼 말이 있는 듯하다.

"응, 있네. 가만, 무에던가……."

"생각해보게."

한참 생각하였다. 그리고 물었다.

"나 죽은 뒤엔 뭣이 되겠나?"

"되긴 무엇이 돼? 다만 내세에 갈 뿐이지."

"내세…… 천국? 지옥?"

"하하하하! 아무렇게 해석해두 좋으네. 그저 전세와 같은 내세가 있는 줄만 알면……."

"전세?"

그럴듯하다.

"그럼? 전세—태胎 속 살림 몇 달, 또 그 전세, 정액 생활 며칠, 또 그 전세두 있구……."

그럴듯하다.

"이제 영靈이란 것이 몸집을 벗어버리구 내세루 갈 것은 정한 일이 아닌가? 그 뒤엔 또 내세루 가구……."

"그럼 자넨 무언가? 천국두 없구 지옥두 없으면, 자네가 있을 필요는 무언가?"

"나? 우리 악마라는 것을 그렇게 해석하면 우린 울겠네. 우리는, 즉 사람의 정精이구 사람의 본능이지."

그럴듯하다.

즉 무엇이 기쁜지 차차차차 기뻐온다. 나는 일어서서 춤을 추기 시작하였다. 발이 땅에 붙지 않는다.

한참 재미있게 출 때에 누가 내 밸^{창자}을 잡아당긴다.

"누구냐?"

"자네 아닌가?"

악마가 대답하였다.

"내다, 네 밸을 잡아당긴 자는─술이나 먹구, 춤추게."

나는 그에게 술을 실컷 얻어먹은 뒤에 어두운 길로 나섰다.

나는 어느 전장^{전쟁터}에 갔다. 무변광야^{끝없이 너른 들판}다. 대포 소리는 나지만 어디서 나는지는 모르겠다. 나 있는 데는 대단히 밝되, 저편은 밤과 같다. 총알이 하나 내 배에 맞았다. 나는 거꾸러졌다. 총 맞은 데가 가렵다.

누가 와서 밸을 잡아당긴다. 나는 벌떡 일어서서 도로 어두운 데로 향하였다.

비슷비슷한 꿈을 수십 개 꾼 뒤에 깨었다. 나는 어느덧 내 침대 위에 있고 밤이 되었다.

> 조각글 7

입원한 지 두 달, 수술한 지 한 달 만에 겨우 퇴원하게 되었다. 조선 유수^{손꼽을 만큼 두드러지거나 훌륭함}의 의학자라는 사람에게 죽음의 선고를 받았던 나는 그래도 다시 살아서 퇴원하게 되었다.

사 년 만에 너울너울한 조선옷을 입고, 나는 평안히 안락의자에 걸터앉았다.

나는 살아났다. 거짓말 같다.

나는 퇴원한다. 더욱 거짓말 같다.

내 죽은 혼이 그래도 아직 인간 사회에 마음이 남아서 헤맨다.

이것이 겨우 정말 같다.

전차가 지나간다. 저것도 다시 탈 수 있다.

사람들이 다닌다. 나도 저 사람과 같이 되었다.

아아, 이것이 참말인가?

담배를 먹을 수 있다. 여기 이르러서는 다만 공축^{공손히 축하함}할 밖에는 도리가 없다.

"기차 시간 되었네."

"자, 이젠 가자!"

R의 소리와 어머니의 소리가 함께 내 귀를 친다.

'다시 살아서 여행을 떠난다. 거짓말이다, 거짓말이다.'
하면서 나는 그들을 따랐다.

그러나 R과 S의 작별을 받고, 어머니와 함께 큰 거리에 나서서, 저편에 와글거리는 사람 떼를 볼 때에 조금씩 머리에 기쁨이 떠오른다.

나는 만날 죽음과 삶 사이에 떠돌며 무서운 소리로 부르짖는 저 무리들에게도 하루바삐 나와 같은 기쁜 경우가 이르기를 바라면서 너울너울 어머니와 함께 사람들 틈을 꿰면서 담배를 붙여 물었다.

나는 읽기를 끝내고 M을 보았다. M은 내 책상 위에서 어떤 잡지를 들고 보고 있다.

무슨 일이냐? 사람의 목숨을 이와 같이 보증할 수 없느냐? 내가 만날 다루는 곤충도 빛깔로 살로 그들의 목숨을 보증하며, 짐승들도 그들의 체질로 목숨을 보증할 수가 있는데, 만물의 영靈이라는 사람의 목숨이 이렇게까지 철저히 자기로서는 보증할 수 없고 위험키 짝이 없는 의사의 일거수일투족_{크고 작은 동작 하나하나}에 달렸다고야, 이것이 무슨 일이냐? M으로서 만약 대진 R이라는 벗이 없었던들, 오늘날 저와 같이 생기로 찬 몸을 얻어가지고 다시 나타났을 수 있을까?

나는 M을 찾았다.

"M!"

"다 보았나?"

"사람의 목숨이 이렇게까지 보증할 수 없는 물건이란 말인가?"

"이 세상에 의사의 오진으로 몇천만 사람이 아까운 목숨을 버렸을지, 생각하면 무섭네."

"자넨 다행이네. 살아나서……."

"그렇지! 내겐 R이라는 좋은 벗이 있었기에……."

"살아났지, 그렇지 않으면 죽었을 것을……."

나는 그의 말을 이었다.

"그래!"

나는 좀 높은 지대에 있는 우리 집에서 내려다보이는 장안을 둘러보았다. 거기 먼지가 뽀얀 것은 억조창생 수많은 백성이 삶을 즐기는 것을 나타낸다. 아아! 그러나 그들의 목숨을 누가 보증할까? 의사의 조그만 오진으로 그들은 금년으로라도, 이달로라도 죽을지를 모를 것을—나는 다시 M을 보았다.

'건강', 그것의 상징이라는 듯한 그의 둥그런 얼굴은 빛나는 눈으로써 나를 보고 있다.

−1921년

태형

—옥중기의 일절—

"기쇼오^{기상의 일본말}**!**"

잠은 깊이 들었지만 조급하게 설렁거리는 마음에 이 소리가 조그 맣게 들린다. 나는 한순간 화닥닥 놀라서 깨었다가 또다시 잠이 들 었다.

"여보, 기쇼야, 일어나오."

곁의 사람이 나를 흔든다. 나는 돌아누웠다. 이리하여 한 초, 두 초, 꿀보다도 단잠을 즐길 적에 그 사람은 또 나를 흔들었다.

"잠 깨구 일어나소."

"누굴 찾소?"

이렇게 물었다.

머리는 또다시 나락의 밑으로 미끄러져 들어간다.

"그러디 말고 일어나요. 지금 오방 뎅껭점검의 일본말합넨다."

"여보, 십 분 동안만 더 자게 해주."

"그거야 내가 알갔소? 간수한테 들키면 당신 혼나갔게 말이디."

"에이! 누가 남 잠도 못 자게 해. 난 잠든 지 두 시간두 못 됐구레. 제발 조금만 더⋯⋯."

이 말이 맺기 전에 나의 넓은 침실과 그 머리맡의 담배를 걸핏 보면서, 나는 또다시 혼혼히정신이 가물가물하고 희미한 모양 잠이 들었다. 그때에 문득 내게 담배를 한 꼬치개비 주는 사람이 있으므로, 그 담배를 먹으려 할 때에 아까 그 사람나를 흔들던 사람은 또다시 나를 흔든다.

"기쇼 불었소. 뎅껭꺼정 해요. 일어나래두⋯⋯."

"여보, 이제 남 겨우 또 잠들었는데 깨우긴 왜⋯⋯ 뎅껭이면 어떻단 말이오? 그래 노형 상관있소?"

"그만둡시다. 그러나 일어나 나오."

"남 이제 국수 먹구 담배 먹는 꿈꾸댔는데⋯⋯."

이 말을 하려던 나는 생각만 할 뿐 또다시 잠이 들었다. 또 한 초, 두 초, 단꿈에 빠지려는 나는 곁방에서 들리는 제꺽거리는 칼 소리와 문을 덜컥덜컥 여는 소리에 펄떡 놀라서 일어나 앉았다. 그러나 온몸을 취케 하던 졸음은 또다시 머리를 덮는다.

나는 무릎을 안고 머리를 묻은 뒤에 또다시 잠이 들었다. 또 한 초, 두 초, 시간은 흐른다.

덜컥! 마침내 우리 방문을 여는 소리가 났다.

나는 갑자기 굴복을 하고 머리를 들었다. 이미 잘 아는 바이거니와, 한 초 전에 무거운 잠에 취하였던 사람이라고는 생각 안 되도록 긴장된다.

덜컥하는 소리와 함께 문이 열리며 간수가 서넛 들어섰다.

"뎅껭?"

다섯 평이 좀 못 되는 방에는 너무 크지 않나 생각되는 우렁찬 소리가 울려오며, 경험으로 말미암아 숙련된 흐르는 듯한 ^{우리의 대명사인} 번호가 불린다. 몇 호, 몇 호, 이렇게 흐르는 듯이 불러오던 간수부장은 한 번호에 멎었다.

"나나햐꾸 나나쥬 욘고^{774호}!"

아무 대답이 없다.

"나나햐꾸 나나쥬 욘고!"

자기의 대명사—더구나 일본말로 부르는 것을 알아듣지 못한 칠백칠십사 호의 영감^{곧 내 뒤에 앉은}은 역시 대답이 없었다. 나는 참다못해 그를 꾹 찔렀다. 놀라서 덤비는 대답이 그때야 겨우 들렸다.

"예, 하이!"

"나제 하야꾸 헨지오 시나이^{왜 빨리 대답 안 하나}?"

"이리 와!"

이렇게 부장은 고함쳤다. 그러나 영감은 가만있었다. 고요한 가운데 소리 하나 없다.

"이리 오너라!"

두 번째의 소리가 날 때에 영감은 허리를 구부리고 그의 앞에 갔다. 한순간 공기를 헤치고 날카로운 소리와 함께, 이것 역시 경험 때문에 손 익게 된 솜씨인, 드는 손이 보이지 않는 채찍을 영감의 등에 내렸다.

영감은 가만히 있었다. 그러나 눈에는 눈물이 어리었다.

칠백칠십사 호 뒤의 번호들이 불린 뒤에, 정신 차리라는 책망과 함께 영감은 자기 자리에 돌아오고, 감방문은 다시 닫혔다.

이상한 일이거니와, 한 사람이 벌을 받으면 방 안의 전체가 떨린다 공분이라든가 동정이라든가는 결코 아니다. 몸만 떨릴 뿐 아니라 염통 심장 까지 떨린다.

이 떨림을 처음 경험한 것은 경찰서에서 세 시간을 연하여 맞은 뒤에 구류실에 들어가서 두 시간 동안을 사시나무 떨듯 떨던 때였다. 죽지나 않나까지 생각되었다 지금은 매일 두세 번씩 당하는 현상이거니와.

방은 죽음의 방같이 소리 하나 없다. 숨도 크게 못 쉰다. 누구나 곁을 보면 거기는 악마라도 있는 것처럼 보려도 안 한다. 그들에게 과연 목숨이 남아 있는지…….

좀 있다가 점검이 끝났는지 간수들의 발소리가 도로 우리 방 앞을 지나갔다. 그때에 아까 그 영감의 조그만 소리가 겨우 침묵을 깨뜨렸다.

"집엔, 그 녀석 간수 보담 나이가 많은 아들이 두 녀석이나 있쉐다가레……."

덥다.

몇 도度인지, 백십 도 혹은 그 이상인지도 모르겠다.

매일 아침 경험하는 바와 같이 동쪽 하늘에 떠오르는 해를 '저 해가 이제 곧 무르녹일 테지' 생각하면 그 예상을 맞히려는 듯이 해는 어느덧 방 안을 무르녹인다.

다섯 평이 좀 못 되는 이 방에 처음에는 스무 사람이 있었지만, 몇 방을 합칠 때에 스물여덟 사람이 되었다. 그때에 이를 어찌하노 하였다. 진남포平安南道 西南부에 있는 항구 都市 감옥에서 공소로 넘어온 사람까지 서른네 사람이 되었을 때에 우리는 한숨을 쉬었다. 그러나 신의주와 해주 감옥에서 넘어온 사람까지 하여 마흔한 사람이 될 때에 우리는 한숨도 못 쉬었다. 혀를 찼다.

곧 추녀 끝에 걸린 듯한 뜨거운 해가 끊임없이 더위를 보낸다. 몸속에 어디 그리 물이 많았던지, 아침부터 계속하여 흘린 땀이 그냥 멎지 않고 흐른다. 한참 동안 땀에 힘없이 앉아 있던 나는 마지막 힘을 내어 담벽담벼락을 기대고 흐늘흐늘 일어섰다. 지옥이었다. 빽빽이 앉은 사람들은 모두 힘없이 머리를 늘이고, 입을 송장같이 벌리고, 흐르는 침과 땀을 씻을 생각도 안 하고 먹먹히 앉아 있다. 둥그렇게 구부러진 허리, 맥없이 무릎 위에 놓인 손, 뚱뚱 부은 시퍼런 얼굴에 힘없이 벌어진 입, 생기 없는 눈, 흩어진 머리와 수염, 모든 것이 죽은 사람이었다. 이것이 과연 아침에 세면소까지 뛰어갔으며 두 시간 전에 점심 먹느라고 움직인 사람들인가? 나의 곤하여 둔하게 된 감각에도 눈이 쓰린 역한 냄새가 쏜다.

그들은 무얼 하러 여기 왔나? 바람 불고 잘 자리 있고 담배 있는 저 세상에서 무얼 하러 여기 왔나? 사랑스러운 손자가 있는 사람도 있겠지. 예쁜 아내가 있는 사람도 있겠지. 제가 벌어 먹이지 않으면 굶어 죽을 어머니가 있는 사람도 있겠지. 그리고 그들은 자유로 먹고 마시고 바람을 쐬고 자유로 자고 있었을 테다. 그러던 그들이 어떤 요구로 여기를 왔나?

그러나 지금 그들의 머리에는 독립도 없고, 민족자결^{한 민족이 다른 민족이나 국가의 간섭을 받지 않고 자신의 정치적 운명을 스스로 결정하는 일}도 없고, 자유도 없고, 사랑스러운 아내나 아들이며 부모도 없고, 또는 더위를 깨달을 만한 새로운 신경도 없다. 무거운 공기와 더위에 괴로움 받고 학대받아서 조그맣게 두개골 속에 웅크리고 있는 그들의 피곤한 뇌에 다만 한 가지의 바람이 있다 하면, 그것은 냉수 한 모금이었다. 나라를 팔고 고향을 팔고 친척을 팔고, 또는 뒤에 이를 모든 행복을 희생해서라도 바꿀 값이 있는 것은 냉수 한 모금밖에는 없었다.

즉 그때에 눈에 걸핏 떠오른 것은 ^{때때로 당하는 현상이거니와} 쫄쫄 쫄쫄 흐르는 샘물과 표주박이었다.

"한 잔만 먹여다고, 제발⋯⋯."

나는 누구에게 비는지 모르게 빌었다. 그리고 힘없는 눈을 또다시 몸과 몸이 서로 닿아 썩어서 몸에는 종기투성이요, 전 인원의 십분의 칠은 옴쟁이^{옴이 오른 사람}인 무리로 향하였다.

침묵의 끝없는 시간은 그냥 흐른다.

나는 도로 힘없이 앉았다.

"에, 더워 죽겠다!"

마지막 '죽겠다'는 말은 똑똑히 들리지 않도록 누가 토하는 듯이 말하였다. 그러나 아무도 거기 대꾸할 용기가 없는지, 또 끝없는 침묵이 연속된다. 머리나 몸 가운데 어느 것이든 노동하지 않고는 사람은 못 사는 것이다. 그 사람들이 몇 달 동안 머리를 쓸 재료가 없이, 몸은 움직일 틈이 없이 지내왔으니 어찌 견딜 수 있을까? 그것도 이 더위에⋯⋯.

더위는 저녁이 되어가며 차차 더해진다. 모든 세포는 개개의 목숨을 가진 것같이, 더위에 팽창한 몸의 한 부분이라고는 생각할 수 없었다. 무겁고 뜨거운 공기가 허파에 들어갔다가 나올 때마다 더위는 더해진다. 그러고야 어찌 열병 환자가 안 날까.

닷새 전에 한 사람이 병감_{병이 난 죄수들을 받는 방}으로 나가고, 그저께 또 한 사람 나가고, 오늘 또 두 사람이 앓고 있다.

우리는 간수가 와서 병인을 병감으로 데리고 나갈 때마다 부러운 눈으로 그들을 보았다. 거기는 한 방에 여남은_{열이 조금 넘는 수} 사람밖에는 두지 않았다. 그리고 그들에게는 물약을 주었다. 뿐만 아니라 그들은 맑은 공기를 마실 기회가 있었다.

"오늘이 일요일이지요?"

나는 변기 위에 올라앉아서 어두운 전등빛에 이를 잡으면서 곁에 서 있는 사람에게 물었다 우리는 하룻밤을 삼분하고 사람을 삼분하여 번갈아 잠을 자고 남은 사람은 서서 기다리기로 하였다.

"내니 압네까? 좋은 팁네다만, 삼일날인디 주일날인디⋯⋯."

그러나 종소리는 그냥 '땡―땡―' 고요한 밤하늘에 울려온다. 그것은 마치 '여기는 자유로 냉수를 마시고 넓은 자리에서 잘 수 있는 사람이 있다'는 것처럼⋯⋯.

"사람의 얼굴이 좀 보고 싶어서⋯⋯."

"그래요. 정 사람의 얼굴이 보구파요."

"종소리 나는 저 세상엔 물두 있을 테지. 넓은 자리두 있을 테지. 바람두, 바람두 불 테지⋯⋯."

이렇게 나는 중얼거렸다.

"물? 물? 여보, 말 마오. 나두 밖에 있을 땐 목 마르믄 물두 먹고, 넓은 자리에서 잔 사람이외다."

그는 성가신 듯이 외면을 한다.

그 말을 듣고 보니, 나도 밖에 있을 때는 자유로 물을 먹었다. 자유로 버드렁거리며 잤다. 그러나 그것은 지나간 옛적의 꿈과 같이 머리에 남아 있을 뿐이다.

"아이스크림두 있구."

이번은 이편의 젊은 사람이 나를 꾹 질렀다.

"아이스크림? 그것만? 여보, 그것만? 내겐 마누라도 있소. 뜰의 유월도6월에 먹는 복숭아두 거반 익어갈 때요."

나는 이렇게 말하였다. 즉 아까 영감이 성가신 듯이 도로 나를 보며 말한다.

"마누라? 여보, 젊은 사람이 왜 그리 철없는 소리만 하오. 난 아들이 둘씩이나 있었소. 나 들어온 지 두 달 반, 그것들이 죽디나 않었는디……."

서 있기로 된 사람 사이에는 한담이며 회고담들이 사귀어졌다 엇걸려 지나갔다.

그러나 우리 자지 않고 서서 기다리기로 한 가운데도 벌써 잠이 든 사람이 꽤 많았다. 서서 자는 사람도 있다. 변기 위 내 곁에 앉았던 사람도 끄덕끄덕 졸다가 변기에서 툭 떨어진 그대로 잔다. 아래 깔린 사람도 송장이 아닌 증거로는 한두 번 다리를 버둥거릴 뿐 그냥 잔다.

나도 어느덧 잠이 들었는지 모르겠다. 가슴이 답답하여 깨니까 매일 밤 여러 번씩 겪는 현상이거니와 내 가슴과 머리는 온통 남의 다리 수십 개의 아래 깔려 있다. 그것들을 우무적우무적 겨우 뚫고 일어나서, 그냥 어깨에 걸려 있는 몇 개의 남의 다리를 치워버리고 무거운 김을 뱉었다.

다리 진열장이었다. 머리와 몸집은 어디 갔는지 방 안에 하나도 안 보이고 다리만 몇 겹씩 포개고, 포개고 하여 있다. 저편 끝에서 다리가 하나 버드렁거리는가 하면, 이편 끝에서는 두 다리가 움질움질하고―그것도 송장의 것과 같은 시퍼런 다리를.

이, 사람의 세계를 멀리 떠난 그들에게도 사람과 같이 꿈이 꾸어지는지^{냉수 마시는 꿈이라도 꾸는지 모르겠다} 때때로 다리들 틈에서 꿈 소리가 나온다.

아아! 그들도 집에 돌아만 가면 빈약하나마 제가 잘 자리는 넉넉할 것을……

저편 끝에서 다리가 일여덟 개 들썩들썩하더니 그 틈으로 머리가 하나 쑥 나오다가 긴 숨을 내쉬고 도로 다리 속으로 스러진다.

그것을 어렴풋이 본 뒤에 나도 자려고 맥 난^{힘이 빠지거나 의욕이 떨어진} 몸을 남의 다리에 기대었다.

아침 세수를 할 때마다 깨닫는 것은, 나는 결코 파리하지 않았다는 것이었다. 부었는지 살쪘는지는 모르지만, 하루 종일 더위에 녹고 밤새도록 졸음과 땀에 괴로움 받은 얼굴을 상쾌한 찬물로 씻을 때마다 깨닫는 바가 이것이다. 거울이 없으니 내 얼굴은 알 수 없고, 남의 얼굴은 점진적이니 모르지만 미끄러운 땀을 씻고 보동보동한 뺨을 만져볼 때마다 나는 결코 파리하지 않았다는 것을 깨닫는다. 그리고 이 세수 뒤의 두세 시간이 우리의 살림 가운데는 그중 값이 있는 시간이며, 그중 사람 비슷한 살림이었다. 이때만이 눈에는 빛이 있고 얼굴에는 산 사람의 기운이 있었다. 심지어는 머리에도 얼마간 동작하며, 혹은 농담을 하는 사람까지 생기게 된다. 좀^{단 몇 시간만} 지나면 모든 신경은 마비되고, 머리를 늘이고 떠도 보지를 못하는 눈을 지르감고 끓는 기름과 같이 숨을 헐떡거릴 사람과 이 사람들 사이에는 너무나 간격이 있었다.

"이따는 또 더워질 테지요?"

나는 곁의 사람에게 이렇게 말하였다.

"더워요? 덥긴 왜 더워? 이것 보구려, 오히려 추운 편인데……."

그는 엄청스럽게 몸을 떨어본 뒤에 웃는다.

아직 아침은 서늘한 유월 중순이었다. 캘린더가 없으니 날짜는 똑똑히 모르되 음력 단오를 좀 지난 때였다. 하루 종일 받은 더위를 모두 발산한 아침은 얼마간 서늘하였다.

"노형, 어제 공판^{기소된 형사 사건을 법원이 심리하는 일} 갔댔지요?"

이렇게 나는 그 사람에게 물었다.

"예!"

"바깥 형편이 어떻습디까?"

"형편꺼정이야 알겠소? 그저 포플러도 새파랗구, 구름도 세차게 날아다니구, 말하자면 다 산 것 같습디다. 땅바닥꺼정 움직이는 것 같구, 사람들두 모두 상판^{얼굴}이 시커먼 것이 우리 보기에는 도둑놈 관상입디다."

"그것을 한번 봤으면……."

나는 한숨을 쉬었다. 삼월 그믐^{음력으로 그달의 마지막 날}, 아직 두꺼운 솜옷을 입고야 지낼 때에 여기를 들어온 나는 포플러가 푸른빛이었는지 녹빛이었는지 똑똑히 모른다.

"노형두 수일 공판 가겠디요?"

"글쎄, 언제 한번은 갈 테지요. 그런데 좋은 소식은 못 들었소?"

"글쎄, 어제 이야기한 거같이 쉬 독립된답디다."

"쉬?"

"한 열흘 있으면 된답디다."

나는 거기 대꾸를 하려 할 때에 곁방에서 담벽을 두드리는 소리가 들렸다. 그것은 'ㄱㄴ'과 'ㅏ ㅑ ㅓ ㅕ'를 수數로 한 우리의 암호 신호였다.

"무 엇 이 오?"

나는 이렇게 두드렸다.

"좋 은 소 식 있 소. 독 립 은 다 되 었 다 오."

이때에 곁방의 문 따는 소리에 암호는 뚝 끊어졌다.

"곁방에서 공판 갈 사람을 불러낸다. 오늘은……."

"노형 꼭 가디?"

"글쎄, 꼭 가야겠는데―사람두 보구, 시퍼런 나무들두 보구, 넓은 데를……."

그러나 우리 방에서는 어제 간수부장에게 매 맞은 그 영감과 그 밖에 영원 맹산 등지 평안남도 동부 산간 지방 사람 두셋이 불려나갈 뿐 나는 역시 그 축에서 빠졌다.

'언제든 한번 간다.'

나는 맛없고 골이 나서 속으로 중얼거렸다. 그러나 그 '언제든'

이 과연 언제일까? 오늘은 꼭, 오늘은 꼭, 이리하여 석 달을 미루어
온 나였다. '영원'과 같이 생각되는 석 달을 매일 아침마다 공판 가
기를 기다리면서 지내온 나였다. '언제 한번'이란 과연 언제일까?
이런 석 달이 열 번 거듭하면 서른 달일 것이다.

"노형은 또 빠졌구려!"

"싫으면 그만두라지, 도둑놈들!"

"이제 한번 안 가리까?"

"이제? 이제가 대체 언제란 말요? 십 년을 기다려도 그뿐, 이십
년을 기다려도 그뿐……."

"그래도 한번은 안 가리까?"

"나 죽은 뒤에 말이오?"

나는 그에게까지 역정을 내었다.

좀 뒤에 아침밥을 먹을 때까지도 나의 마음은 자못 편치 못하였
다. 그것은 바깥을 구경할 기회를 빨리 지어주지 않는 관리에 대함
이라기보다, 오히려 공판에 불려 나가게 된 행복한 사람들에 대한
무서운 시기에 가까운 것이었다.

점심을 먹고 비린내 나는 냉수를 한 대접 다 마신 뒤에, 매일 간
수의 눈을 기어가면서 장난하는 바와 같이 밥그릇을 당겨서 거기
아직 붙어 있는 밥알을 모두 긁어서 이기기 시작하였다. 갑갑하고
답답하고, 서로 이야기하는 것을 허락지 않고, 공상을 하자 해도 이

젠 벌써 재료가 없어진 우리가 가질 수 있는 다만 하나의 오락이 이 것이었다.

때가 묻어서 새까맣게 될 때는 그 밥알은 한 덩어리의 떡으로 변한다. 그 떡은 혹은 개 혹은 돼지, 때때로는 간수의 모양으로 빚어져서, 마지막에는 변기 속으로 들어간다.

한참 내 손 안에서 움직이던 떡덩이는—뿔이 좀 크게 되었지만 한 마리의 얌전한 소가 되어 내 무릎 위에 섰다.

나는 머리를 들었다.

아직 장난에 취하여 몰랐지만 해는 어느덧 또 무르녹기 시작하였다. 빈대 죽인 피가 여기저기 묻은 양회^{시멘트} 담벽에는 철창 그림자가 똑똑히 그려져 있다. 사르는 듯한 더위는 등지고 있는 창 밖에서 등을 탁 치고, 안고 있는 담벽에서 반사하여 가슴을 탁 치고, 곁에 빽빽이 사람의 열기로 온몸을 썩인다. 게다가 똥오줌 무르녹은 냄새와 살 썩은 냄새와 옴약 내에 매일 수없이 흐르는 땀 썩은 냄새를 합하여, 일종의 독가스를 이룬 무거운 기체는 방에 가라앉아서 환기까지 되지 않는다. 우리의 피곤하여 둔하게 된 감각으로도 넉넉히 깨달을 수 있는 역한 냄새였다. 간수가 가까이 와서 들여다보지 않는 것도 당연한 일이었다.

그러고 보니 생각나거니와 나뿐 아니라 온 사람의 몸에는 종기투성이였다. 가득 차고 일변 증발하는 변기 위에 올라앉아서 뒤를 볼 때마다 역정 나는 독한 습기가 엉덩이에 묻어서 거기서 생긴 종기를 이와 빈대가 온몸에 퍼져서 종기투성이 아닌 사람이 없었다.

땀은 온몸에서 뚝뚝—이라는 것보다 좔좔 흐른다.

"에—땀."

나는 힘없이 중얼거렸다. 이상한 수수께끼와 같은 일이었다. 밥 먹은 뒤에 냉수를 벌컥벌컥 마시면, 이삼십 분 뒤에는 그 물이 모두 땀으로 되어 땀구멍으로 솟는다.

폭포와 같다 해도 좋을 땀이 목과 가슴에서 흘러서, 온몸에 벌레 기어다니는 것같이 그 불쾌함은 말할 수 없다. 그러나 땀을 씻는 사람은 하나도 없다. 손가락 하나라도 움직이면 초열지옥_{타는 듯한 더위} _{를 느끼게 하는 지옥 같은 상황}에라도 떨어질 것같이, 흐르는 땀을 씻으려는 사람도 없다.

'얼핏 진찰감_{診察監}에 보내다고.'

나의 피곤한 머리는 이렇게 빌었다. 아침에 종기를 핑계 삼아 겨우 빌어서 진찰하러 갈 사람 축에 든 나는 지금 그것밖에는 바랄 것이 없었다. 시원한 공기와 넓은 자리를_{다만 일이십 분 동안이라도} 맛보는 것은 여간한 돈이나 명예와도 바꿀 수 없는 귀중한 것이었다.

그뿐만 아니라 입감_{수감}이라도 안부는커녕 어느 감방에 있는지도 모르는 아우의 소식도 알는지도 모르겠다.

즉 뜻하지 않게 눈에 떠오른 것은 집의 일이었다. 희다 못해 노랗게까지 보이는 햇빛에 반사하는 양회 담벽에 먼저 담배와 냉수가 떠오르고, 나의 넓은 자리가_{처음 순간에는 어렴풋하였지만} 똑똑히 나타났다 어찌하여 그런 조그만 일까지 똑똑히 보였던지 아직껏 이상하게 생각하거니와, **파리 한 마리가** 성냥갑에서 담뱃갑으로, 도로 성냥갑으로 왔다 갔다 한다.

"쌍!"

나는 뜨거운 기운을 뱉었다.

'파리까지 자유로 날아다닌다.'

성내려야 성낼 용기까지 없어진 머리로 억지로 성을 내고, 눈에서 그 그림자를 지워버리려 하였다. 그러나 담배와 냉수는 곧 없어졌지만, 성가신 파리는 끝끝내 떨어지지를 않았다.

나는 손을 들어서 마치 그 파리를 날리려는 것같이 두어 번 얼굴을 비빈 뒤에 맥없이 아까 만든 소를 쥐었다.

공기의 맛이 달다고는, 참으로 경험해보지 못한 사람은 뜻도 못할 일일 것이다. 역한 냄새 나는 뜨거운 기운을 뱉고, 달고 맑은 새 공기를 들이마시는 처음 순간에는 기절할 듯이 기뻤다.

서늘한 좋은 일기였다. 아까는 참말로 더웠는지, 더웠으면 그 더위는 어디로 갔는지, 진찰감으로 가는 동안 오히려 춥다 해도 좋을 만큼 서늘하였다.

그러나 그보다 더 기쁜 것은 거기서 아우를 만난 일이었다.

"어느 방에 있니?"

나는 머리를 간수에게 향한 채로 조그만 소리로 물었다.

"사감 이방에."

나는 좀 있다가 또 물었다.

"몇 사람씩이나 있니? 덥지?"

"모두 살이 뚱뚱 부었어……."

"도둑놈들. 우리 방엔 사십여 인이 있다. 몸뚱이가 모두 썩는다. 집엔 오히려 널거서 넓어서 걱정인 자리가 있건만. 너 그새 앓지나 않았니?"

"감옥에선 앓으려야 병이 안 나. 더워서 골치만 쏘디……."

"어떻게 여기 진찰감 나왔니?"

"배 아프다구 거줏뿌리 거짓말 하구……."

"난 종처투성이다. 이것 봐라."

하면서 나는 바지를 걷고 푸릇푸릇한 종기를 내어놓았다.

"그런데 너의 방에 옴쟁이는 없니?"

"왜 없어……."

그는 누구도 옴쟁이고 누구도 옴쟁이고, 알 이름 모를 이름 하여 한 일여덟 사람을 부른다.

"그런데 집에선 면회는 왜 안 오는디……."

"글쎄 말이다. 모두 죽었는지……."

문득 아직껏 생각도 해보지 않은 일이 머리에 떠오른다. 석 달 동안을 바깥 사람이라고는 간수들밖에 보지 못한 우리에게는 바깥이 어떤 형편인지는 모를 지경이었다. 간혹 재판소에 갔다 오는 사람도 있기는 하지만, 거기 다니는 길은 야외라, 성 안 형편은 아직 우리가 여기 들어올 때와 같이 음울한 기운이 시가를 두르고, 상점은 모두 철전^{문을 닫고 영업을 하지 아니함}을 하고 있는지, 혹은 전과 같이 거리에는 흥정이 있고, 집 안에는 웃음소리가 터지며, 예배당에는 결혼하는 패도 있으며, 사람들은 석 달 전에 일어난 그 사건을 거의 잊고 있는지, 보기는커녕 알지도 못할 일이었다. 일가나 친척의 소소한 일은 더구나 모를 일이었다.

"다 무슨 변이 생겼나 부다."

"그래두 어제 공판에 갔던 사람이 재판소 앞에서 맏형을 봤다는데……"

아우는 근심스러운 얼굴로 이렇게 말하였다. 그러나 그 아우의 마지막 '봤다는데'라는 말과 함께,

"천십칠 호!"

하고 고함치는 소리가 귀에 울렸다. 그것은 내 번호였다.

"네!"

"딘찰."

나는 빨리 일어서서 의사의 앞으로 갔다.

"오데가 아파?"

"여기요."

하고 나는 바지를 벗었다. 의사는 내가 내어놓은 엉덩이와 넓적다리를 걸핏 들여다보고 요만 것을…… 하는 듯 얼굴로 말없이 간병수에게 내맡긴다. 거기서 껍진껍진한^{끈적끈적한} 고약을 받아서 되는

대로 쥐어바르고 이번엔 진찰 끝난 사람 축에 앉았다.

이때에 아우는 자기 곁에 앉은 사람과 나 앉은 데서까지 들리도록 무슨 이야기를 둥둥 하고 있었다. 나는 깜짝 놀라서 간수를 보았다. 간수는 아우를 주목하는 모양이었다.

나는 기지개를 하는 듯이 손을 들었다. 아우는 못 보았다. 이번은 크게 기침을 하였다. 그러나 그는 못 들은 모양이었다. 가슴이 떨리기 시작하였다.

'알귀야 알려야 할 텐데…….'

몸을 움직움직해보았지만, 그는 이야기에 정신이 팔려서 그냥 그치지 않고 하다가, 간수가 두어 걸음 자기에게 가까이 올 때야 처음으로 정신을 차리고 시치미를 떼었다. 그러나 간수는 용서하지 않았다. 채찍의 날카로운 소리가 한 번 나는 순간 아우는 어깨에 손을 대고 쓰러졌다.

피와 열이 한꺼번에 솟아올라 나는 눈이 아뜩해졌다.

좀 있다가 감방으로 돌아올 때에 재빨리 곁눈으로 아우를 보니 나를 보내는 그의 눈에는 눈물이 가득하여 있었다. 무엇이 어리고 순결한 그의 눈에 눈물을 괴게 하였나…….

나는 바라고 또 바라던 달고 맑은 공기를 맛보기는 맛보았지만, 이를 맛보기 전보다 더 어둡고 무거운 머리를 가지고 감방으로 돌아오게 되었다.

저녁을 먹은 뒤에 더위에 쓰러져 있던 나는 아직 내가지 않은 밥 그릇에서 젓가락을 꺼내어 손수건 좌우편 끝을 조금씩 감아서 부채와 같이 만들어서 부쳐보았다. 훈훈하고 냄새 나는 바람이 땀 위를 살짝 스쳐서, 그래도 조금의 서늘함을 맛볼 수 있었다. 이깟 지혜가 어찌하여 아직 안 났던고. 나는 정신 잃은 사람같이 팔을 들었다. 이 감방 안에서는 처음의 냄새는 나지만 약간의 바람이 벌레 기어다니는 것같이 흐르던 가슴의 땀을 증발시키느라고 꿈 같은 냉미를 준다. 천장에 딱 붙은 전등이 켜졌다. 그러나 더위는 줄지 않았다. 손수건의 부채는 온 방 안이 흉내 내어, 나의 뒷사람으로 말미암아 등도 부쳐졌다. 썩어진 공기가 움직인다.

그러나 우리의 부채질은 재판소에서 돌아오는 사람들 때문에 중지되지 않을 수 없었다. 우리 방에서 나갔던 서너 사람도 돌아왔다. 영원 영감도 송장 같은 얼굴로 돌아왔다.

나는 간수가 돌아간 뒤에 머리는 앞으로 향한 대로 손으로 영감을 찾았다.

"형편 어떻습디까?"

"모르갔소."

"판결은 어떻게 됐소?"

영감은 대답이 없었다. 그의 입은 바늘로 호라메우자나 ^{꿰매지나} 않았나? 그러나 한참 뒤에 그는 겨우 대답하였다. 그의 목소리는 대단히 떨렸다.

"태형볼기를 작은 형장으로 치던 형벌 구십 대랍디다."

"거 잘됐구려! 이제 사흘 뒤에는 담배두 먹구 바람도 쐬구…… 난 언제나……."

"여보, 잘됐시오? 무어이 잘됐단 말이오? 나이 칠십 줄에 들어서 태 맞으면…… 말하기두 싫소. 난 아직 죽긴 싫어! 공소판결에 불복하여 상소함했쉐다."

그는 벌컥 성을 내어 내게 달려들었다. 그러나 그의 말을 들은 뒤에 내 성도 그에게 지지를 않았다.

"여보! 시끄럽소. 노망했소? 당신은 당신이 죽겠다구 걱정하지만, 그래 당신만 사람이란 말이오? 이 방 사십여 명이 당신 하나 나가면 그만큼 자리가 넓어지는 건 생각지 않소? 아들 둘 다 총에 맞아 죽은 다음에 뒤상늙은이 하나 살아 있으면 무얼 해? 여보!"

나는 곁에 있는 다른 사람에게로 향하였다.

"여기 태형 언도선고에 공소한 사람이 있답니다."

나는 이상한 소리로 껄껄 웃었다.

다른 사람들도 영감을 용서치 않았다. 노망하였다, 바보로다, 제 몸만 생각한다, 내쫓아라, 여러 가지의 폄나쁘게 말함이 일어났다.

영감은 대답이 없었다. 길게 쉬는 한숨만 우리의 귀에 들렸다. 우리도 한참 비웃은 뒤에는 기진하여 잠잠하였다. 무겁고 괴로운 침묵만 흘렀다.

바깥은 어느덧 어두워졌다. 대동강 빛과 같은 하늘은 온 세상을 덮었다. 우리의 입은 모두 바늘로 호라메우지나 않았나?

그러자 한참 뒤에 마침내 영감이 나를 찾는 소리가 겨우 침묵을 깨뜨렸다.

"여보!"

"왜 그러오?"

"그럼 어떡허란 말이오?"

"이제라도 공소를 취하해야지."

영감은 또 먹먹하다. 그러나 좀 뒤에 그는 다시 나를 찾았다.

"노형 말이 옳소. 아들 두 놈은 덩녕쿠^{정녕코} 다 죽었쉐다. 난, 나 혼자 이제 살아서 무얼 하갔소? 취하하게 해주소."

"진작 그럴 게지. 그럼 간수 부릅니다."

"그래 주소."

영감은 떨리는 소리로 말했다.

나는 패통^{교도소에서 재소자가 용무가 있을 때 담당 교도관을 부를 수 있도록 벽에 마련한 장치}을 쳤다. 간수는 왔다. 내가 통역을 서서 그의 뜻^{이라는 것보다 우리의 뜻}을 말하매 간수는 시끄러운 듯이 영감을 끌어내어 갔다.

자리에 돌아올 때에 방 안 사람들의 얼굴을 보니, 그들의 얼굴에는 자리가 좀 넓어졌다는 기쁨이 빛나고 있었다.

모깡^{목욕}! 이것은 십여 일 만에 한 번씩 가질 수 있는 우리의 가장 큰 행복이다.

"모깡!"

간수의 호령이 들릴 때에 우리는 줄을 지어서 뛰어나갔다.

뜨거운 해에 쬔 시멘트 길은 석 달 동안을 쉰 우리의 발에는 무섭게 뜨거웠다. 그러나 그것은 우리의 즐거움의 하나였다. 우리는 그 길을 건너서 목욕통 있는 데로 가서 옷을 벗어던지고, 반고형^{半固型}이라 해도 좋을 꺼룩한 <small>조금 걸쭉한</small> 목욕물에 뛰어들었다.

무엇이라고 형용할 수 없는 즐거움이었다. 곧 곁에는 수도가 있다. 거기서는 언제든 맑은 물이 나온다. 그것은 우리의 머리에서 한 때도 떠나보지 못한 '달콤한 냉수'였다. 잠깐 목욕통에서 덤빈 나는 수도로 나와서 코끼리와 같이 물을 먹었다.

바깥에는 여러 복역수들이 일을 하고 있었다. 그것도 갑갑함에 겨운 우리에게는 부러움의 푯대였다. 그들은 마음대로 바람을 쐴 수 있었다. 목마르면 간수의 허락을 듣고 물을 먹을 수 있었다. 뿐만 아니라, 그들에게는 갑갑함이 없었다.

즉 어느덧 그치라는 간수의 호령이 울렸다. 우리의 이십 초 동안의 목욕은 이에 끝났다. 우리는 매를 맞지 않으려고 시간을 유예치 않고 빨리 옷을 입은 뒤에 간수를 따라서 감방으로 돌아왔다.

꼭 가장 더울 시각이었다. 문을 닫는 순간, 우리는 벌써 더위 속에 파묻혔다. 더위는 즐거움 뒤의 복수라는 듯이 용서 없이 우리를 내리쬔다.

"벌써 덥다!"

나는 혼잣말로 중얼거렸다.

"매를 맞구라도 좀 더 있을걸……."

누가 이렇게 말한다. 서너 사람의 웃음 비슷한 소리가 들렸다. 그러나 그 뒤에는 먹먹하였다. 몇 시간 동안의 침묵이 연속되었다.

우리는 무서운 소리에 화닥닥 놀랐다. 그것은 단말마_{숨이 끊어질 때의 모진 고통}의 부르짖음이었다.

"히도오쓰_{하나}, 후다아쓰_둘."

간수의 헤어나가는 _{세어나가는} 소리와 함께,

"아이구, 죽겠다. 아이구, 아이구!"

부르짖는 소리가 우리의 더위에 마비된 귀를 찔렀다. 그것은 태 맞는 사람의 부르짖음이었다.

서른까지 센 뒤에 간수의 소리는 없어지고 태 맞은 사람의 앓는 소리만 처량히 우리의 귀에 들렸다.

둘째 사람이 태형대에 올라간 모양이다.

"히도오쓰."

하는 간수의 소리에 연한 것은,

"아유!"

하는 기운 없는 외마디의 부르짖음이었다.

"후다아쓰."

"아유!"

"미이쓰_셋."

"아유!"

우리는 그 소리의 주인을 알았다. 그것은 어젯밤 우리가 내쫓은 그 영원 영감이었다. 쓰린 매를 맞으면서도 우렁찬 신음을 할 기운도 없이 '아유' 외마디의 소리로 부르짖는 것은 우리가 억지로 매를 맞게 한 그 영감이었다.

"요오쓰넷."

"아유!"

"이쓰으쓰다섯."

"후……."

나는 저절로 목이 늘어지는 것을 깨달았다. 나의 머리에는 어젯밤 그가 이 방에서 끌려나갈 때의 꼴이 떠올랐다.

"칠십 줄에 든 늙은이가 태 맞구 살길 바라갔소? 난 아무케 되든 노형들이나……."

그는 이 말을 채 맺지 못하고 초연히 간수에게 끌려나갔다. 그리고 그를 내쫓은 장본인은 이 나였다.

나의 머리는 더욱 숙여졌다. 멀거니 뜬 눈에서는 눈물이 나오려 하였다. 나는 그것을 막으려고 눈을 힘껏 감았다. 힘 있게 닫힌 눈은 떨렸다.

—1922년

배회

'노동은 신성하다.'

이러한 표어 아래 A가 P고무공장 직공이 된 지 두 달이 지났다. 자기의 동창생들이 모두 혹은 상급학교로 가고, 혹은 회사나 상점의 월급쟁이가 되며, 어떤 이는 제 힘으로 제 사업을 경영할 동안, A는 상급학교에도 못 가고 직업도 구하지 못하여 헤매다가 뚝 떨어지면서 고무공장의 직공이 되었다.

'노동은 신성하다.'

'제 이마에서 흐르는 땀으로 제 입을 쳐라.'

'너의 후손으로 하여금 게으름과 굴욕적 유산에 눈이 어두워지지 않게 하라.'

이러한 모든 노동을 찬미하는 표어를 그대로 신봉한 바는 아니지만, 오랫동안 헤매다가 마침내 직공이라는 그룹에서 그가 자기 자신을 발견하게 되었을 때는, 일종의 승리자와 같은 기쁨을 그의 마음속에 깨달았다. 그것은 사회에 이겼다느니보다도, 전통성에 이겼다느니보다도, 한번 꺾여지면서 일종의 반항심보다도, 자기도 이제는 제 힘으로 살아가는 한 개 사람이 되었다는 우월감에서 나온 기쁨이었다.

"위로— 위로—."

생고무를 베어서 휘발유를 바르며, 혹은 틀에 끼워서 붙이며 이제는 솜씨 익은 태도로 끊임없이 움직이며 그는 때때로 소리까지 내어 중얼거렸다. 그러나 이 공장에 들어와서 한 주일이 지나고 열흘이 지나고 한 달이 지나는 동안에 그는 여기서 움직이는 온갖 게으름과 시기와 허욕을 보았다. 힘을 같이하여 자기네의 길을 개척해나가야 할 이 무리의 사이에 온갖 시기와 불순한 감정의 흐름을 보았다. 남직공들이 지은 신은 비교적 공평하게 검사되었지만, 여직공이 지은 신은 그의 얼굴이 곱고 미움으로 '합격품'과 '불량품'의 수효가 훨씬 달랐다. 생고무판의 배급에도 불공평이 많았다. 서로 남의 신을 깎아먹으려고 서로 틈을 엿보았다. 자기가 일을 빨리 하기보다 남을 더디게 하기에 더 노력하였다. 혹은 남의 지어놓은 신을 못 보는 틈에 자리를 내어놓는 일까지 흔히 있었다. 점심시간에는 서로 입에 담지 못할 음담으로 시간을 보냈다.

이런 모든 엄벙뗑^{얼렁뚱땅}의 거친 감정과 살림 아래서 A는 오로지

자기의 길을 개척하려고 힘썼다. 사람으로서의 감정과 사랑과 양심을 잃지 않으려―그리고 밖으로는 늙은 어머니와 사랑하는 처자의 입을 굶기지 않으려―휘발유 브러시 롤러는 연하여 고무판 위에 문질러지며 굴렀다.

"위로, 위로!"

그것은 A가 이 공장에 들어온 지 두 달이 지난 어느 봄날이었다. 일을 끝내고 한 달에 두 번씩 내주는 공전(工錢)을 받은 뒤에 그가 막 집으로 돌아가려고 도시락 갑(상자)을 꽁무니에 찰 때였다.

"여보게 A, 놀러 가세."

A와 같은 상에서 일하는 B가 찾았다. C, D 두 사람도 문밖에서 기다리고 있었다.

"나? 나도 놀러 가잔 말인가?"

"같이 가기에 찾지."

"그럼 내 집에 잠깐 들러서."

"이 사람, 걱정 심할세. 잠깐만 다녀가게. 이 사람, 그렇게 비싸게 굴면 못써."

"그래라."

그는 다시 무슨 말을 못하고 따라갔다. 그들은 그 공장에서 그다지 멀지 않은 어떤 집까지 이르러서 주인을 찾지도 않고 줄레줄레 신발을 문 안에 들여 벗은 뒤에 들어갔다. A는 의외의 얼굴을 하였다.

그 집 안주인은 공장 근처에 있는 서른댓쯤 난 여인이었다.

B는 그 여인에게 엄지손가락을 쳐들어 보였다.

"어디 갔소?"

"내보냈지. 놀다 오라구 오십 전 줘서."

"잘 됐어. 넷만 데려다주."

"넷? 넷이 있을까? 하여간 잠깐 기다려요. 가보구 오께."

여인은 일어나서 옷을 갈아입고 밖으로 나갔다.

"A도 앉게나. 왜 뻣뻣이 서 있어?"

"B, 난 먼저 가겠네."

"또 나온다. 앉게."

"참 가봐야겠어."

"몹시도 비싸다. 사람이 비싸면 못써."

"비싼 게 아니라……."

A는 하릴없이 주저앉았다.

잠깐 다녀오마고 나간 주인 여인은 한 시간이나 넘어 지난 뒤에야 겨우 돌아왔다.

"자, 한턱내야지."

그 여인의 이런 소리와 함께 뒤로 다른 젊은 여인 넷이 들어왔다.

"저 얼간이와 또 맞선담. 좌우간 이리 와."

B는 선등^{남보다 먼저} 서서 들어오는 젊은 여인을 손짓하며 웃었다.

"저 싱검둥이^{싱검쟁이}와 또 놀아? 에라, 놀아줘라."

얼간이란 그 여인도 대꾸를 하면서 B의 곁으로 내려와 앉았다. C도 하나 맡았다. D도 하나 맡았다. 그리고 A의 몫으로 남은 것은 같은 P고무공장의 여직공으로 다니는 십팔구 세 난 도순道順이라는 뚱뚱한 계집애였다. 그러나 공장에서 일할 때와 달리 비단옷을 입고 얼굴에는 분도 약간 발랐다. 이것을 한번 둘러본 뒤에 A는 불쾌함을 참지 못하여 몸을 일으켰다.

"B, 난 먼저 가겠네."

"에이, 못난 자식, 가고 싶으면 가. 여보게, 우리 좋은 친구끼리 놀러 왔다가 혼자 먼저 간다면 우리가 재미있겠나. 한 시간만 있다가 같이 가세."

A는 일으켰던 몸을 하릴없이 다시 주저앉았다.

남녀 여덟 명은 둘러앉았다. 술상도 들어왔다. 잡수세요, 먹어라, 먹자, 먹는다. 술은 돌기 시작하였다.

"샌님, 먹게."

술잔은 연하여 A에게 왔다. A는 한 잔도 사양치 못하고 다 받아먹었다. 그러나 첫 잔부터 불쾌한 기분 아래서 받은 술은 그 수가 많아감과 함께 불쾌함도 따라 늘어갔다. 술을 먹을 줄을 모르는 A는 차차 자기가 취해 들어가는 것을 똑똑히 의식하면서 주는 대로 받아 마셨다. 사양하려면 B가 막았다. 술잔을 받아놓고 조금이라도 지체하면 여인들이 채근했다.

"하하하! 맛있지?"

A가 술을 삼킬 때마다 낯을 찡그리는 것을 보고 B가 재미있는 듯이 손뼉을 치고 하였다. 여인들도 깔깔 웃어댄다.

될 대로 되어라. 몇 잔 안 되어서 벌써 얼근히 취한 A는 마음의 불쾌와 몸의 불쾌가 가속도로 늘어가는 것을 마치 남의 일과 같이 재미있게 관찰하면서, 오는 술잔은 오는 대로 다 받아먹었다. 다섯 잔이 열 잔이 되고, 열 잔이 스무 잔이 됨에 따라 그의 눈살은 더욱 찌푸려졌다.

'이게 무슨 일이냐, 무슨 거친 생활이냐? 너희에게는 너희의 봉급을 기다리는 어버이나 처자가 없느냐? 술? 환락? 술보다도 환락보다도 먼저 너희 사람으로서의 인격을 완성시키는 것이 너희가 할 일이 아니냐? 위로! 위로!'

술에 취한 몽롱한 눈으로 어두운 등잔 아래서 뭉기며 헤적이는 몇 개의 몸집을 바라보던 그는 뜻하지 않고 숨을 길게 쉬었다.

"망측해, 우시네."

곁에 앉아서 술을 따르고 있던 도순이가 A의 얼굴을 쳐다보았다.

"뭐, A가 울어?"

B가 이편으로 머리를 홱 돌렸다. A는 얼굴을 돌렸다. 눈물이 나오는 바는 아니었지만 취한 그들에게 얼굴을 보이기가 싫었다.

"A, 우나? 도련님, 샌님. 하하하! 또 한 잔 들게—도라지, 도라지, 도라지—짜. 은율 금산포 도라지—까 콧노래를 부르며 하하하. 뚱뚱보, 그렇지? 또 한 잔 먹어라."

"B, 난 정 먼저 가겠네."

"가? 가갸거겨는 언역언문으로 번역한 책지 초요, 이마털 뽑기는 난봉허랑방탕한 짓지 초로다—이 자식, 글쎄 가기는 어딜 간단 말이냐? 푸른 술 있것다, 미희아름다운 여자 있것다—야, 너무 비싸게 굴지 마라. 천 냥짜리다. 만 냥짜리다. 십만 냥 쥐라. 자, 또 한 잔."

A는 또 받아 마셨다.

"하하하, 십만 냥이라는 바람에 또 먹었구나. 먹은 담에는 열 냥짜리다. 그러나 A, 내 말 듣게. 나도, 나도……."

B는 지금껏 뚱뚱보에게 걸고 있던 왼팔을 풀어서 양 팔꿈치로 술상을 짚었다. 그리고 얼굴을 A의 앞으로 가까이 하였다.

"A, 정 우나? 울지 말게."

울지도 않는 A에게 울지 말라고 권고하는 B는 자기 눈에 갑자기 괸 눈물은 의식지 못하는 모양이었다.

"울 게 아니라네—세상사가 다 그렇다네. 나도 상당한 학부學部를 졸업한 사람일세. 처음에는 자네와 같은 생각을 품고 있었지. 세상을 좀 더 엄숙하게 보자고…… 그러나 틀렸어. 세상에 어디 엄숙이 있나? 예수? 석가여래? 모두 다 샌님이야. 이 뚱뚱보 얼간이보담도……."

B는 한 번 탁 계집을 붙안았다가 놓았다.

"듣기 싫어, 싱검둥이."

"꼴에 비싸게 구네. A! 자네 밥만 먹고 살겠나? 반찬도 있어야 하고 물도 있어야 하고 돈도 있어야지. 돈 있는 놈의 반찬은 명월관,

식도원유흥 음식점에 있고 우리 반찬은 이 뚱뚱보, 말라꽁일말라깽이세 그려. 자네네 그 올빼미—도순이 말일세, 오죽이나 얌전한가? 우리 얼간이하구 바꾸어볼까? 하하하, 또 한 잔 먹게. 탄력 있는 몸집, 그 래 어때?"

B는 술을 따라서 A에게 주지 않고 자기가 마셨다. 하하하하. 쾌활히 웃는 그의 오른편 눈은 그 웃음에 적당하게 쾌활한 빛이 있었지만, 커다랗게 뜬 왼편 눈에서는 눈물이 뺨으로 흘러내렸다.

"A, C, D, 그리구 이 요물들아, 내 말을 들어라. 오늘이 우리 아버지 생신이다. 저녁에 고등어 사가지고 가마 했다. 그러나 고등어가 다 뭐냐! 술이다, 술이야. 어따 A, 너 또 한 잔 먹어라."

"B, 그럼 자네도 집에 가야겠네그려?"

"나? 내일 저녁에 가지. 남의 걱정까지는 말고 술이나 먹어라. 그렇지만 A, 이까짓 자식들……."

B는 손을 들어서 C와 D를 가리켰다.

"자식들과는 이야기할 게 없지만 때때로 생각하지 않는 바가 아니야. 상당한 학부까지 마쳤다는 자식이 그래 십여 년을 배운 것을 써먹지도 못하고 고무신을 붙여서 한 켤레에 오 전씩 받는 것, 이것을 가지고—이런 술도 안 먹고야 어쩌겠나. A, 울지 말게, 울지 마."

B는 손수건을 내어 제 눈물을 씻었다.

좀 뒤에 도순의 집까지 몰아넣으려는 것을 몸을 빼쳐서 피한 A는 취한 술을 깨우기 위하여 공원에 갔다.

고요한 밤의 공원이었다. 전등불에 비쳐서 A는 그 나무들의 늘어진 가지에서 장차 터지려는 탄력을 보았다. 겨울의 혹독한 바람 아래서도 자포^{자포자기}를 일으키지 않고 오랫동안 기다린 그 가지들의 겨우내 간직하였던 힘과 생활력을 한꺼번에 써보려는 그 자랑을 보았다.

"위로—위로, 좀 더 사람다이^{사람답게}."

이 나뭇가지의 용기와 아까 B의 자포적 기분의 두 가지를 마음속에 그려놓고 비교할 때에는 어느 편을 도울지 알지를 못하였다. B의 말에는 그럴듯한 근거가 있었다.

'아무 바람과 광명을 발견할 수 없는 이 환경 아래서 혼자서 위로 광명으로 손을 저으며 헤매면 그것이 무슨 쓸데가 있으랴. 필경에는^{끝장에 가서는} 실망에 실망을 거듭한 뒤에는 또다시 탐락의 생활에 빠져들지 않을 수 없지 않으랴? 그러면 도대체 장래의 실망이라는 것을 맛보지 않게 지금부터 탐락의 생활을 시작하는 것이 도리어 옳지 않을까? 위로? 위로? 무엇이 위로냐?'

"술이다, 술이야."

아까 B가 부르짖던 부르짖음은 A 자기의 '위로, 위로'라고 부르짖는 그 부르짖음보다도 더 침통하고 진실한 부르짖음이 아닐까? 더 범인적인 부르짖음이 아닐까? A는 연하여 딸꾹질을 하며 취하여 쓰러지려는 몸을 다시 일으키고 일으키고 하였다.

이튿날 종일을 A는 불쾌하게 지냈다. 먹을 줄 모르는 술을 과음하였기 때문에 얼굴은 뚱뚱 부었다. 가슴이 별하게 쓰렸다.

그는 공장에서도 일하던 손을 뜻하지 않고 멈추고는 눈을 껌벅껌벅하였다.

"어때, 샌님?"

B가 찾는 것도 들은 체도 안 했다. 몇 번을 저절로 눈이 도순이 있는 편으로 쏠리다가는 혼자서 혀를 차고 하였다. 주위의 인생이란 인생, 여인이란 여인이 모두 더럽게만 보였다.

'그러고도 사람이냐? 더러워! 위로! 위로!'

그는 몇 번을 혀를 차고 주먹을 부르쥐고 하였다. 일이 끝나고 집에 돌아가려 할 무렵에 B가 문밖에서 기다리고 있다가,

"또 가볼까?"

하였지만, A는 대답도 없이 지나가 버렸다.

"하하하하!"

뒤에서 B의 웃음소리가 들렸다.

"위로— 위로—."

A는 머리를 숙이고 걸음마다 힘을 주면서 집으로 돌아왔다.

어떤 날 점심때 점심을 끝낸 장화공들은 넓은 방에 앉아 잡담들을 하고 있었다.

그때 어느 여공이 이런 말을 꺼냈다.

"이즈음 불량품이 많이 나."

"당신은 면상이 멍텅구리거든."

어느 남직공이 놀렸다.

"아니야, 나도 많이 나는데."

이번은 얼굴 좀 빤빤한 계집애가 이렇게 말하였다.

"그럼 당신은 얼마나 예쁘우?"

아까의 남직공은 또 놀렸다.

"아이구, 당신은 입이 왜 그리 질우?"

"질지 않아 물이면 어때?"

한참 이렇게 주고받을 때에 B가 쑥 나섰다.

"그런 것들이 아냐, 내게서 이즈음 불량품이 많이 나는데 아마 배합이 나쁜가 봐."

사실 이즈음은 불량품이 많이 났다. 그것은 얼굴 미운 여공에게서만 많이 나는 것이 아니요, 남직공이며 얼굴 예쁜 여공에게서도 검사에 불합격되는 신이 많이 났다. 불량품 한 켤레를 낼 때마다 그 직공은 '불량품을 낸 벌'로서 한 켤레와 '불량품이 된 원료에 대한 보상'으로서 한 켤레—이렇게 두 켤레를 공전을 안 받고 만드는 것이 고무공장의 내규였다. 그런지라, 한 켤레의 불량품을 내면 그 직공은 공전 못 받는 세 켤레불량품까지를 만드는 셈이었다. 잘 해야 하루에 십칠팔 켤레 이상은 못 붙이는 그들이 어떻게 해서 하루에 세 켤레만 불량품을 내어놓으면 그날은 공전 받는 일은 칠팔 켤레 밖에는 못한 셈이 되는 것으로, 사실 불량품이 많이 난다 하는 것은 직공들에게는 큰 문제였다.

"배합이 나빠."

B의 말을 따라서 제각기 일어섰다.

"난 어제 네 켤레 퇴退짜 맞았는데."

"난 그저께 여섯 켤레."

한 시간 전까지는 불량품 낸 것을 수치로 생각하고 그 수효를 줄이거나 감추려던 그들은 그것의 책임이 자기네에게 있지 않는 것을 아는 동시에 각각 그 수효의 많음을 자랑하였다. 세 켤레다, 네 켤레다, 제각기 들고 일어섰다.

"여러분, 이럴 것이 아니라─이렇게 지껄이기나 하면 뭘 하오. 그러니까 우리는 어떻게 그 대책을 연구합시다."

"대책이래야 배합사를 두들겨주는 것밖에 수가 있나?"

누가 이런 말을 하였다.

"두들겨라."

"때려라."

몇 사람이 응하였다. '하하하' 웃는 사람도 있었다.

"담뱃불 좀 주게."

딴소리하는 사람도 있었다.

"좀 조용들 해요. 문제를 좀 구체적으로 생각해봅시다그려."

그들은 머리를 모으고 의논하였다. 제각기 의견을 제출하였다. 그러던 끝에 마침내 B의 의견을 좋아서 지배인에게 배합사를 주의

시켜 달라기로 결정되었다. 그리고 그 대표자로는 A가 뽑혔다. A는 그 직책을 달갑게 받았다.

　모든 장화공의 성원 아래 그들을 문밖에 남겨두고 A는 지배인의 앞에 갔다. 지배인은 무슨 일이 났는가 하고 눈이 둥그렇게 되며 장부를 집어치웠다.

　"무슨 일이어?"

　"저 다름이 아니라……."

　A는 분명하고 똑똑하게 이즈음 유화^{황과 화합하는 일}할 때에 불량품이 많이 발견되며, 이 때문에 장화공들이 받는 손해가 막심하니 배합사를 불러서 좀 주의하도록 명하여 달라고 말하였다.

　지배인의 명으로 배합사가 왔다.

　"이즈음 배합이 나빠서 불량품이 많이 난다는데……."

　이 지배인의 말에 대하여 배합사는 즉시로 반대하였다.

　"네? 그럴 리 있겠습니까? 꼭 저울로 달아서 이전과 같이하는 배합에 변동이나 착오가 있을 리 없습니다. 아마 네리^鍊가 부족한 모양입지요."

　"네리? 그러면 네리공을 불러."

　네리공이 왔다.

　"네리를 이즈음 어떻게 하나?"

　"전과 같습니다."

"그래두 생고무 품질이 나빠서 불량품이 많이 난다는데?"

"네리에는 부족이 없습니다. 그럼 혹은 유화가 과하거나 혹은 부족하거나 하지 않습니까? 유화시킬 때의 취급이 너무 거칠지는 않습니까?"

"어디 유화공을 불러봐."

유화공이 왔다.

"이즈음 유화를 어떻게 하나?"

"네?"

"이즈음 불량품이 많이 나는 건 알겠지?"

"네?"

"왜 잘 유화시키지 않아?"

"천만에, 붙이기를 잘못 붙이는지는 모르겠습니다만, 유화에는 잘못이 없습니다. 기압 오십 파운드로 한 시간 반씩 과부족이 없습니다."

배합에서 네리로, 유화로, 이 세 책임자의 말을 듣는 동안 A의 머리는 점점 수그러졌다.

'내가 무엇하러 여기 들어왔는가? 서로 책임을 밀고 주고…… 여기 들어온 나부터가 벌써 마음을 잘못 먹지 않았나? 사람이란 당연히 제가 져야 할 책임까지도 남에게 밀지 않고는 살아가지 못하나. 여기 들어온 나부터가 잘못이다. 아무리 배합이 나쁠지라도, 아무리 네리가 부족할지라도, 아무리 유화가 잘못 되었을지라도 성심껏

붙이기만 하면 안 붙을 바가 아니었다. 왜 그 책임을 남에게 밀려 했는가? 위로, 위로, 좀 더 사람다이.'

감격키 쉬운 그의 눈에는 눈물까지 괴려 하였다.

"자네도 듣다시피 제각기 잘했노라니까 어느 편이 잘못했는지 모르겠네그려. 허허허."

지배인은 수염을 쓰다듬었다.

"네, 듣고 보니 아마 붙이기를 잘못한 것 같습니다."

A는 머리를 숙인 채 돌아서서 지배인실을 나왔다.

그가 머리를 숙이고 직공들 틈을 지나갈 때에, 어떤 여공이 그를 멍텅구리라 하였다. A는 그 말을 들은 체도 않고 빨리 공장으로 돌아와서 제 모자를 뒤집어쓰고 도시락 갑을 꽁무니에 찼다. 그리고 막 밖으로 나오려다가 B와 마주쳤다.

"잘 만났네. 술 안 먹겠나? 내 한턱냄세."

"뭐, 술! 만세, 좌우간 오늘 일을 끝내고……."

"에, 불쾌해!"

"왜 그러나? 하하하, 제각기 책임을 밀던가? 그런 거라네, 사람이란 건…… 거기서 장화공들이 붙이기를 잘못하였나 보다 하던 자네의 태도는 예수 그리스도이데, 예수 그리스도야. 예수, 석가여래, 하하하하, 하여간 좀 있다 술을 잊어서는 안 되네. 그리스도의 술을 얻어먹기가 쉽겠나?"

이튿날 아침 몹시 목이 말라서 깬 때는, A는 뜻밖에도 도순의 집에 있는 자기를 발견하였다. A는 벌떡 일어났다.

정신이 아득하였다.

'이게 무슨 일이냐? 이게 무슨 짓이냐?'

무한한 자책과 불쾌 때문에 가슴이 찢어지는 듯하였다. 증오에 불타는 눈을 도순의 얼굴에 부었다. 얼굴에 발랐던 분이 절반만큼 지워져서 버짐 먹은 것같이 된 면상에 미소를 띠고 있는 도순을 보니 불쾌감이 더욱 맹렬해졌다. 그 얼굴에 침을 탁 뱉고 싶었다. A는 황급히 일어났다. 무엇이라 그의 등을 향하여 도순이가 부르짖었지만 듣지도 못하였다. 문 닫고 가란 말만 간신히 들렸다.

그 집을 뛰쳐나온 A는 '자, 어디로 가나' 하였다.

밤을 다른 데서 보내고 이제 어슬렁어슬렁 제 집으로 돌아가기에는 그의 양심은 너무도 맑았다. 지금껏 아내 이외의 딴 계집을 접해본 일이 없는 그였다.

'무슨 짓이냐, 이 내 꼴은?'

불쾌하였다. 침이 죽과 같이 걸게 되었다. 마음은 부단히^{끊임없이} 향상을 바라면서도 행위에 있어서 양심과 배치되는 일을 저지르는 제 약함을 스스로 꾸짖어 마지않았다. 그는 불쾌한 감정 때문에 연하여 사지를 떨면서 골목에서 거리로, 거리에서 골목으로 빙빙 돌고 있었다.

'아아, 거친 삶이다. 바보, 바보, 왜 나는 좀 더 사람답게 못 되는

가. 사람으로서의 사랑과 감정과 양심—이것을 왜 기르지를 못하느냐? 위로, 위로, 좀 사람다이!'

그는 메스꺼운 듯이 침을 뱉고 하였다. 하릴없이 공장으로 갔다. 하루 종일 불쾌하게 지냈다. 공장에서 일할 동안 저편 여직공들의 일터에서 무엇이 좋다고 재재거리는 도순의 뒤태도를 증오에 불붙는 눈으로 수없이 흘겼다.

"벌써 잊었느냐? 에익, 더러워. 한 사내와 한 계집의 결합이라는 것은 결코 농담이 아닐 것이다. 무지無知로다. 더럽다."

소리까지 내어서 중얼거리고 하였다. 여전히 천하를 태평히 보자는 B는 일손을 멈추고 A를 돌아보며 웃었다. 그러나 A는 그의 미소에는 응하지 않고 타는 듯한 증오의 눈을 B에게 보낼 뿐이었다.

"오늘 밤도 또 가려나?"

응하지 않는 것을 탓하지 않고 B가 두 번이나 말을 붙일 때에, A는 몸까지 홱 B편에서 돌려버리고 말았다.

그러나 그날 밤, A는 혼자서 몰래 술을 몇 잔 먹은 뒤에 또다시 도순의 집의 문을 두드렸다. 아직 양심이 썩지 않은 A는 자기의 양심이 어긋나는 이 행동에 대하여 억지로 자기 스스로를 속일 핑계라도 없지 않을 수 없었다. 그는 자기 스스로를 속여서 도순에게 한 사내와 한 계집이 결합이라는 것은 좀 더 엄숙히 볼 문제라는 것을 설교해주겠다고 핑계를 만들었다.

배합사와 장화공 사이의 문제는 A의 철저치 못한 태도와 지배인의 '허허허' 하는 웃음소리로 한 단락을 맺은 듯하나, 그것으로 온전히 끝난 것이 아니었다. 이튿날도 불량품을 낸 직공에게마다 배합사에 대한 원성이 나왔다. 그 이튿날도 마찬가지였다. 이리하여 날이 지날수록 그들의 원망은 차차 더하였다. 그러나 거기 대하여 구체적으로 어떻게든지 하자는 사람은 없었다.

"제길, 도적놈."

이것이 그들의 최고 원성이었다.

A는 지배인에게 이제부터는 잘 붙여보겠노라 하고 나온 뒤로 정성을 다하여 붙였다. 전에는 하루 열여섯 켤레 붙이던 그가 그다음부터는 열두 켤레를 한하고 붙였다. 그러나 이틀에 한 켤레씩은 역시 불량품이 나왔다. 아무런 일에든지 '되는대로'를 표방하고 지나는 B에게서는 하루 평균 세 켤레가 났다.

어떤 날, 브러시질 하던 손을 멈추고 B를 찾았다.

"여보게 B, 이러다가는 참 안 되겠네."

"뭐가?"

"불량품 문제 말일세."

"하하하, 자네도 걱정이 나는가? 붙이기만 잘 붙여보게나—아닌 게 아니라 걱정일세. 그래서 어저께 나 혼자 몰래 지배인을 찾아갔다네. 그자 ^{지배인}하구 우리 집하구는 본시 세교 ^{대대로 가깝게 지냄} 집안이기 때문에 내가 아무리 일개 직공이라 해도 그리 괄시를 못한다네.

그래서 담판을 했지. 배합사를 내쫓아달라구. 그랬더니 그 대답이 이렇더구만. 지금의 배합사는 이 공장이 창설될 때 공장에서 일부러 고베^{일본 효고현에 있는 시}까지 보내서 수천 원을 삭여가면서 배합법을 도둑질해온 거라구. 그래서 보통 배합사라면 한 달에 월급 일백이십 원은 줘야 하는데, 그자에게는 월급 그 반액 육십 원밖에 안 준단다. 십 년 동안을 육십 원씩 주고, 그 뒤부터야 보통 배합사의 월급을 준다네. 그런 사정이 있으니까 내보낼 수 없대."

"B, 난 어젯밤에 이런 생각을 해봤는데 어떨까. 우리 장화공의 수효가 삼백 명이 아닌가. 그 삼백 명이 한 달에 네 켤레씩 불량품을 낸다면 그 공전 손해가 육십 원이지? 그리고 불량품을 낸 배상으로 이천사백 켤레의 공짜 신까지 합하면 매달 일백팔십 원이라는 돈이 떠오르네그려. 그 떠오르는 돈으로, 즉―우리 돈으로 말일세, 우리 돈으로 우리가 배합사 한 명과 네리공 한 명을 야도우^{고용의 일본말}해보면 어떨까 하는 말이야. 공장 측 배합사와 네리공을 감독하는 셈일세그려. 우리가 지금 배합이나 네리가 나쁜 탓으로 받는 손해가 한 달에 한 사람 네 켤레는 될 걸세그려."

"만세! A 만세! 씨르럭 푸르럭 톨스토이식의 헛소리나 하는 자넨 줄 알았더니 이런 지혜도 있었나? 만세, 만세, 만만셀세. 그렇지만 역시 공상가의 생각일세. 도련님의 생각이야. 샌님 도련님, 직공들이 이 말을 들을 줄 아나? 배합이 나빠서 한 달에 일만 원을 손해를 볼지언정 그것을 개량할 비용으로 십 전은커녕 일 전도 안 낸다네."

"그럴 리야 있겠나?"

"그러기에 자네는 샌님이라지, 하하하하."

"사리^{일의 이치}를 설명해."

"사리? 사리를 알 것 같으면 자네 같은 철학자나 나 같은 주정꾼이 되지. 좌우간 말해보게나, 나쁜 일은 아니니깐."

A는 다시 브러시를 들었다. B의 이야기는 독단^{혼자 판단하거나 결정함}이었다. 사람의 사람으로서의 신성함을 무시하는 독단이었다. A는 다시 그 이야기를 B에게 안 하려 하였다. 그리고 이튿날 공장에 출근할 때는 그는 어저께 B에게 이야기한 것과 같은 규맹서^{規盟書}를 작성해서 왔다. 점심때를 이용하여 그는 B에게 도장 찍기를 원하였다. B는 웃으면서 찍었다. 그러나 다른 사람에게는 좀처럼 도장을 받지 못하였다.

"도장을 못 가져왔구려."

어떤 사람은 이렇게 대답하였다.

"다들 찍으면 나도 찍지요."

어떤 사람은 이렇게 대답하였다.

"집에 가서 의논해야겠네."

어떤 사람의 대답은 이것이었다.

이리하여 그가 받은 도장은 삼백 명 직공 가운데서 겨우 열서너 사람에 지나지 못하였다.

그날 일을 끝내고 몹시 불유쾌하여 돌아가려 할 때 B가 따라왔다.

"어때, 몇 사람이나 받았나?"

"에익, 더러워! 짐승만도 못한 것들."

"하하하하, 안 찍던가? 글쎄 내가 그러지 않았던가? 안 찍네, 안 찍어."

"돼지, 개!"

"몹시 노여우신 모양일세그려. 술 먹고 싶지 않은가? 한턱내게."

A는 B의 얼굴을 바라보았다. 그리고 B의 얼굴에 뱉으려고 준비하던 침을 땅에 탁 뱉은 뒤에 돌아서서 빠른 걸음으로 집으로 향하였다.

도순과의 일이 있은 뒤부터 A는 자주 도순을 찾았다. 도순이 집을 다녀온 이튿날마다 몹시 불쾌하여 다시 안 가려고 맹세하고 하였다. 그러나 그의 발은 뜻하지 않고 그리로 향해지고 하는 것이었다. 공장에서는 도순과 A는 서로 모른 체하였다. 처음 한동안은 도순이가 말을 붙여보려 하였으나 A가 부끄러워 피하고 하였다. 그 뒤부터는 도순이도 모르는 체하였다. 간간 도순이가 A의 곁으로 지나다가 꼬집고 하는 것뿐이었다.

그것은 오월 단오가 가까운 어느 날이었다. A가 저녁을 먹고 거리(?)에라도 나갈까 하고 망설이고 있을 때에 아내가 찾았다.

"어디 또 나가려우?"

"응."

"여보, 응이 대체 뭐요, 응이 뭐야? 집안 꼴 좀 봐요. 쌀이 있소, 내일 모레가 명절인데 아이 옷이 있소?"

"우루사이 온나다나 ^{귀찮은 여편네로군}!"

"할 말 없으면 저런 말 한담."

아내는 어이없는지 '핏' 하고 웃었다. A도 그만 웃어버렸다. 그리고 싱겁게 귀동이^{그의 두 살 난 아들}를 두어 번 얼러본 뒤에 집을 나섰다.

집을 나선 그는 B를 찾아가서 B를 문간까지 불러냈다.

"여보게 B, 돈 한 이 원만 취해주게."

"밤중에 돈은 해서 뭘 하겠나?"

"집에 쌀이 떨어졌네그려."

"뭐? 쌀? 그거야 되겠나? 가만있게, 이 원으로 되겠나? 한 오 원 줄까?"

A는 B의 얼굴을 바라보았다. 천하만사를 되는대로 해나가는 듯한 B─그가 집에는 생활 비용을 여유 있게 남겨두며, 친구의 청구에 두말없이 꾸어주는 그의 태도, 눈물이 나오려 하였다.

"오 원이면 더 좋지."

"잠깐 기다리게."

B는 들어가서 제 아버지(?)와 중얼중얼하더니 오 원을 가지고 나왔다.

"자, 쓰게. 딴 데는 쓰지 말게."

"이 사람아."

이런 일에 감격키 쉬운 A는 눈물이 나오려는 것을 막고 B에게 사례를 하고 돌아섰다.

집에 들어서면서 장한 듯이 홱 내던진 그 물건들을 아내는 생긋이 웃으면서 집어치웠다. 제 저고릿감에 대하여는 그는 그다지 기뻐하는 듯이 보이지 않았다. 한순간 펴본 뿐, 곧 집어치웠다. 자리에 누워서도 '당신의 옷이나 끊어 오지요' 할 뿐, 제 것에 대한 치하는 안 했다. 이튿날 아침, A가 깨어서 세수를 하려고 문을 열 때였다. 혼자서 불을 때며 제 저고릿감을 뒤적이고 있던 그의 아내는 A의 나오려는 바람에 얼른 감추어버렸다. 얼굴이 주홍빛이 되었다. 말도 없고 표정도 없었지만, 얼마나 좋아하는지가 역력히 보였다.

집을 나서서 공장으로 가는 동안, A의 마음은 명절을 맞은 어린아이들과 같이 괴상히도 들먹거렸다. 무한 명랑하고 기뻤다. 단 일원, 그것으로 아내의 마음을 그만큼 기쁘게 할 수 있는 것이었다. 싸지 않느냐.

그는 문득 도순을 생각하였다.

연애? 그것도 아니었다. 성의 불만? 그것도 아니었다.

유쾌? 오히려 그 반대였다. 여성 정복이라는 일종의 병적 쾌감이, 그를 도순에게 끄는 유일한 원인이었다. 그것은 더러운 감정이었다.

'위로—위로—.'

이리하여 그는 도순의 집을 다시 가지 않았다. 공장에서도 할 수 있는 대로 도순을 보지 않으려 하였다.

집에 누워서 때때로 그 도순의 일을 회상하고는 심란해질 때는 언제든지 귀동이를 찾았다.

"야, 귀동아!"

"어?"

"응, 너 착하지."

"까―따―빠―."

"뭘?"

"따―떼여이!"

"그렇지. 따, 떼, 여이지."

그리고 그는 거기서 도순과 만났을 때와는 온전히 종류가 다른 만족과 희열을 발견하였다. 귀동이의 '까, 따, 빠'는 도순의 흥에 지지 않을 매력이 있었다. 제 아내에게 무슨 물건을 사줄 때마다 본체만체하는 아내의 태도는 사다 주는 물건에 입을 맞추며 기뻐서 날뛰는 도순이보다도 A에게는 은근스럽고 흡족하였다.

그의 생활은 다시 건전한 데로 돌아섰다.

여름도 절반이 갔다.

그 어떤 여름날 공장을 끝내고 돌아오는 길에, A는 문득 앞에 B가 도순이를 끼고 소곤거리면서 가는 것을 보았다.

집에 돌아와서 저녁을 먹은 뒤에 곤하여 자려 하였으나 그의 마음은 공연히 뒤숭숭하였다.

"아빠."

귀동이가 찾으면서 왔다. 그러는 것을 그는 밀었다.

"저리 가!"

"따 띠?"

"뭘?"

"여이 따―떼이."

"엄마한테 가."

"마?"

"응, 응."

A는 벌떡 일어났다. 더워하면서 그는 모자를 쓰고 집을 나섰다. 야시^{야시장}며 일없이 거리를 빙빙 돌다가 아홉 시쯤 하여 도순이의 집 앞에 가서 귀를 기울였다.

"올빼미 같으니."

"흥, 넌 싱검둥이지?"

안에서는 확실히 B와 도순의 목소리가 들렸다. A는 문을 두드렸다. 안의 소리들은 끊어졌다. A는 두 번째 두드렸다. 대답은 없었다. A는 또다시 두드렸다. 세 번째야 '누구요?' 하는 소리가 건넌방에서 들렸다.

"도순이 있어요?"

"놀러 나갔소."

"언제쯤이오?"

"아까요."

A는 획 돌아섰다.

'나를 따는구나. 있고도 없다고. 짐승들! 더러워! 더러워!'

거기서 돌아선 그는 그로부터 두 시간쯤 뒤에 도순의 집에 이르렀다. 그때는 그는 먹을 줄 모르는 술에 정신없이 취해 있었다.

"도순이!"

그는 몸 전체로 대문을 받았다. 그리고 그 여력으로 넘어진 그는 주저앉은 채로 대문을 찼다.

"도순이!"

한 마디 부르고는 앉은 채로 서너 번씩 대문짝을 차고 하였다.

'지금 연놈이 끼고 누워 있나?'

"어이, 나가네."

이윽고 안에서 대답 소리가 났다. B의 목소리였다.

"이 사람아, 좀 기다려. 대문 쪼개지겠네."

안에서 문 여는 소리가 나고, 신발 끄는 소리가 나고, 대문이 덜컥덜컥하다가 열렸다.

"자, 들어가세."

A는 그만 싱겁게 일어났다.

"B인가, 난 누구라구. 가겠네. 어, 취해."

"들어가세나."

"가겠네, 재미 보게. 응, 재미 봐."

A는 뿌리치고 돌아섰다.

"바보! 바보! 뭘 하러 거기까지 다시 갔던가? 이야말로 태산을 울린 뒤에 겨우 쥐 한 마리란 격이로구나."

술과 불쾌 때문에 그는 귀가 어두워지고 눈이 어두워졌다.

"바보! 바보! 이게 무슨 창피스러운 꼴이냐?"

"집에만 돌아가면 즐거운 가정이 있지 않느냐? 귀동이가 있지 않느냐? 아내가 있지 않느냐? 시골에는 늙은 어미가 있지 않느냐? 그리고 그들은 모두 나 하나를 힘 입고 살고 있지 않느냐? 나는 그들을 돌볼 권리와 의무가 있지 않느냐? 나는 사람이다. 위로!"

술과 노여움으로 흥분된 A는 혼자서 중얼중얼 말을 하면서 고개를 푹 숙이고 거리거리를 비틀거리며 돌아다니고 있었다. 그러다가 어디선지 쓰러져 자버렸다.

이튿날―새벽에 길로 뛰쳐나왔다.

A는 오늘은 공장을 쉴까 하였다. 공장에서 B를 만나기가 싫었다. 그러나 갈 데가^{이 이른 새벽에} 없어서 빙빙 돌다가 오정쯤 드디어 공장으로 갔다.

"요!"

B는 여전히 손을 들어 인사하였다. 이것은 A에게는 의외였다. B는 부끄러워하려니 하였다. 그런 일이 있고 뻔뻔스럽게도 천연하랴? 그날 일을 하는 동안에 B에 대한 시기가 차차 커가다가, 그 시

기가 노염이 되고 노염은 종내 대수롭지 않은 일로 폭발이 되었다.

B는 자기의 브러시가 보이지 않았던지, A의 승낙도 받지 않고 A의 브러시를 집어갔다.

"이 자식—남의 것을 왜 집어가는 거야?"

A는 붙이던 신을 상 위에 놓은 뒤에 팔을 내밀었다. B는 브러시를 빼앗기지 않으려는 듯이 손을 돌렸다.

"자네 것이면 좀 못 쓰나."

"내 해껏, 내 것, 내, 내, 내 해야."

A는 숨을 덜컥덜컥하였다.

"야, A, 비싸게 굴지 마라."

"뭘? 이리 못 내겠느냐?"

"내 쓰고 주지 않으랴."

"에익!"

A는 주먹으로 B를 쥐어박았다. 눈에 충혈이 되면서 일어섰다. 이 통에 다른 직공들도 왁 하니 일어서서 둘러섰다. 큰 구경이 난 것이다. 그 가운데서 일단 넘어졌던 B는 옷의 먼지를 털면서 일어났다. A는 B가 달려들 줄 알고 그 준비를 할 때에, B는 옷을 다 털고나서 앞에 놓인 꽤 굵은 쇠뭉치를 잡았다. 그리고 무릎을 쇠뭉치의 중간에 대고 양손으로 쇠뭉치의 양 끝을 잡아 힘껏 당겼다. 쇠뭉치는 그 두려운 힘에 항복하는 듯이 구부러졌다.

"A, 이봐, 내가 힘으로 너한테 지는 바는 아니다. 그렇지만 너한테 차마 손 못 대겠다. 네 브러시를 쓰지 않으면 그뿐 아니냐. 옛다, 받아라! 네 브러시로다."

B는 브러시를 A에게 던졌다. 그리고 제 브러시를 얻어가지고 방금 그 분쟁을 잊은 듯이 제 일을 시작하였다. 그 오후, A는 일할 동안 몇 번을 B를 몰래 보고 하였다. A는 지금 브러시가 아니라 그보다 더한 것이라도 B가 달라기만 하면 곧 주고 싶었다. 아까의 제 행동을 뉘우쳤다. 부끄러운 일이라 하였다. 사람의 짓이 아니라 하였다. 저녁때 일을 끝내고 돌아가려 할 때 A는 공장 문밖에서 B를 기다렸다.

"여보게, B!"

"또 싸움을 하……."

"아까는 미안하이."

"하하하하, 사죄인가. 경우 밝은 녀석일세. 세 시간도 못 지나 사죄할 일을 왜 한담. 그런데^{또 콧노래 한가락 하고 나서} A, 브러시가 그렇게 아깝던가?"

A는 머리를 숙였다.

"B, 웃지 말고 대답해주게. 도순……."

"하하! 아, 알았다. 아까 그 일이 거기서 나왔구나, 이 못난 자식아. 샌님이야, 술이나 먹으러 가자. 오늘은 내가 한턱하지."

A는 술을 피하고 싶었다. 그러나 B에게 미안한 생각은 A로 하여금 싫은 술좌석일지라도 기쁜 듯이 가지 않을 수 없게 하였다.

그날 저녁을 기회로 A의 생활은 또다시 불규칙하게 되었다.

또다시 술, 계집…….

그날 저녁 B는 얼간이를 소개하였다. 얼간이는 싱겁게 웃은 뒤에 이를 승낙하였다. A는 순교자와 같은 비창^{마음이 몹시 슬프고 비참함}한 마음으로 이를 승낙하였고, 대단한 불쾌와 그 가운데 약간 섞여 있는 호기심으로 얼간이의 집으로 갔다.

이날의 이 일은 A에게는 마치 아편의 독소와 같았다.

'위로, 위로, 더욱 높은 데로!'

마음으로는 여전히 향상을 바라고 부단의 자책과 공포를 느끼면서도 그의 이성, 그의 양심을 무시하고 그의 행동은 어긋나는 길로 가는 것이었다.

그날의 그 일은 A의 양심의 첨단^{물체의 뾰족한 끝}을 갈아내는 줄이었다. 커다란 이 줄에 끝을 쓸려나간 그의 양심은 그로 하여금 얼굴 붉힐 일을 연하여 행하게 하였다.

아침 자리에서 일어날 때는 언제든 그는 이즈음의 제 생활을 돌아보고 커다란 부끄러움을 느끼고 하였다.

'고쳐야겠다. 이런 생활에서 어서 떠나야겠다.'

이런 생각이 아침에 일어날 때마다 그의 마음을 지배하였지만, 공장에서 돌아올 때에 동무들이 그의 어깨를 한번 툭 치는 것을 기회로 그의 양심은 자취를 감추고, 또다시 그들과 어깨를 겯고 좋지 못한 곳을 찾아가는 것이었다. 그런 뒤에는 술과 계집과 방탕이 시작되는 것이었다.

술은 언제든 A의 마음을 무겁게 하였다. 남들은 술이 들어가면 언제든 마음이 들뜬다 하나, A의 속에 들어가면 언제든 마음이 차차 무거워갔다. 순교자와 같은 비참한 마음이 늘 생겼다. 술은 언제든 그의 양심으로 하여금 분기케 하였다. 제 거친 생활을 뉘우치게 하였다. 취기가 들면 들수록 그는 자기의 비열하고 참되지 못한 생활과 행동을 뉘우치게 하였다.

그리고 이런 곳에 같이 따라온 제 약한 마음을 채찍질하였다.

'위로—위로—.'

'아아!'

지금은 주량도 무척 는 그였다.

불량품 문제는 이전의 그 자리에서 조금도 진척되지 않았다. 역시 불량품이 많이 났다. 그러나 거기 대하여 제각기 불평을 말하면서도 어떤 조처를 하자고 발의^{의견을 내놓음}를 하는 사람도 없었고 생각조차 하는 사람도 없었다.

"제길! 또?"

이것이 그들의 가장 큰 원성이었고, 가장 큰 반항이었다. 그 이상은 아무것도 없었다. 더구나 여름이라 하는 시절은 고무공업은 한산한 시절이라 공장주 측에서도 아무런 조처도 없었다. 직공은 직공대로 다만 목 잘리지 않기를 위주^{으뜸으로 삼음}하였다. 이리하여 많은 '제기'와 많은 불량품 가운데서 한산한 여름은 지나갔다.

어떤 날 낮, 배합사가 A와 B를 찾아서 저녁때 좀 조용히 만나기를 청하였다. 저녁때 배합사와 A와 B의 세 사람은 어떤 조용한 중국 요릿집에 대좌^{마주 대하여 앉음}하였다. 처음에 두어 마디 잡담이 돌아간 뒤에 배합사는 옷깃을 바로 하며 눈은 아래로 떨어뜨리고,

"오늘 부러 두 분을 청한 것은 다름이 아니라, 특별히 부탁할 일이 있어선데 들어주시겠습니까?"
하고 공손히 부탁하였다.

A는 B의 얼굴을 보았다. B는 배합사의 얼굴을 보았다. 그리고 아무 대답도 없는데 배합사는 또 말을 꺼냈다.

"들어주시겠습니까가 아니라, 꼭 들어주셔야겠습니다. 이것은 내게뿐만 아니라 노형들에게 해롭지 않은 일이외다."

"어디 말씀해보세요."

B는 담배를 붙여 물고 배합사를 바라보았다.

"네, 형공 두 분을 믿고 말씀드리리다. 다른 게 아니라, 그 배합에 대해서 언젠가도 이야기가 났었지만…… 불량품이 많이 나는 건 역시 배합사가 나빠서 그래요. 부끄러운 말씀올시다만 내 집안 식구가 열셋이야요. 그런데 내가 여기서 받는 월급이 겨우 육십 원이겠지요. 그걸로 어떻게 열세 식구가 살아갑니까? 보통 배합사면 아무데를 가든지 월급은 백 원이 넘습니다. 그런데 이 공장과 나와의 사

이엔 특별한 관계가 있어서…… 그 관계란 것이……."

말의 순서를 잘 따질 줄 모르는 배합사의 선후며 연락이 없는 이야기를 종합하여 듣건대—그리고 정 이해가 어려운 곳은 다시 묻고 또 묻고 하여 알아들은 결론에 의지하건대, 그의 말의 요지는 다음과 같았다.

먼저 그는 자기가 이 공장의 돈으로 고베까지 파견되어 배합법을 배워온 경유를 말한 뒤에 말을 계속하여—자기는 분명 그 은혜가 크기는 크다. 금전으로 바꾸지 못할 귀중한 보배, 마를 길 없는 지식의 샘^{배합법이라는}, 공장의 덕으로 머릿속에 잡아넣기는 넣었다. 그 은혜의 큰 바를 모르는 바는 아니지만 한 달에 겨우 육십 원이라는 봉급으로는 열세 식구가 살아갈 수 없다. 그러나 십 년 만기까지는 이 공장에 팔린 몸이매, 제 자유로 나갈 수도 없다. 은혜 내지는 의리와 현실생활—이러한 딜레마에서 헤매던 그는 마침내 한 가지의 방책을 발견한 것이었다. 즉 공장에서 자기를 내쫓도록 수단을 쓰는 것이었다. 그래서 그는 부러 배합을 허투루 하여 고무가 붙지 않도록 하였다. 그리고 직공 측에서 문제가 일어나기를 기다렸다.

그러나 그의 기대와 달리 잠시 일어나던 문제는 사라지고, 그러는 동안에 고무공업계의 한산기인 여름이 되어서 그냥 잠자코 있었는데—아무리 해도 육십 원의 월급으로는 열세 식구가 먹고살 수 없으니, 직공 측에서 운동을 하여 자기를 내쫓도록 해달라는 것—이것이 배합사의 부탁의 뜻이었다.

"A, 자네 의견은 어떤가?"

배합사의 이야기를 들은 뒤에 B는 A에게 먼저 의견을 물었다. 모든 일을 농담으로만 넘겨버리려는 B의 얼굴에도 이때만은 비교적 엄숙한 기분이 되었다.

"글쎄……."

A는 이렇게 대답할 뿐이었다. 이즈음 술과 허튼 생활로써 마비된 A의 머리는 이런 일에 임하여 갑자기 옳은 판단을 내릴 수 없었다. 온갖 일이 권태의 대상이요, '감동'이라 하는 것을 잃어버린, 한낱 기계와 같이 되어버린 A의 머리에는 이러한 미묘한 감정에 얽힌 인생 문제는 판단을 내릴 수 없었다.

"글쎄……."

또 한 번 뇌면서 A는 곤한 듯이 담배를 붙여 물었다.

1. 열세 식구와 육십 원—이러한 괴로운 경지에서 배합사가 쓴 수단, 그것은 비열한 수단에 틀림없으나, 사랑하는 부모처자의 구복^{먹고살기 위하여 음식물을 섭취하는 입과 배}을 위해서 할 수 없이 쓴 수단이니 배합사의 행위는 용납할 것인가?

2. 저부터 살고야 볼 것인가, 남부터 살릴 것인가?

3. 배합사는 공장의 덕택으로 일생을 써먹어도 마를 길이 없는 귀한 보배인 지식을 얻었다. 여기에 대한 의리와 의무를 벗어버리려는 배합사의 행위는 옳은 것인가, 그른 것인가? 만약 옳다 할진대 그것은 에고이즘^{이기주의}이다. 그르다 할진대 너무 도학적^{도덕에 충실한}

나머지 현실과는 동떨어진 것이다.

4. 자기의 한 가족을 위하여 몇 달 동안 삼백여 명의 직공과 수천 명의 가족들을 괴롭게 한 그 행위는 밉다 볼 것인가?

5. 비열한 행동은 해서 못쓴다.

6. 밥은 먹고야 산다.

7. 그러나 '정당한 행위'와 밥이 서로 배제될 때는 어느 길을 취해야 하나?

순서 없이 연락 없이, 그리고 한 토막의 해답도 없이 이런 생각이 A의 머리에 얽혀 돌아갔다.

B가 지금껏 먹던 담배를 휙 내던지고 코를 두어 번 울렸다. 배합사를 찾았다.

"좌우간 여보 노형, 혼자를 위해서 몇 달 동안 배합을 못되게 해서 삼백여 명의 직공을 손해 입혔으니 그게 무슨 비열한 짓이오? 지금 새삼스러이 성내야 쓸데없는 일이지만, 미리 서로 어떻게든 의논했으면 좀 더 달리 변통할 도리라도 있었지요."

"면목 없습니다."

"면목? 면목쯤으로 당하겠소. 좌우간 우리는 어차피 노형을 배척은 해야겠소. 그건 노형을 위해서가 아니고 우리를 위해서 하는 일이지만…… 이 뒤 다른 데 가서라도 그런 짓은 아예 다시 하지 마오―A, 자네 돈 가진 것 있나?"

A는 주머니를 뒤졌다.

"일 원밖에 없네."

"일 원 내게."

"뭘 하겠나?"

"글쎄, 내게."

B는 돈을 받아가지고, 보이를 불러서 회계를 명하였다. 배합사가 창황히 ^{어찌할 바를 모르게} 말렸다.

"이보세요, 이번 것은 내 내지요. 두 분께 부탁할 일이 있어서 부러 청한 것이니깐."

"걱정 마시오. 조합 식으로 합니다. 이런 부탁을 받으려고 음식을 먹었다면 우리도 속으로 불유쾌하니깐 삼분해서 내기로 합시다."

B는 눈을 들어서 A와 배합사를 번갈아 보았다. 커다랗게 뜬 오른편 눈을 약간 떠는 뿐, 아무 표정도 없는 B의 얼굴과 부끄러움으로 풀이 죽은 배합사의 얼굴을 번갈아 보는 동안, A의 마음에는 '감동'이라고밖에는 형용할 수 없는 괴상스러운 감정이 생겼다. 그리고 그것은 이즈음 한동안은 그의 마음에서 발견할 수 없던 감정이었다. A의 눈도 약하게 떨렸다.

삼사 일 동안 그 배합사의 문제는 A와 B 두 사람이 아는 뿐, 일체 누설치 않았다. 온갖 일에 대하여 자기의 푯대의 주장을 가지고 있는 B는 이런 일을 당할지라도 주저하지 않고 일을 진행시켰다.

A의 든 바,

1. 임금 인상

2. 대우 개선

3. 배합사 해고

이 세 가지의 문제에 대하여 B는 웃어버렸다.

'배합사 무조건 해고.'

B의 주장은 이 단 한 가지 조건이었다.

"소위 개선이라 하는 건 한 가지씩 점진적으로 해야 된다네. 한 꺼번에 여러 가지를 구했다가는 질겁을 해서 승낙을 안 해. 지금 우리에게 절박한 문제는 배합사가 아닌가. 게다가 공연히 '임금 인상'이며 '대우 개선'을 덧붙였다가는 공장주 측에서 질겁을 하고 물러서고 말리. 한 가지씩 한 가지씩 해나가면 손쉽게 될 가능성이 있는 걸, 공연히 섣불리 덤벼서 동맹파업이라 무엇이라 해가지고 피차에 손해를 보면 긁어 부스럼이야. 우선 급한 문제만 해결하고 기회를 봐서 서서히……."

그리고 또 이렇게 보태었다.

"또 공장주 측에서 배합사를 내쫓을 때 배합사를 유학시킨 비용을 증서로 받는다든가 하면 배합사가 불쌍하지 않은가! 우리 측에서 보면 배합사의 한 일은 괘씸하지만, 그것도 무슨 악의에서 나온 바가 아니고 자기의 밥을 위해서 한 거니까, 그 수단이 무지하기는 하지만, 그 사람의 장래도 생각해줘야 할 거야. '악의'는 용서할 수 없지만 '무지'는 용서할 여지가 있는 일이야. 그 사람도 노동자일세."

A는 이러한 B의 말을 들을 때에 막연하게나마 커다란 인류애를 느꼈다. 오른쪽 눈과 왼쪽 눈이 제각기 활동을 하는 사팔뜨기 B의 표정에는 이런 때는 신성하고 엄숙한 기분이 넘쳤다.

이러한 삼사 일 동안, A는 금년 여름을 보낸 그 들뜬 기분을 잊었다. 때때로 불끈 그 생각이 솟아오를 때는 그는 얼굴을 붉혔다. 그의 마음은 마치 핸들을 잡은 운전사와 같이 긴장되어 있었다. 온갖 술과 계집의 허위와 너털웃음의 들뜬 생활—여름 동안은 그렇듯 그의 마음을 끌고 그의 온 정신을 유혹하던 그 생활—더구나 삼사 일 전까지도 계속되던 그 생활은 이제 그에게는 이상한 애조^{구슬픈 곡조}로서 장사당한 한 옛적의 일과 같이 어떤 엷은 베일로 감추어져 버렸다.

B는 아무 일에도 구애됨이 없이 낮에는 천연히 일하였다.

"네 나이는 열아홉, 내 나이는 스물하나—니까, 너고 나고 언제는……."

늘 콧소리로 흥얼거리면서, 한편 불량품을 연하여 내면서, 때때로는 멀리 떨어져 있는 여공들의 일단^{한 무리}을 향하여 큰 소리로 농담도 던지면서 천연히 일을 하였다. A는 B를 부러워하였다. 아무런 일에 처해도 자기의 본심만은 잃지 않는 B는 어떤 의미로 보아서는 A에게는 영웅으로까지 비쳤다. 아무런 일이든 B는 그 일이나 마음을 지배하였지, 거기 지배당하지는 않았다. 꼭 같은 일을 A와 B가 할지라도 A에게 있어서는 '그 일에 끌려서 행하는 것'에 반하여 B

는 '그 사건을 지배'하였다. A에게는 B의 그 점이 몹시 부러웠다. 그리고 A는 막연하게나마 자기의 성격이라 하는 데 대해도 처음으로 이해의 눈이 벌려지기 시작하였다. 공장 노동이라 하는 것은 자기에게 적당치 않은 것을 어렴풋이 깨달았다. B와 같이 굳센 성격의 주인이거나, 그렇지 않으면 다시 소생할 여망^{아직 남은 희망} 없이 타락한 사람이 아닌 이상에는, 공장 노동이란 십중팔구는 그 사람의 성격을 파산시키며 순진함과 향상욕을 멸망케 하는 커다란 기관이란 것도 어렴풋이 짐작되었다. 검은 물은 들기가 쉽고, 따라서 무서운 전파력을 가졌다는 평범한 진리도 다시금 느꼈다.

며칠 뒤, 좀 두드러진 직공 몇 사람을 모아놓고 이번의 배합사 문제를 내놓고 배합사를 내쫓도록 공장 측에 요구하자는 의향을 그들 앞에 제출할 때에 반대가 있으리라고는 뜻도 안 하였다. 그 반대의 이유는 이러하였다.

"그럼 그 배합사는 부러 배합을 고약하게 해서 우리를 손해를 입혔단 말이지? 그러면 말하자면 배합사는 우리의 원수인데, 우리가 애써서 그 사람을 내쫓아서 봉급 많이 주는 데 갈 수 있게 해줄 필요가 어디 있단 말인가?"

거기 대하여 B는 이렇게 대답하였다.

"여보게, 그렇게 생각할 게 아닐세. 우리는 우리를 위해서 그것을 요구하는 것이지, 배합사를 위해서 요구하는 것이 아니네. 배합사가 잘되건 못되건 생각할 필요가 없고, 우리는 우리 문제, 즉 불량품이 많이 나는 문제만 없어지면 그뿐 아닌가. 배합사의 봉급 참견까지야 할 필요가 어디 있나?"

"글쎄, 남의 일은 참견 말고 우리 일이나 하세그려. 유조건 해고든 무조건 해고든, 그것까지야 왜 참견하자나?"

어떤 직공이 또 이렇게 반대하였다. 그리고 제 말재간을 자랑하는 듯이 둘러보았다.

"그건 궤변이야. 궤변은 함부로 쓰면 못써."

"궤변?"

그 직공은 '궤변'의 뜻을 모르는 모양이었다. 싱거운 듯이,

"궤변 아니야."

할 뿐 잠잠해버렸다. 다른 직공이 또 반대하였다.

"노동자는 제 밥벌이만 해도 바쁜데 원수까지 사랑할 겨를은 없네. 우리는 예수교인이 아니니까."

"이 사람아B의 말이었다, 말을 왜 그렇게 하나? 아무리 겨를이 없다해도 겸사겸사해서 해지는 일을 왜 피하겠나? 저도 좋고 나도 좋은일을, 왜 나만 좋자고 그 사람의 일을 일부러 뽑겠나. 그 사람—배합사도 노동잘세."

"그 사람은 양복 입었네."

또 반대였다.

"나도 양복이다."

B는 마침내 성을 내었다. 그는 발을 구르면서 죄다 해어진 양복의 앞자락을 쳐들었다. 왁 하니 웃음소리가 났다. 그러나 A에게는 이것은 결코 웃지 못할 장면이었다. 다 해져서 걸레에 가까운 알파카 양복의 앞자락을 쳐들며 일어서는 B의 모양에는 웃지 못할 엄숙함이 있었다. 문제는 진행되지 않았다. 변변치 않은 문제에 걸려서 제각기 의견을 제출하고 반대하고 하느라고, 그날은 종내 해결짓지 못하였다. 그리고 내일 다시 모이기로 하고 헤어졌다.

이튿날 다시 회의는 열렸다. 회의의 벽두^{일이 시작된 머리}에 누가 동맹파업의 문제를 일으켰다. 그때에 뜻밖에도 동맹파업이라 하는 것은 거기 모인 사람들의 흥미를 몹시 일으켰다. 뭇 입에서는 동맹파업을 부르짖는 소리가 높았다.

처음에는 어이없어서 방관적 태도로 입을 봉하고 있던 B가 너무도 모든 사람의 의견이 그리로 몰리므로 종내 입을 열었다.

"여보, 일에는 순서가 있지 않소? 먼저 우리의 요구를 제출해서 그 요구가 용납되지 않으면 동맹파업도 할 수 있는 일이지만, 동맹파업부터 먼저 한다는 법이 어디 있소?"

"요구야 물론 안 들을 게지."

"아, 들어줄지 안 들어줄지 지내봤소? 대체 여보, 당신네들이 알고 그러우, 모르고 그러우? 어쩔 셈이오?"

"알고 모르고가 있나?"

도리나레바^{노래 가사}를 부르는 사람이 있었다.

"여보들, 순서를 밟아서 일을 하면, 혹은 무사히 우리 요구를 들어줄지도 모를 일을 파업부터 하면 뭘 하오?"

"그래야 혼내우지."

"하하하하. 설사 혼이 난다 합시다. 혼이 나면—그동안 우리의 집안 식구는 어떻게 무얼로 살아갈 테요?"

"그런 걱정까지 해서 큰일을 하나."

"아아, 이 무지여! 외래사상外來思想을 잘 씹지도 않고 그저 그대로 삼켜서, 그것이면 무조건 좋다고 자기의 환경과 입장을 고찰하지도 못하고 덤비는 이 무리들이여……."

A에게는 딱하고 한심하기가 끝이 없었다.

B와 A의 의견과 다른 직공들의 의견 사이에는 현격한 차이가 있었다. 그 차이를 갖다가 맞붙이기는 힘들었다.

직공들의 대부분은 공연히 동맹파업이라는 생각에 들떠서 사리를 생각할 여유를 잃은 모양이었다.

문제는 해결되지 못한 채로 셋째 날로 넘어갔다.

문제는 닷새째 날에야 겨우 타협점을 발견하였다.

1. 배합사의 해고에 '무조건'이란 문구를 뽑을 것.

2. 공장 측에서 직공의 요구를 듣지 않는 경우에는 동맹파업을 하되, B와 A가 그 지도자가 되어줄 것.

이러한 조건 아래 타협이 성립된 것이었다.

그날 밤, A와 B는 교외에 산보를 나갔다. 벌써 저녁때는 꽤 서늘한 절기였다. 달 밝은 밤이었다. 소나무들은 커다란 그림자를 땅 위에 던져주고 있었다. A와 B는 잠자코 걸었다. 어떤 바위에까지 가서 걸터앉았다. 그러나 말은 없었다. 한참 뒤에 A가 먼저 입을 열었다.

"B, 나는 공장을 그만둘까 봐."

"찬성이네."

B는 간단히 대답하였다.

"그리고 시골로 내려갈까 봐."

"찬성이네."

"이즈음 한 주일을 거의 한잠도 못 자고 생각했는데, 참 못 견디겠어."

"글쎄, 시골로 가도 자네 같은 결벽^{악하고 그릇된 일을 극단적으로 미워하는}성질의 사람에게 만족이 될지 안 될지는 의문이지만, 도회보다야 낫겠지. 가보게."

말은 또 끊어졌다.

한참 뒤에 이번엔 B가 말을 꺼냈다.

"자네 결벽도 무던하네. 좌우간 도회, 더구나 공장 노동자로서는 그런 결벽을 가지고는 사실 성격까지 파산하겠기에 그 결벽을 없이 해보려고 나도 꽤 애를 썼지만, 자네 같은 벽창우^{고집이 센 사람} 결벽가가 이 세상에 있으리라고는 뜻도 못했네. 하느님의 초특작품이데."

A는 적적히 웃었다. 담배를 꺼내어 B에게 권하였다. 서너 모금

뻐금뻐금 빤 뒤에 A는 또 입을 열었다.

"어머님도 내려오라시고……."

"어머님? 참 어머님도 자네가 놀아난 것을 눈치챘겠지?"

"우리 처가 편지를 한 모양이야. 몹시 걱정하시던데……."

"부인은 나를 원망하겠네그려?"

"왜 안 원망하겠나?"

"하하하하, 나도 못된 놈이지."

B는 적적히 웃었다. A도 따라 적적히 웃었다.

"자네마저 가면 난 적적할세그려."

"피차."

B는 하늘을 우러러 콧노래를 불렀다.

"네 나이는 열아홉, 나는 벌써 스물셋이니까."

그러나 A에게는 이 노래가 몹시 구슬프게 들렸다.

A는 기지개를 켜면서 일어섰다.

이튿날 직공들은 공장에 자기네의 조건을 제출하였다.

공장 측에서는 한 주일의 유예를 청하였다. 한 주일 뒤에 가부간 회답을 하겠다는 것이었다. 그 기간이 끝나는 것을 기다리지 못하고—아니 기다리지 않고, A는 공장을 그만두고 처자를 거느리고 시골로 떠났다.

A가 시골로 내려간 지 두 주일쯤 뒤에 B에게서 편지가 왔다. 그 편지에는 이런 말이 씌어 있었다.

상략 공장 측에서는 직공 측의 요구를 다 승낙하였소. 그러나 직공 측에서는 역시 만족해하지 않았소. 왜? 다름이 아니라, 직공 측에서는 '동맹파업'이라는 것을 일종의 유희적 기분으로 기대하고 있었는데, 공장주 측에서 모든 조건을 승낙하니 '동맹파업'을 일으킬 구실이 없어지기 때문이오. 중략

무지 위에 '외래사상'을 도금한 것—이것이 현하현재의 형편 아래의 조선 상태외다. 타락과 시기 위에 신사상이라는 것을 도금한 것—이것이 도회 노동자의 모양이외다. 외래사상을 잘 씹지도 않고 삼켜서 소화불량증에 걸린 딱한 사람들이외다. 하략

이 편지에 대하여 한 A의 회답에 이런 말이 있었다.

상략 농촌도 도회 같지는 않으나 소화불량증이 꽤 침입이 되어 있소. 좋은 의사가 생겨나서 좋은 약을 발견하거나 발명하지 않으면 큰 야단이외다. 하략

−1930년

• • • • • • • •
벗기운 대금업자

"여보, 주인."

하는 소리에 전당국^{전당포} 주인 삼덕이는 젓가락을 놓고 이편 방으로 나왔습니다. 거기는 험상스럽게 생긴 노동자 한 명이 무슨 커다란 보퉁이를 하나 끼고 서 있었습니다.

"이것 맡고, 일 원만 주오."

"그게 뭐요?"

"내 양복이오. 아직 멀쩡한 새 양복이오."

삼덕이는 보를 받아서 풀어보았습니다. 양복? 사실 양복이라고밖에는 명명할 수 없는 물건이었습니다. 걸레라 하기에는 너무 무거웠습니다. 옷감이라고 하기에는 벌써 가공을 한 물건이었습니다. 그것은 낡은 스코치^{영국 스코틀랜드 남부에서 나는 면양의 털로 짠 모직물} 양복인데, 본시는 검은빛이었던 것 같으나 벌써 흰빛에 가깝게 되었으며, 전체가 속실이 보이며 팔꿈치와 무릎은 커다란 구멍이 뚫린—걸레에 가까운 양복이었습니다. 그리고 아무리 높이 보아도 이십 전짜리 이상은 못 될 것이었습니다. 그러나 의리상 삼덕이는 그것을 뒤적여서 안을 보았습니다. 안은 벌써 다 찢어져 없어졌으며, 주머니만 네 개가 늘어져 있었습니다. 이것을 어이없이 잠깐 들여다본 삼덕이는, 그 양복을 다시 싸면서 머리를 흔들었습니다.

"저, 다른 집으로 가보시지요."

"뭐요?"

"다른……."

말을 시작하다가 삼덕이는 중도에 끊어버렸습니다. 그 손님의 험상궂은 눈이 갑자기 더 빛나기 시작한 때문이었습니다. 손님은 툇마루에 쿵 소리를 내며 걸터앉았습니다.

"여보, 그래 이 집은 전당국이 아니란 말이오?"

"네, 저, 전당국은 전당국이외다만……."

"그래, 내 양복이 일 원짜리가 못 된단 말이오?"

"못 될 리가 있습니까?"

"그럼 왜 말이 많아? 아, 그래……."

"가, 가, 가만 계세요. 누가 안 드리겠답니까? 혹은 다른 집에 가면 더 낼 집이 있을까 하고 그랬지요. 드리다 뿐이겠습니까? 기다리십쇼. 곧 내다 드릴게."

삼덕이는 그 자리를 피하여 이편으로 와서 손철궤^{한 손으로 들고 다닐} 만한 작은 크기의 철판으로 만든 궤를 열어보았습니다.

그 속에는 단 이십삼 전!

"네, 곧 드리지요."

그는 손님에게 다시 한 번 허리를 굽혀 보이고 안방으로 들어갔습니다.

"여보, 마누라. 돈 팔십 전만 없소?"

"돈이 웬 돈? 무엇에 쓰려우?"

"누가 양복을 잡히러 왔는데, 이십 전밖에 없구려. 있으면 좀 주."

"없대두 그런다. 한데 대체 일 원짜리는 되우?"

"되게 말이지."

"정말이오? 당신이 일 원짜리라고 잡은 건 삼십 전짜리가 되는 걸 못 봤구려!"

"잔말 말고 그럼 나가보구려. 그리고 일 원짜리가 못 되겠거든, 손님을 보내구려."

"내 나가보지. 웬걸 일 원짜리가 되리."

아내는 혼잣말같이 이렇게 보태어 가면서 가겟방으로 나갔습니다. 그러나 삼 초가 지나지 못하여 아내는 뛰쳐 들어왔습니다.

"여보, 얼른 일 원 줘서 보냅시다."

"일 원짜리가 되겠습디까?"

"되겠기에 말이지. 또 안 되면 할 수 있소? 당신이 이미 작정한 이상에야……."

하면서 아내는 치맛자락을 들고 주머니를 뒤적이다가,

"육십 전밖에는 없구려. 팔십 전에는 안 될까?"

하면서 남편의 얼굴을 쳐다보았습니다.

"글쎄, 내야 일 원으로 작정하고, 이제 뭐라구 깎겠소. 당신이 나가보구려."

"망측해. 주인이 작정한 걸 여편네가 또 뭐라구 깎는단 말이오? 그러니 이십 전이 있어야지."

"철수께 없을까?"

"글쎄."

이리하여 그들의 아들 철수에게 교과서 사라고 주었던 돈까지 도로 얼러서 거두어 십 분이 넘어 지나서야 동전 각전^{일 전이나 십 전 따위의 잔돈} 합하여 일 원이란 돈을 쥐고, 절벅절벅하면서 손을 비비며 가게로 나왔습니다.

"참, 너무 오래 기다리셔서…… 돈을 은행에 찾으러 보내느라고…… 한데 주소는 어디세요?"

"표지^{증거의 표로 글을 적은 종이}는 일없소. 당신 마음대로, 오늘로라도 남겨서 팔우."

하고 손님은 돈을 받아쥔 뒤에 한번 기지개를 하고 나가버렸습니다. 그 뒷모양을 바라보면서 삼덕이는 기운 없이 한숨을 쉬었습니다.

"오늘도 또 일 원 손해났다."

삼덕이가 여기서 전당국을 시작한 것은 벌써 오 년 전이었습니다. 시골 농가의 둘째 아들로 태어난 그는 집 한 채 밑천과 그밖에 장사 밑천으로 천 원이란 돈을 물려가지고 서울로 올라와서 이리저리 자기가 이제 해나갈 영업을 구하다가, 마침내 이 세민촌^{수입이 적}어 가난한 마을에 전당국을 시작하기로 한 것이었습니다. 그의 머리가 생각되는껏 생각하고, 몇 번을 주판을 놓아본 결과, 그중 안전하고 밑질 근심이 없는 영업이 이 전당국이었습니다. 그것도 많은 밑천이면 모르거니와 단 천 원으로 전당국을 서울에서 시작하려면, 이런 세민촌에 자리를 잡지 않을 수 없었습니다. 오 전짜리부터 이 원짜리까지, 이러한 표준 아래서 그는 영업을 시작하였습니다.

그러나 일 년 뒤에 결산해본 결과, 그는 뜻밖에도 이백여 원이란 손해를 보았습니다. 삼 년 뒤에는 그의 밑천은 다 없어지고, 집조차 어떤 음침한 고리대금업자의 손에 저당으로 들어갔습니다. 사 년째는 제이 저당, 지금은 제삼 저당—이렇듯 나날이, 다달이 밑천은 줄어들어가는 반대로 유질품^{물품을 담보로 돈을 빌린 사람이 기한이 지나도록 돈을 갚지 않아 소유권을 갖게 된 물건}은 산더미같이 쌓였습니다. 그리고 또 그 유질품이란 것이 어찌된 셈인지, 처분할 때마다 그는 원금의 삼분의 일밖에는 거두지를 못하였습니다.

비교적 마음이 순진하리라 생각하였던 세민굴의 사람들은 그의 상상 이상으로 영리하였습니다. 그들은 전당국을 속이기에 온갖 수단을 다 썼습니다. 어떤 때는 사내가 와서 눈을 부릅뜨고 전당을 잡혀갔습니다. 어떤 때는 여편네를 보내어 눈물을 흘려가면서 애원하였습니다. 사내의 호통에는 삼덕이는 물건을 검사해볼 여유도 없이 질겁하여 달라는 대로 주었습니다. 여편네의 눈물에는 때때로 달라는 이상의 돈까지 주어 보냈습니다. 사흘 뒤에는 꼭 도로 찾아간다, 혹은 이것은 우리 집안의 대대로 물려 내려오는 물건이다, 이런 말을 모두 그대로 믿는 바는 아니었지만—그리고 한 가지의 일을 겪은 때마다 이 뒤에는 마음을 굳게 먹으리라고 단단히 결심을 하지만, 급기야 그런 일을 만나기만 하면 그는 또다시 약한 사람이 되곤 하였습니다.

이리하여 오개년 동안을 그 부근의 세민들에게 착취를 당한 그는 지금 쓰고 있는 이 집조차 얼마 후에는 공매를 당하게 될 가련한 경우에 빠지게 되었습니다.

그 일 원짜리 양복을 잡은 이튿날 삼덕이는 유질된 몇 가지의 물건을 커다란 보자기에 싸서 지고, 늘 거래하는 고물상으로 찾아갔습니다.

"이것 좀 사주."

그는 가게에 짐을 벗어놓고 땀을 씻었습니다. 고물상은 솜씨 익은 태도로 보를 풀어헤치고 물건을 하나씩 하나씩 보기 시작하였습니다.

"아이구! 이게 뭐요? 고무신, 합비 등만 덮을 만하게 걸쳐 입는 홑옷, 깨진 바가지, 학생 외투—가만, 이 학생 외투는 그다지 낡지 않았군—

구두, 모자, 이불—김 주사가 가지고 오는 물건은 하나도 변변한 게 없어."

"좌우간 잘 값을 해서 주구려."

"잘해야 그렇지. 대체 원금이 얼마나 든 게요?"

"원금이라……."

삼덕이는 주머니를 뒤적여서 종잇조각을 하나 꺼내었습니다.

"원금이 이십칠 원 팔십 전이 든 건데……."

"내일 또 만납시다. 김 주사도 농담을 할 줄 알거든."

"대체 얼마나 줄 테요?"

고물상은 주판을 끌어당겼습니다.

"그 학생 외투는 이것……."

하면서 이 원이라고 주판을 놓았습니다. 그리고 한 가지 물건을 옮겨놓을 때마다 이십 전 혹은 사십 전씩 가하여 나가서 마지막에 십원 이십삼 전이라 하는 숫자가 나타났습니다.

"십 원 이십삼 전. 에라, 김 주사 낯을 봐서 십 원 오십 전만 해드리지."

"십오 원만 주구려."

"어림없는 말씀 마오. 십오 원을 드렸다가는 내가 패가^{재산을 다 써}^{버려 집안을 망침}하게. 값은 이 이상 더 놓을 수 없으니깐, 마음에 안 맞거든 이다음에나 다시 만납시다."

"그러니 내가 억울하지 않소? 원금만 해도 이십칠 원 각수^{원으로 세}

가 든 것을 단돈 십 원이 뭐요?"

"그거야 김 주사가 잘못 잡은 걸 뉘 탓할 게 있소?"

"그렇지만 조금만 더 놓구려."

"여러 말씀할 것 없이 다른 집에 한 바퀴 돌아보구려. 나보담 동전 한 푼이라도 더 놓는 놈이 있다면, 내 모가질 드리리다. 특별히 놔 드려두……."

삼덕이는 기다랗게 한숨을 쉬었습니다. 그리고 얼굴이 별하게 싱거워지면서 다시 보를 싸가지고 그 집을 나왔습니다.

그러나 두 시간쯤 뒤에 그는 다시 그 집에 들어갔습니다. 그리고 그 집에서 나올 때는 아까 들어갈 때 지고 있던 짐은 없어졌으며, 그 대신 그의 주머니 속에는 십 원 오십 전이라는 돈이 들어 있었습니다.

어떤 날 삼덕이가 가게에 앉아 있을 때에, 어떤 아이 업은 여인이 들어왔습니다.

"응, 울지 마라. 이것 좀 보시고, 얼마든 주세요."

여인은 업은 아이를 어르며 무슨 보퉁이를 하나 내놓았습니다. 그 속에는 낡은 합비 하나와 고무신 한 켤레가 있었습니다.

"얼마나 쓰시려우?"

"오십 전만……."

여인은 말을 마치지를 못하였습니다.

"오십 전? 오 전 말씀이지요? 두 냥 반"

"아냐요, 스물닷 냥 말씀이에요. 부끄러운 말씀이외다만, 애 아버지가 공장에서 손을 다치셔서 보름째 일을 못하는데…… 저흰 요 앞에 삽니다. 그런데 약값, 쌀값에 그사이 모았던 것 다 없이하구, 어쩔 도리가 있습니까? 그래서 나리께나 사정을 해볼까 하고 왔는 데, 물건을 보시고 주는 게 아니라 사람 한 식구 살리는 줄 알고 주 세요. 애 아버지가 공장에 다니게만 되면 그날루 찾아갈 테니, 한 식 구 살리는 줄 아시구……."

아직껏 우두커니 여인의 웅변을 듣고 있던 삼덕이는 홱 돌아앉아 버렸습니다.

"그러나 이걸로야 오십 전이 되겠소?"

"그저 사람 살리는 줄 아시고……."

삼덕이는 증오에 불붙는 눈을 여인의 얼굴에 부었습니다.

그리고 성가신 듯이 오십 전짜리 은전을 한 닢 꺼내어 던져주었습 니다. 여인은 이 은혜는 죽어도 잊지 못하겠다고 뇌면서^{거듭 말하면서} 나갔습니다.

지금 그 여인의 하소연이 열의 아홉은 거짓말임을 삼덕이는 뻔히 알고 있었습니다. 그러나 급기야 그런 일에 닥치면 또한 거절할 말 을 발견할 만한 재능을 가지고 있지 못한 삼덕이었습니다.

가을이 되었습니다.

어떤 날, 문이 기운 세게 열리며 학생 하나가 쑥 들어섰습니다.

"이거 내주우."

삼덕이는 학생이 내놓는 표지를 받아서 보았습니다. 그것은 벌써 두 달 전에 유질되어 고물상에 팔아버린 그 학생의 외투 표지였습니다.

"이건 벌써 유질되었습니다."

"유질이라? 지금이 입을 철季절이 아니오?"

"철은 여하튼 기한이 두 달 전인 것은 아시겠지요?"

"여보, 두 달 전이면 아직 더울 때가 아니오? 더울 때 외투 입는 미친놈이 어디 있단 말이오? 지금이 외투철이길래 찾으러 왔는데, 유질이 무슨 당치 않은 소리요?"

"그럼, 왜 기한에 이자라도 안 물었소?"

"흥, 별소릴 다 하네. 난 학생이야. 이놈의 집에선 학생도 몰라보나? 봅시다. 흥! 흥!"

학생은 두어 번 코웃음을 친 뒤에 나갔습니다.

이튿날 삼덕이는 호출로 말미암아 경찰서 인사상담계에 가게 되었습니다.

"자네가 학생 외투를 전당 잡았다가 팔아먹었나?"

"네."

"왜 팔아먹어?"

"기한이 넘어도 아무 말도 없고, 그러기에 그만……."

"기한 기한 하니, 그래 자네는 그 기한을 먹고사나? 여느 사람과 달라서 학생은 학사 문제로 늘 곤란을 받는 사람들이니깐 외투철까지나 기다려보구 팔 게지, 기한이 지났다고 그 이튿날로 팔아버리는 건 너무 대금업자 남에게 돈을 빌려주고 이자를 받는 것을 직업으로 삼는 사람 곤죠오 근성의 일본말 가 아니냐 말이야!"

"지당하신 말씀이올시다."

"지당만 하면 될 줄 아나?"

"황공하옵니다."

"못난 녀석! 지당하다, 황공하다, 누가 자네한테 그런 소릴 듣자고 예까지 부른 줄 아나! 그래, 어찌하겠느냐 말이야?"

"그저 처분만 해주십시오. 처분대로 합지요."

"그 외투를 어디다가 팔았어?"

"××정 ○○고물상이올시다."

"아직 그 집에 있겠지?"

"아마 있겠습지요."

"얼마나 잡아서 얼마에 팔았나?"

"일 원 구십 전에 잡아서 이 원에 팔았습니다."

"그럼 내 말을 들어."

"네."

"그 학생은 그사이 여섯 달 이자까지 갚겠다니깐 아마 이 원 오십 전이야 주겠지. 그 돈으로 그 고물상에 가서 그 외투를 다시 사서 학생을 도로 내주란 말이야!"

"처분대로 합지요."

"오늘 저녁 안으로 도로 외투를 물러오지 않으면 잡아 가둘 테야!"

"네, 황공하옵니다."

이리하여 땀을 우쩍 빼고 그는 경찰서를 나왔습니다.

그날 오후, 그는 그 고물상과 한 시간 넘어를 담판하고 애걸한 결과, 그 외투를 겨우 삼 원이라는 값에 도로 사기로 하였습니다. 그리고 원금 이십 원어치 유질품을 지고 가서, 그 외투와 현금 십사 원 각수를 찾아가지고 집으로 돌아왔습니다.

이튿날 ××신문 잡보란에 '사私집행한 전당업자'라는 제목 아래 이런 기사가 났습니다.

시내 ○○정 ××번지에서 전당업을 하는 김삼덕金三德은 어떤 학생에게 사소한 금전을 대부하였던 것을 기화로, 그 학생의 외투 십칠여 원짜리를 사집행하였던 일이 피해자의 고소로 탄로되어 ××서에 인치되어 엄중한 취조를 받았다더라.

이 기사를 보고도 삼덕이는 성도 못 냈습니다. 너무 온갖 걱정과 고생에 시달린 그는, 지금은 모든 일을 되는대로 내버려두자는 커다란 천리 하늘의 바른 도리를 깨달았기 때문이었습니다.

겨울이 이르렀습니다. 이제는 밑천이 없어서 새로 잡을 물건은 잡지를 못하고 유질품은 거의 처분해버린 그의 전당국은 마치 빈집과 같았습니다.

그는 아내의 얼굴을 보지 않으려고 하였습니다. 아내는 그의 얼굴을 안 보려 하였습니다. 서로 만나면 걱정을 안 할 수 없고, 걱정해봐야 활로를 발견할 수 없는 그들은 서로 얼굴을 보지 않는 것으로 얼마의 근심이라도 덜어졌거니 하였습니다.

어떻게 마주 앉을 기회가 생길지라도 그들은 서로 말을 하기를 피하려 하였습니다. 그러나 정 무거운 가슴을 참을 수 없으면 먼저 한숨을 쉽니다.

"여보, 어쩌려우?"

아내가 먼저 남편을 찾습니다.

"내가 알겠소? 설마 사람이 굶어야 죽으리."

"에이, 딱해—."

아내는 팔을 오들오들 떱니다. 그러면 귀찮은 듯이 못 본 체하고 한참 위만 쳐다보고 있던 남편은 '허허허' 하고 너털웃음을 웃으며 번뜻 자빠져버립니다.

이것이 이즈음의 그들의 살림이었습니다.

음력 섣달이 거의 가서 그들의 집은 마침내 공매_{공공기관이 강제적으로 물건을 처분하여 돈으로 바꾸는 일}를 당하였습니다. 그 삼사 일 뒤에 ×× 신문에는 커다랗게 이런 기사가 났습니다.

연말이 가까워 오면서 채귀 빚을 받아내려고 악착같이 졸라대는 빚쟁이를 비유하여 일컫는 말에게 시달리는 여러 가지 비극이 많이 일어나는 가운데, 채귀가 채귀에게 시달려 유랑의 길을 떠나게 된 사건이 있어 일부 사회의 이야깃거리가 되었으니, 그 자세한 내용을 듣건대 시내 ××정 ××번지에서 전당국을 경영하던 김삼덕은 본시 ××출생으로, ××정의 빈민굴 가운데 전당국을 개업하고 온갖 포악한 일을 다하여 무산자 재산이 없는 사람의 피를 빨아서 호화로운 생활을 하고 있었는데, 그 호화로움이 과하여 마지막에는 그사이 모았던 재산 전부를 화류계에 낭비하고도 부족하여 무산자의 입질물 담보물 까지 임의로 처분하여 많은 말썽을 일으키던 가운데, 마침내 인과응보로서 그 십칠일에 재산 전부를 다른 채권자에게 차압 공매된 바 되어 마침내 유랑의 길을 떠났는데, 일부 사회에서는 그것을 몹시 통쾌히 여긴다더라.

그로부터 한 달, 각 직업소개소며 공장으로, 집안의 몇 식구를 행여나 살려볼 방도가 생길까 하고, 삼덕이는 눈이 벌겋게 되어 돌아다녔습니다. 그러나 말세末世에 태어난 슬픔을 맛볼 뿐, 한 가지의 직업도 그를 받아주지 않았습니다.

이리하여 또 한 달이 지난 뒤에 위로는 채권자에게, 아래로는 프롤레타리아 노동자 에게 여지없이 착취를 당한 이 소시민 노동자와 자본가의 중간 계급 의 한 사람은 그들과 같은 계급의 사람들이 같은 경로를 밟아서 행한 일의 뒤를 좇아서 마침내 온 가족을 거느리고 사랑하는 고국을 등지고 만주를 향하여 유랑의 길을 떠났습니다.

−1930년

• • • • • •
시골 황서방

황^黃서방이 사는 X촌은 그중 가까운 도회에서 오백칠십 리가 되고, 기차 연변에서 삼백여 리며, 국도에서 일백오십 리가 되는 산골 조그만 마을이었다. 금년에 사십여 세 난 황서방이 아직 양복쟁이라고는 헌병과 순사와 측량기수밖에는 못 본 만큼, 그 X촌은 궁벽한 곳이었다. 또한 그곳에서 십 리 안팎 되는 곳은 모두 친척과 같이 지내며 밤에 마을을 서로 다니느니만큼 인가가 드문 곳이었다. 산에서 호랑이가 내려와서 사람을 물어갈지라도, 그 일이 신문에도 안 나리만큼 외딴 곳이었다. 돈이라 하는 것은 십 원짜리 지전^{지폐}을 본 것을 자랑삼느니만큼, 그 동리는 생활의 위협이라는 것을 모르는 마을이었다.

한마디로 말하자면, 그 동리는 순박하고 질소^{꾸밈없고 수수함}하고 인심 후하고 평화로운—원시인의 생활이라 해도 좋을 만한 살림을 하는 마을이었다.

이러한 X촌에 이즈음 한 가지의 괴변이 생겨났다.

X촌에 이즈음, 소위 도회 사람이라는 어떤 양복쟁이가 하나 뛰쳐 들었다. 그 사람은 황서방의 집에 주인을 잡았다^{잠시 머물러 잘 수 있는 집} ^{을 정했다}.

그 동리 사람들은 모두 황서방네 집으로 쓸어들었다. 그리고 그 도회 사람의 별스러운 옷이며, 갓을^{염치를 불구하고} 주물러보며, 마치 그 사람은 조선말을 모르리라는 듯이 곁에 놓고 이리저리 비평을 하며 야단법석하였다. 황서방은 자랑스러운 듯이^{우연히 제 집으로 뛰쳐들} ^{어온} 그 손님에게 구린내 나는 담배며 그때 갓 쪄온 옥수수를 대접하 며, 모여드는 동리 사람에게 그 도회 사람이 자기 집에 들어올 때의 거동을 설명하며 야단하였다.

며칠이 지났다.

그 도회 사람이 모여드는 이 지방 사람에게 설명한 바에 의지하 건대, 그는 '흙냄새'가 그리워서 이곳까지 왔다 한다.

"여러분은 흙냄새라는 것을—그 향기로운 흙냄새를 늘 맡고 계 셨기에 이렇게 몸이 튼튼합니다. 아아, 그 흙의 향내—여보시오, 도회에 가 보오. 에이구! 사람 냄새, 가솔린 냄새, 하수도 냄새, 게 다가 자동차, 마차, 인력거가 여기 번쩍, 저기 번쩍—참, 도회에 살

면 흙냄새가 그립소. 땅이 활개를 펴고 기지개를 하는 봄날, 무럭무
럭 떠오르는 흙의 향내를 늘 맡고 사는 당신네들의 행복은 참으로
도회인은 얻지 못할 행복이외다. 몇 해를 벼르다 나는 종내 참지 못
하여 이렇게 왔소. 이제부터는 나도 당신들의 동무요."

도회 사람은 이렇게 말하였다.

황서방은 이 도회 사람 우리는 그를 Z씨라 부르자 의 말 가운데서 세 마디
를 알아들었다.

자동차와 인력거—황서방이 이전에 무슨 일로 백오십 리를 걸어
서 국도國道까지 갔을 때 그때는 밤이었는데 저편에서 시뻘건 두 눈깔을
번득이며 이상한 소리를 내면서 달려오는 괴물을 보았다. 영리한
황서방은 물론 그것이 사람이 타고 다니는 것임은 짐작하였다. 그
러나 X촌에 돌아온 뒤에는 황서방의 입을 통하여 퍼진 소문으로는
그것이 한 괴물로 되었다. 방귀를 폴싹폴싹 뀌며, 땅을 울리면서 달
아나는 괴물로 소문이 퍼진 것이었다.

인력거라는 것은 그 이튿날 보았다.

그리고 그 두 가지는 다 Z씨의 말을 듣고 생각해보매 과시過然 사람의 생
명을 위협하는 무서운 물건일 것이었다.

또 한 가지, 사람의 냄새가 역하다는 것. 사실 X촌에 잔칫집이라
도 있어서 수십 인씩 모이면 역하고 고약한 냄새가 그 방 안에 차고
하던 것을 황서방은 보았다. 그러매 몇십만 십만이 백의 몇 곱인지는 주판을

^{놓아보지 않고는 똑똑히 모르거니와} 이라는, 짐작컨대 억조 동그라미와 같이 우글거릴 도회에서는 상당히 역한 냄새가 날 것이었다.

그밖에는, 황서방에게는 한마디도 모를 말이었다.

흙냄새가 그립다 하나, 흙냄새도 상당히 구린 것이었다. 봄날 흙 냄새는^{거름을 한 지 오래지 않으므로} 더욱 구린 것이었다.

전차, 하수도, 가솔린, 이런 것은 어떤 것인지 황서방은 짐작도 못하였다.

그러나 황서방은 Z씨의 말을 믿었다. 저는 시골밖에는 모르고, Z씨는 시골과 도회를 다 보고 한 말임에, 그 사람의 말이 옳음은 당연할 것이다. 흙냄새가 아무리 구리다 할지라도 도회 냄새보단 좋을 것이다―황서방은 믿었다.

"길에 하루 종일 자빠져 있으니, 시골에서는 자동차에 치일 걱정이 있겠소? 순사에게 쫓겨갈 걱정이 있겠소?"

그것도 또한 사실이고 당연한 말이었다. 황서방은 그러한 시골에서 태어난 자기를 행복스럽다 하였다.

그러나 서너 달 뒤에 그 Z씨는 시골에 대하여 온갖 욕설을 다 하고 다시 도회로 돌아갔다. Z씨는 몰랐거니와 흙냄새도 매우 역하다 하였다. 도회에서는 하루 동안에 한나절씩만 주판을 똑딱거리면 매달 오천 냥^{백 원}씩 들어오는데, 여기서는 땀을 뻘뻘 흘리며 손을 상하며 일을 해야 일 년에 겨우 오천 냥 돌아오기가 힘드니 시골이란 재간 있는 사람이 못 살 곳이라 하였다. 십 리나 백 리라도 걸어서 밖에는 다닐 도리가 없으니 시골은 소, 말이나 살 곳이라 하였다. 기생이 없으니 점잖은 사람은 못 살 곳이라 하였다. 읽을 책도 없으니 학자는 못 살 곳이라 하였다. 양^洋요리가 없으니 귀인은 못 살 곳이라 하였다.

이 말을 듣고, 황서방은 Z씨가 간 다음 며칠 동안을 눈이 퀭하니 밥도 잘 안 먹고 있었다. Z씨의 말은 모두 다 또한 참말이었다. 아직껏 곁집^{이웃하여 붙어 있는 집}같이 다니던 최풍헌의 집이 생각해보면 참 진저리나도록 멀었다. 십오 리! Z씨가 진저리를 친 것도 너무 과한 일은 아닐 것이다.

이야기로 들은바, 기생이라는 것이 없는 것도 또한 사실이었다.

재미있는 책이라고는 《임진록》 한 권이^{그것도 말머리와 꼬리는 없는 것} X촌을 중심으로 한 삼십 리 이내의 다만 하나의 책이었다.

그러나 그 근처 일대에 주판 잘 놓기로 이름난 황서방이─도회에서는 ^{Z씨의 말에 의하건대} 매달 오천 냥 수입은 될 황서방이 손에 굳은 살이 박이며, 땀을 흘리며, 천신만고하여 일 년에 거두는 추수가 육천 냥 내외였다. 게다가 감자를 먹고, 거름을 주무르고…….

두 달이 지났다.

그때는, 황서방은 자기의 먹다 남은 것이며 집이며 세간을 모두 팔아가지고 도회로 온 지 벌써 한 달이나 된 때였다.

황서방이 도회로 가지고 온 돈은 육천 냥이었다. 그 가운데서 집 세로 육백 냥이 나갔다. 한 달 동안 구경하며 먹어가는 데 이천 냥 이 나갔다.

여름밤의 도회는 과연 아름다웠다. 불, 사람, 냄새, 집, 소리, 모 든 것은 황서방을 취하게 하였다. 일곱 냥 반을 주고 아이스크림도 사 먹어보았다. 또한 소리, 불, 사람, 냄새…… 보면 볼수록 도회의 밤은 사람을 취하게 하였다. 아이스크림, 빙수, 진열장, 야시^{밤에 벌이}^{는 시장}…… 아아, 황서방은 얼마나 이런 것을 못 보는 최풍헌이며 김 서방을 가련히 생각했으랴.

동물원도 보았다. 전차도 잠깐 타보았다. 선술집의 한잔의 맛도 괜찮은 것이고, 길에서 파는 밀국수의 맛도 또한 황서방에게는 잊 지 못할 것이었다.

도회로 오기만 하면 만나질 줄 알았던 Z씨를 못 만난 것은 좀 섭 섭하였지만, 그것도 황서방에게는 그다지 불편한 일은 없었다.

아아, 도회, 도회—과연 시골은 사람으로서는 못 살 곳이었다.

황서방이 도회로 온 지 넉 달이 되었다. 이젠 밑천도 없어졌다.

'이제부터!'

황서방은 의관을 정히^{깨끗하고 온전하게} 하고 큰 거리로 나가서 어떤 큰 상점을 찾아갔다. 그리고 자기는 주판을 잘 놓는데 써달라고 부 탁을 하였다. 그러나 뜻밖으로 황서방은 거절당하였다.

황서방은 다른 집으로 찾아갔다. 그러나 거기서도 또한 거절당하였다.

저녁때 집에 돌아올 때 그의 얼굴은 송장과 같이 퍼렇게 되었다.

이런 일이 어디 있나? 첫마디로 승낙할 줄 알았던 일이 오늘로 이십여 집을 다녔으나 한 곳에서도 승낙 비슷한 것도 못 받고, 거러지나 온 것 같이 쫓겨나왔으니, 이젠 어찌한단 말인가?

이튿날의 경과도 역시 같았다. 사흘, 나흘, 황서방의 밑천은 한 푼도 없어졌는데, 매달 오천 냥은커녕 오백 냥으로 고용하려는 데도 없었다.

굶어? 황서방은 이젠 할 수 없이 굶게 되었다. 아직 당해보기는커녕 말도 못 들었던 '굶는다'는 것을 황서방은 맛보게 되었다.

그런들 사람이 굶기야 하랴? 황서방은 사람의 후한 인심을 충분히 아는 사람이었다. 아직껏 그런 창피스러운 일은 해본 적이 없지만, X촌에서 이십 리 떨어져 있는 Q촌에 쌀 한 말 얻으러 갈지라도 꾸어주는 것을 황서방은 안다. 사람이 굶는다는데 쌀 안 줄 그런 야속한 놈은 없을 것이었다.

황서방은 곁집에 갔다. 그리고 자기는 이 곁집에 사는 사람인데 여사여사하다고 이러이러하다고 사연을 말한 뒤에, 좀 조력을 해달라는 이야기를 장차 끄집어내려는데, 그 집에서는 벌써 눈치를 챘는지,

"우리도 굶을 지경이오!"

하고 제 일만 보기 시작하였다.

황서방은 그것도 그럴 일이라 생각하였다. 사실 그 집도 막벌이 아무 일이나 잡히는 대로 해서 돈을 버는 일하는 집이었다.

황서방은 다시 한 집 건너 있는 큰 기와집으로 찾아갔다. 그가 중대문 대문 안에 또 세운 문 안에 들어설 때에 대청에 걸터앉아 양치를 하고 있던 젊은 사람주인인지이 웬 사람이냐고 꽥 소리를 질렀다.

"네? 저, 뭐……."

황서방은 다시 나오고 말았다.

황서방은 마침내 도회라는 것을 알았다. 도회에서 달아나던 Z씨의 심리도 알았다. 그러나 Z씨가 다시 도회로 돌아온 그 심리는? 그것도 Z씨가 도로 도회로 돌아올 때에 한 말을 씹어보면 알 것이다. 도회는 도회 사람의 것이고, 시골은 시골 사람의 것이다.

천분타고난 직분! 천분을 모르고 남의 영분세력이 미치는 범위에 침입하였던 황서방은 이렇게 실패하였다.

황서방은 이제 겨우 자기의 영분을 깨달았다. 그리고 사람은 저할 일만 할 것임을 깨달았다.

이튿날 새벽, 황서방은 떠오르는 해를 등으로 받고 주린 배를 움켜쥐고 X촌에서 백오십 리 밖을 통과하는 K국도를 더벅더벅 걸었다.

－1925년

1. 김동인의 생애

김동인은 1920년부터 1940년대에 이르기까지 지속적인 작품 활동을 통해 한국 근대문학의 형성기를 이룩한 작가다.

1900년 10월 평양에서 태어나 일본의 도쿄 메이지학원 중학부를 졸업한 후 의사나 변호사가 되려는 꿈을 접고 문학에 심취하였다. 1918년 김혜인과 결혼하여 일본 가와바타 미술학교에서 공부한 특이한 이력을 지니고 있으며, 특히 1919년 2월 주요한, 전영택 등과 함께 우리나라 최초의 문예동인지 〈창조〉를 창간한 것은 한국문학사적으로 기록될 만한 일로 꼽힌다. 김동인의 자비로 만들어진 〈창조〉를 시작으로 한국문학은 집단적인 문예활동의 장을 열었다. 김동인은 처녀작 〈약한 자의 슬픔〉1919년을 시작으로 〈배따라기〉1921년 등의 주요 작품들을 〈창조〉에 발표하였다. 이 시기에 출판법 위반으로 4개월의 징역을 살았으며, 1921년 경영 문제를 이유로 〈창조〉제9호를 폐간하였다.

〈창조〉 폐간 후 김동인은 술과 여자, 심지어 아편을 가까이 했다는 기록도 보인다. 창작집 《목숨》을 자비로 출간하고 〈창조〉의 후

신격인 〈영대〉라는 문예동인지를 창간하나 그것 역시 재정상의 이유로 제5호를 끝으로 폐간하였다. 재산을 탕진하고 평양으로 돌아와 수리 사업을 시작한 후 전 재산을 날려 그 때문에 부인이 가출했다는 것은 널리 알려진 일화다.

그 후 영화 제작에도 잠깐 손을 대고 조선일보사에서 사십여 일간 학예부장을 지냈다. 1930년 김경애와 재혼 후 생활고를 극복하기 위해 많은 소설과 사담을 발표하였다. 1942년에는 일본 천황에 대한 불경죄라는 죄명으로 6개월간 복역하고 빈곤과 불면증, 약물 중독으로 고통받다가 1951년에 사망하였다.

그의 생애에 나타난 특징은 다음과 같은 몇 가지 환경에서 기인한다. 우선, 출신 지역이 평양이었다는 점이다. 당시 평양은 이조 사회의 이념적 기반이었던 유교 이데올로기로부터 비교적 자유로웠고, 기독교 등의 신문물에 대해서도 너그러운 편이었다. 김동인의 출신 배경은 훗날 새로운 문예사조에 대해 열린 마음을 가질 수 있는 기반이 된 것으로 보인다. 다음으로, 부유한 환경에서 자란 지주계층이라는 신분이다. 그에 대해 언급하고 있는 여러 책자에서 오만하고 경멸하는 듯한 태도로 남들을 대했으며 그런 멋에 살았다는 것을 확인할 수 있다. 이러한 기고만장한 기질은 그의 고집스러운 예술관에 그대로 투영되어 있다.

2. 김동인의 문학적 특징

김동인의 문학세계는 소설뿐만 아니라 평론에서도 나타난다. 김환의 소설을 놓고 염상섭과 벌인 논쟁을 통해서 김동인은 비평가의 역할에 대해 피력하였다. 그는 비평의 기준은 작품 자체의 완성도에 있으며 비평가의 역할은 독자에게 작품을 해설해주는 데 있다고 하였다. 즉 '변사辯士'로서 비평가의 기술적인 측면을 강조한 것이다. 또한〈소설작법〉에서는 기존의 권위적인 서술방식에서 벗어나 근대적 서술방식으로 나아가자는 당시로서는 혁신적인 주장을 하였다. 그리고〈춘원연구〉1934년라는 글을 통해서 이광수의 생애와 전반적인 작품세계를 비판하는 글을 썼다. 김동인은 이광수 소설이 권선징악적인 전근대적 구조를 표방하고 등장인물의 평면성과 작품 전반에 깔려 있는 계몽주의적 사고를 신랄하게 비판하며 문학 본령本領으로서의 '순수성'을 강조하였다. 그것은 김동인의 문학관을 지배하는 결정적인 사고이기도 하다.

김동인은 단편소설과 장편소설을 두루 썼으나 그의 문학적인 감수성과 미학이 잘 발휘된 작품들은 주로 단편소설에서 나온다. 장편소설은 대부분 역사소설이며, 생계를 위해 대중성을 염두에 두고 쓴 야담류의 글이었다는 점에서 현실타협적인 김동인의 작가적

세계관을 짐작할 수 있게 한다.

그의 문학적인 기여는 몇 가지로 집약되는데, 〈창조〉를 창간하여 구체적인 문예운동을 했다는 점에서 문예운동가적인 면모를 발견할 수 있다. 또한 구어체의 문장을 구사하여 '~더라', '~이라' 등의 기존의 문어체에서 탈피했으며, 현재진행적인 서술체에서 과거체의 서술체로 변동했다는 것이다. 대명사 '그'의 사용을 일반화했다는 점에서 그의 문체적인 성취가 있다. 계몽주의적 선전 문학을 거부하고 순문학 정신을 바탕으로 근대 사실주의를 개척했으며, 근대적 단편소설을 개척하고, 문예비평을 실현하였다. 이러한 문학적 기여는 김동인의 문학세계의 가치를 증빙하고, 그것을 그의 작품에서 실현하기에 이른다.

3. 김동인의 작품세계

이 책에 수록된 김동인의 소설은 모두 11편이다. 1919년 〈약한 자의 슬픔〉으로 작품활동을 처음 시작하고, 마지막 작품 〈서라벌〉이 1953년에 나왔다는 것을 참고한다면 책에 실린 〈목숨〉[1921년]부터 〈광화사〉[1935년]까지는 김동인의 초기와 중기 작품의 선별로 볼 수 있다. 김동인이 생활고를 이유로 대중에 편승한 역사류의 장편소설들을 쏟아냈던 시기가 1930년대 중반 이후라고 본다면 책에 실린 단편들은 김동인의 주옥같은 감수성을 그대로 담은 소설들이라고 보아도 무방하다. 김동인의 다양한 작품경향을 바탕으로 이 작품들을 따로 떼어 유형화하여 기술하기란 어렵지만, 편의상 몇 가지 공통점을 기준으로 대체적인 작품의 경향들을 살펴보도록 한다.

1) 자연주의 계열의 작품들

인간의 운명은 환경에 따라 지배된다는 것을 형상화하려는 노력을 자연주의라고 한다. 현실의 참혹한 모습과 인간의 추악한 측면을 사실적으로 드러냄으로써 인간 존엄성이 상실된 삶을 다루는 김동인의 대부분의 소설들이 여기에 해당한다.

1921년에 발표한 〈배따라기〉는 스스로도 문학적 완성도를 자부했던 소설로 〈감자〉와 함께 김동인의 대표작으로 꼽힌다. 〈배따라기〉는 김동인의 소설에서 자주 활용되는 액자식 구성이 돋보이는 작품이다. '나'는 대동강가에서 배따라기를 부르는 한 사내를 만나 그의 사연을 듣는다. 사연인 즉, 사내는 어촌에서 얼굴이 고운 아내와 함께 살았다고 한다. 사내는 아내에 대한 사랑만큼이나 질투심

도 커서 아내가 자신의 동생을 포함한 다른 남자들에게 친절을 베
푸는 것을 매우 불편하게 여긴다. 그러던 어느 날 사내의 애절한 사
연이 시작된 결정적인 사건이 발생한다. 아내와 동생이 옷매무새
가 흐트러진 채 한 방에 있는 것을 목격하게 된 것이다. 동생과 아
내는 쥐를 잡느라고 그랬다고 하지만 사내는 그 말을 믿지 못하고
두 사람을 때려 내쫓는다. 얼마 지나지 않아 정말로 집에 쥐가 있는
것을 발견한 사내는 오해를 풀고 아내를 기다리지만 이미 뒤늦은
후회였다. 다음 날 아내는 물에 빠져 죽은 채로 발견되고 동생은 아
내의 장례를 치른 후 집을 나가버린다. 그 일이 있은 뒤로 사내는
자신의 잘못을 뉘우치기 위해 동생을 찾아다니면서 배따라기를 부
르며 떠도는 몸이 되었다고 사연의 일말을 전한다.

순간적인 충동으로 이성을 잃고 사랑하는 아내를 죽음으로 이르
게 한 사내는 이기심 때문에 자신이 사랑하는 사람을 지켜내지 못
한 비극적인 운명을 지닌 인물로 그려진다. 그것을 회개하기 위해
배따라기를 부르며 산천을 떠도는 것은 일종의 '수행'이다. 소중한
사람들을 비극의 나락으로 빠뜨린 사내는 결국 스스로 잘못을 수
행하듯 배따라기를 부르며 회개한다. 사내의 배따라기는 소설의
전체적인 분위기를 서글프면서도 서정적으로 만든다.

상황에 대해 적극적으로 해결하려는 방법들을 모색하기보다는

주어진 상황에 적응하고 타협하는 〈배따라기〉의 사내와 같은 인물을 〈태형〉1922년에서도 발견할 수 있다. 이 소설은 '옥중기의 일절'이라는 부제처럼 3·1운동의 옥중기를 다루고 있다. 옥중기를 다루고 있음에도 불구하고 이 소설은 그들이 놓인 사회에 대한 현실을 구체적으로 돌아보지 않는다. 즉 감옥 안의 '나'가 바라는 것은 조국의 독립과 자유가 아니다. 감옥 안에서 조국의 거대 담론들은 부차적인 문제다.

'나'는 감옥 안이라는 숨 막힐 정도의 밀폐된 공간에서 개인의 죽음과 맞닿아 있는 극한적인 상황에 직면해 있다. 거기서 '나'는 극한의 죽음을 부추기는 영감을 불편해한다. 영감이 태형을 당해 감옥 안의 자리가 여유롭게 되자 안도하는 '나'의 모습은 극단적인 상황에서 보여줄 수 있는 추한 이기심 그 자체다.

도덕과 양심은 자신의 기본적인 욕구가 충족될 때 '그 이후'에 원할 수 있는 것이라 누가 말했던가. 〈태형〉은 두드러지는 자연주의적인 환경결정론의 본성이 반영된 작품으로, 극단적인 상황에 놓였을 때 인간이 얼마나 비극적이고 추해질 수 있는지를 담아냈다.

김동인의 문학적 성취를 가장 극명히 보여주는 작품은 〈감자〉1925년다. 〈감자〉는 1920년대 사회상을 가장 여실하게 반영하였으며 김동인의 작품세계를 집약하고 있다. 복녀가 처한 궁핍한 현실은 1920년대의 식민지 사회가 만들어낸 빈궁의 상황이다. 이것을 극복할 수 있는 것은 오로지 개인의 의지에 달려 있으나 복녀는 자신의 극단적 상황을 끈질기게 고민하는 대신 주어진 환경 속에서 수동적으로 살아간다. 삼인칭 관찰자의 시선으로 그녀를 바라보고 있는 이 소설의 시점은 주인공의 수동성을 표현하는 데 효과적이다. 소설에서 복녀는 겉으로만 보여질 뿐이며 그녀의 내면세계를 읽을 수 있는 것도 역시 보여지는 행동과 대화를 통해서다. 왕서방에게 기생질을 하며 가난을 모면하던 복녀의 비극적인 죽음과 그녀를 대하는 주변 사람들의 뒷거래는 현실의 냉혹함을 여실히 보여준다. 이처럼 현실은 인물 안으로 들어갈 때가 아니라 거리감을 두고 바라보고 있을 때 가장 냉정하게 보인다.

그런 점에서 〈감자〉는 1920년의 피폐한 생활상을 수동적으로 살아갈 수밖에 없는 그 시대 사람들의 모습을 '복녀'라는 인물을 통해 비극적으로 보여주고 있다.

〈목숨〉1921년은 '죽음'이라는 인간의 끝을 전면적으로 다룸으로써 개인에 천착穿鑿하는 김동인의 작가적 세계관을 보여준다. 자연주의 계열에 넣어서 언급하고 있지만 비인간성을 고발하지 않는다는 점에서 여느 작품과는 차별성을 가진다. 시인 M은 의사로부터 죽음을 선고받고 절망 속에서 그것과 투쟁을 벌이며 그 투쟁을 일기 형식의 조각글로 세세하게 남긴다. 조각글은 M이 죽음과 사투하는 내면적 고민을 담고 있다. 그런데 독특한 것은 곤충학자인 '나'에 의해 M의 죽음의식에 대한 글을 마치 곤충의 생리를 관찰하듯이 바라보고 있다는 점이다. 〈목숨〉은 죽음을 전면적으로 다루고 있지만 그렇다고 현실을 토대로 한 죽음의 리얼리티에는 관심이 없다. 죽음을 현실적인 문제로 접근하지 않고 끝까지 심리적인 기재로 놓기 때문이다. 〈목숨〉을 통해 가장 강하게 부각되는 죽음의 이미지로서 '갈색'은 M에게 드리워진 죽음의 이미지, 음산한 기운, 비정형화된 모호한 의미들을 던진다. 결국 M은 죽음의 악마와 의식의 긴 대결 끝에 소생한다. 의사의 오진으로 죽음의 문턱을 헤매다가 삶으로 돌아오게 된 것이다.

　죽음을 마주하는 인간은 한없이 약해지고 낮아지지만 그것은 결국 또 다른 삶을 위한 고통이라는 끊임없는 반복이 전제된다. 김동인의 소설에서는 다양한 인물들이 죽음을 시도하고 죽음에 이르는 모습을 자주 목격한다. 인간은 늘 죽음을 마주하지만 그것을 견뎌내지 못하고 수동적으로 받아들일 수밖에 없는 '인간적인 한계'에 부딪히는 것이다. 책에는 실리지 않았지만 1930년에 발표한 〈죽음〉과 같이 읽으면 죽음에 대한 김동인의 세계관이 한층 선명하게 비교될 것이다.

〈발가락이 닮았다〉1932년는 의사인 '나'의 시선으로 서술된다. 어느 날 나는 노총각 M이 혼약했다는 소식을 듣는다. M이 그동안 결혼하지 않은 이유를 '나'는 그의 성적 방탕으로 말미암은 생식불능으로 여긴다. M은 그것을 숨기고 몰래 결혼한 것이다. M의 결혼생활은 친구들에게 주요 관심거리다. 그러나 시간이 지날수록 그의 탄탄한 결혼생활이 점점 아내를 학대한다는 소문으로 바뀐다. 그러다가 M의 아내가 임신했다는 소식이 전해진다. M은 '나'를 찾아와 검사를 요청하지만 결과는 뻔한 것이었다. 하지만 '나'는 그가 자신의 아이기를 바라는 일말의 희망을 갖고 있다는 것을 안다. 아기가 태어나고 '나'를 찾아온 M은 아기의 발가락이 자신과 닮았다며 애써 상황을 긍정하려 한다.

아내의 외도라는 비극적 상황을 극복하지 못하고 '발가락이 닮았다'는 이유로 합리화시키려는 M의 의도는 비극과 부조리를 정당화시키는 소극적 행동이다. 그것을 '나'의 시선을 통해 전달함으로써 비극의 간접성은 극대화된다. M의 심리적 비극을 형상화함으로써 인간의 비극적 숙명이 과학적 사실 앞에 한없이 나약하며 굴할 수밖에 없는 김동인의 자연주의적 문학관이 반영된 작품이라 할 수 있다.

2) 유미주의 계열의 작품들

김동인의 작품세계에서 빼놓을 수 없는 경향이 예술지상주의를 노골적으로 담은 소설군이다. 예술성을 지니고 있는 인물의 내면을 캐묻는 김동인의 작품들을 유미주의 계열로 분류할 수 있다.

〈광염 소나타〉1929년는 음악가인 백성수가 주인공으로, 그는 광적인 범죄를 저지를 때마다 그 감흥으로 뛰어난 작품을 창작하는 미치광이다. 그의 광기는 시체 모독과 시체 간음으로까지 이어질 정도로 엽기적이다. 마을 곳곳에서 발생하는 원인 모를 방화사건은 모두 백성수의 몫이다.

김동인은 철저하게 예술지상주의를 내세워 광기 역시 예술의 창작적인 원천임을 간접적으로 주장한다. 이것은 다분히 논란의 여지가 있다. 백성수의 방화와 엽기적인 행각들이 창작을 끄집어내는 원천이라는 이유로 용서될 때 이것은 심각한 도덕성의 문제를 불러올 수 있기 때문이다. 창작적인 긍정에서 시작된 백성수의 광기는 타자의 무모한 희생이 수반되면서 폭력으로 탈바꿈한다. 〈광염 소나타〉에서 백성수는 서술자를 통해 자신의 행위에 대한 정당성을 얻는데, 그 서술자의 목소리는 김동인의 목소리와 다름없다. 하찮은 범죄를 구실로 천재적인 예술가를 희생시켜서는 안 된다는 말은 예술의 성취를 위해서라면 타자의 희생이 전제되어도 괜찮다는 말과 같은 것이다.

〈광화사〉1935년 역시 〈광염 소나타〉와 함께 작가의 유미주의적 성향을 반영한 작품이다. 〈광화사〉는 액자구성으로, '나'는 자연의 유수에 젖어 있다가 이야기를 꾸며보기로 하고 솔거에 관한 이야기를 짓는다. 그러니까 액자 안의 이야기는 '나'가 지은 솔거에 관한 내용이다. 솔거는 늙은 화공으로, 은둔하면서 이상의 여인을 찾아다니며 그림을 그린다. 그러다가 소경 미녀를 만나 집으로 데려온다. 그녀의 눈동자를 제외한 초상화를 그린 뒤 솔거는 그녀와 동침한다. 아름다운 얼굴을 완성하려고 했던 솔거는 다음 날 그녀의 눈빛이 관계를 맺기 전과 달라져 있음을 본다. 솔거는 원하는 장면을 위해 그녀의 멱을 잡고 재촉하지만 원망의 눈을 한 채 쓰러져 죽고 만다. 죽어 넘어지는 순간 먹물이 튀어 그림이 완성되는데, 그 눈은 원망을 가득 담은 소경의 모습이다. 그 후 솔거는 정처없이 떠돌다가 그림을 가슴에 품고 운명한다.

〈광화사〉는 김동인의 예술지향적인 취향이 솔거를 통해서 표출된 작품이다. 그릴 대상을 찾아 헤매다 기껏 찾은 소경이 그와 함께 밤을 보낸 후 눈빛이 달라졌음을 알고 절망하던 솔거의 태도에서 우리는 예술가의 안타깝고 절망적인 분노를 읽을 수 있다. 게다가 소경이 죽은 후 그 원망의 눈빛이 먹물에 튀어 그림으로 그려진 장면은 기괴한 느낌을 주기도 한다. 〈광화사〉는 예술적 완성은 모든 가치에 우선한다는 작가적 성향을 〈광염 소나타〉와 더불어 반영하고 있다. 또한 인물이나 사물을 대하는 작가의 심미적 안목과 표현상으로 객관적인 묘사와 간결한 문체가 돋보이는 작품이다.

3) 사회 부적응자를 다룬 작품들

김동인의 소설에는 사회에 적응하지 못하고 쫓겨나는 인물들이 자주 등장한다. 그들은 주체적으로 살려는 삶의 의지가 없을 뿐더러, 사욕에 쉽게 눈이 멀어 일을 그르치기 일쑤다. 그렇다고 남에게 직접적인 피해를 주는 악의 무리도 아니다. 〈시골 황서방〉의 황서방, 〈배회〉의 A, 〈벗기운 대금업자〉 삼덕이가 이런 주인공이다.

〈시골 황서방〉1925년은 양복쟁이 Z가 시골로 전입해오면서 이야기가 시작된다. Z는 시골의 긍정적인 것들을 찬미하며 그것을 찾아왔노라고 떠들어댄다. 황서방은 Z가 말하는 것을 순진하게 믿고 스스로가 발 딛고 있는 시골에 대한 자부심을 갖지만, 얼마 뒤 Z는 낙후된 시골 환경에 질려 다시 도회지로 돌아간다. 그것을 보고 허탈해진 황서방은 전 재산을 정리하여 도시로 떠난다. 처음에는 새로운 도시의 생활에 매료되어 그 화려함에 넋을 잃다가 곧 밑천이 떨어지자 도시의 각박하고 매정한 인심에 좌절하고 만다. 결국 황서방은 다시 시골로 돌아온다. 황서방 역시 주어진 환경을 주체적으로 살아가지 못하는 인물이다. 주어지면 주어진 대로 혹은 입맛에 따라서 마음을 변화할 뿐, 그것 안에서 고민하거나 바꾸려고 하지는 않는다. 결국 황서방이 선택할 수 있는 것은 시골로 다시 돌아오는 것 뿐이었다.

〈배회〉1930년는 대립적인 두 인물을 통해 사회 부적응자를 전면에 내세운 소설이다. 이상적인 생각을 가진 A와 현실적인 B는 고무장화 공장의 직공이다. A는 사적인 욕망들을 기피하고 이상을 추구하지만 그렇다고 끊지는 못하며, 솔직하게 욕망들을 인정하는 B와는 달리 속물적인 인물이다. A는 충실한 가장이 되지도 못하고, 공장에서도 파업에 참여는 하나 적극적으로 자신의 주장을 말하지 못한다. 여기저기 걸쳐 있으면서도 그 안에서 주체적인 역할을 수행하지 못하는 인물이 바로 A인 셈이다. 이에 반해 B는 사욕에 있어서 솔직하게 인정하고 향유할 줄 알며 공사 구분이 명확한 사람이다. 공장 파업에 있어서도 충분히 자신의 견해를 주장할 줄 안다. 배합사가 자신의 이권을 위해 해고를 당하려고 불량 배합을 하며 직공들을 선동하게 만드는 부분은 '배회'라는 제목에서 알 수 있는 것처럼 경계에서 머뭇거리는 인간상을 그리기 위한 서브플롯이다. 경계에서 배회하는 인물의 최종 선택이 도피라는 점은 의미심장하다. A 역시 이상만 피력하다가 실리적인 것을 추구하지 못하고 시골로 도피하는 인물로 형상화된다.

〈벗기운 대금업자〉[1930년] 역시 현실적이지 못한 인물이 겪는 비극을 다룬다. 이 소설은 시골에서 부자였던 삼덕이가 서울로 올라와 전당포를 차렸다가 망하는 내용을 담고 있다. 삼덕이는 돈 관계에 있어서 맺고 끊는 성격이 못되는지라 손해만 보다가 빚이 쌓여 재산을 탕진할 수준까지 이른다. 거기다가 학생이 맡겨놓은 외투를 팔아버린 것이 발단이 되어 경찰에 신고를 당한다. 신문에 실린 삼덕이의 에피소드는 만행으로 점차 부풀려져서 어디를 가나 삼덕이의 앞길을 가로막는다. 심지어 삼덕이는 무산자들을 괴롭히는 악덕 장사꾼으로 오도되기에 이른다. 이러한 소문 때문에 견디지 못한 삼덕이는 만주로 떠나는 유랑길을 택한다.

이 소설은 언론과 사회 구조적 모순으로 피해를 입는 소시민적인 비애를 담고 있다. 삼덕이는 안일한 성격으로 주변 사람들에게 이용만 당하고 유일하게 오기를 부렸던 한 번의 실수로 인해서 평생 악덕으로 낙인찍히는 사건까지 감내해야만 했다. 이 아이러니한 상황에서 고작 만주로 유랑을 떠나는 길을 선택할 수밖에 없다는 것은 김동인의 소극적인 세계관이 직접적으로 표출된 것이라 볼 수 있다.

4) 민족주의를 다룬 작품

〈붉은 산〉1932년은 책에 실린 작품들 중에서 유일하게 민족주의를 노골적으로 다룬 작품이다. 환경에 체념할 수밖에 없는 인물을 다루고, 그들 역시 사회 부적응자로서의 모습을 보여주기 때문에 이 소설은 여러모로 김동인의 세계관과 겹친다. 액자소설의 형태로 주인공 '삵'에 대한 이야기를 듣는 '여'의 시선으로 이루어져 있다. 만주라는 곳에 벌어지는 한국인에 관한 이야기라는 점에서 우선 공간적으로 독특하다. '붉은 산'은 나무가 없는 황폐한 산을 가리키는데, 이는 당시 조국이 겪은 처절한 현실을 반영한다. 만주에서 한국인들은 중국인 지주에게 부당하게 폭행을 당하며 피해를 본다. 하지만 한국인들은 중국인에게 반항 한번 못하고 당하기만 한다. 여기에 '삵'은 분풀이를 행동으로 옮기지만 사과를 받아내는 대신 죽음을 맞는다. 여느 청년들과 달리 용기 있게 지주에게 달려들었지만 삵 역시 여느 청년들과 다를 바 없는 한계를 지니고 있던 것이다. 그것은 용기의 유무가 아닌 현실적 상황에 대한 문제였다.

식민지 시대라는 현실이, 만주라는 또 다른 공간의 현실이 삶과 한국인들에게 주어졌던 점에서 둘은 공통분모를 갖는다.

삶은 무모했지만 또 다른 씨앗을 낳는 결정적인 역할을 한다. 이것이 이 소설의 직설적인 주제이기도 하다. 그가 죽어가면서 붉은 산과 흰옷이 보고 싶다고 말한 것은 너무나 작위적이고 직설적인 설정으로, 그 모습을 통해 또 다른 희망을 드러내려던 김동인의 의도가 엿보인다. 민족의 비극적인 상황을 비유한 '붉은 산'을 보고 싶다는 말은 '흰옷'과 '애국가'를 통해서 민족적인 상징을 전면적으로 끌어들인다. 삶을 지켜보면서 사람들이 애국가를 따라부르는 행위를 통해 민족의식은 전염된다. 삶의 환영 속에 보이는 붉은 산은 이러한 독립에의 염원을 간절하게 보여주는 환영의 장치일 것이다.

김동인은 자연주의적이었으며 유미주의적이었고, 사회 부적응자의 슬픈 모습들을 담으며 국가에 대해 고민하며 삶의 끝을 놓치지 않는 사람이었다. 그러나 식민지 상황을 직접적으로 바라보지 않고 인물의 소극적인 내면 안에 은닉했다는 작가적인 아쉬움은 늘 제기된다. 또한 1930년대 중반 이후 빈궁한 살림살이를 극복하기 위해 문학을 수단으로 삼았다는 사실도 이후 김동인을 평가하는 데 부정적인 요인으로 작용한다.

문학은 환경을 바라보는, 혹은 그 위에서 살고 있는 작가의 세계관을 반영할 수밖에 없다. 부유한 환경에서 자라나 사업 실패를 겪었던 김동인의 관심은 고단한 식민지적 현실보다 타자와 어긋난 자신 안의 개인적인 것들이었다. 그래서 적극적으로 현실에 대응하지 못하고 도피하거나 체념하며 살 수밖에 없는 그의 소설 속 슬픈 인물들과 닮아 있는지도 모른다.

1900년	평양 상수리에서 3남 1녀 중 차남으로 출생.
1913년	숭실중학 중퇴.
1915년	일본 메이지학원 중학부 편입.
1917년	메이지학원 졸업. 부친 사망으로 귀국.
1918년	김혜인과 결혼, 동경 가와바타 미술학교 입학.
1919년	주요한, 전영택, 최승만, 타환 등과 〈창조〉 발간. 창간호에 〈약한 자의 슬픔〉 발표. 미술학교 중퇴. 출판법 위반 혐의로 4개월간 투옥.
1921년	〈배따라기〉, 〈목숨〉 발표. 경영 문제를 이유로 〈창조〉 폐간.
1922년	〈태형〉 발표.
1923년	〈영대〉 발간.
1924년	첫 창작집 《목숨》 출판.
1925년	〈감자〉, 〈시골 황서방〉 발표.
1926년	토지관개사업 실패로 파산함.
1928년	영화 제작에 손을 대었으나 실패함.
1929년	춘원의 계몽주의에 대립되는 예술주의를 바탕으로 〈근대 소설고〉 발표. 〈광염 소나타〉 발표.
1930년	김경애와 재혼. 생활고를 해결하려고 소설 쓰기에 전심. 〈배회〉, 〈벗기운 대금업자〉 발표.
1932년	〈발가락이 닮았다〉, 〈붉은 산〉 발표.

1934년	〈춘원연구〉 발표.
1935년	〈야담〉 발간. 〈광화사〉 발표.
1942년	일본 천황 불경죄로 6개월간 투옥.
1944년	친일 소설 《성암의 길》 발표.
1948년	동맥경화증으로 병석에 눕게 됨.
1951년	빈곤, 불면증, 약물중독으로 고통받다가 사망함.
1955년	사상계에서 동인문학상 제정.
1987년	조선일보사에서 동인문학상 시상 중.

한국대표문학선 002

김동인 중·단편소설

초판 1쇄 인쇄 2011년 11월 07일
초판 1쇄 발행 2011년 11월 14일

지은이　김동인
펴낸이　이재영

펴낸곳　(주)재승출판
등록　2007년 11월 06일 제22-3217호
주소　우편번호 137-070 서울특별시 서초구 서초동 1306-3 한승빌딩 1003호
전화　02-3482-2767, 070-4062-2767
팩스　02-3481-2719
이메일　jsbookgold@naver.com
홈페이지　www.jsbookgold.co.kr

ISBN 978-89-94217-13-0　03810